二哈和他的白猫師尊

바보 허스키와 그의 흰 고양이 사존

二哈和他的白猫師尊

바보 허스키와 그의 흰 고양이 사존

육포부흘육 장편소설

3권

BLab

목차

59장 본좌가 좋은 사람이라고?

형제는 다툼을 멈추고 똑바로 섰다.

눈앞의 그 사람은 매우 장엄한 분위기를 풍겼다. 잠깐 멍하니 서 있던 설몽이 그제야 정신을 차리고 고개를 끄덕이며 말했다.

"그래, 맞아. 넌 누군데?"

그는 어려서부터 제멋대로 자라서 어머니 왕 부인이 거듭 예법을 가르쳤음에도 전혀 마음에 두지 않았다. 그래서 상대의 이름을 물어볼 때 존칭을 쓰지 않는 것은 물론 자기 이름도 말하지 않았으니, 정말 예의가 없었다.

그런데 묵연은 이 사람이 설몽처럼 굴지 않으리라는 것을 잘 알고 있었다. 어찌 됐든 이 사람은…….

"소생 유풍문 제자 엽망석입니다."

역시나 청년은 화를 내지 않고 침착하게 대답했다. 새까만 눈썹 아래 두 눈동자는 별빛을 받아 반짝반짝 빛나고 있었는데 유난히 형형하고 예리해 보였다.

"존함이 어찌 되십니까?"

"엽망석?"

설몽이 미간을 찌푸리며 중얼거렸다.

"처음 듣는 이름인데, 유명하지 않나 보군."

그는 요란하지 않은 소리로 말했지만 상대의 청력에 문제가 없다면 틀림없이 들었을 터였다. 묵연은 설몽의 옷소매를 슬쩍 슬쩍 잡아당기며 공손하게 굴라고 경고한 뒤 눈빛에 어린 감정을 거둬들이며 미소를 지었다.

"소생 사생지전의 묵연입니다. 이 아이는 저의 부족한 동생 설몽입니다."

설몽이 옷소매를 뿌리치며 그를 노려봤다.

"손대지 마. 누가 네 동생이야?"

"아이고, 설몽 너……."

묵연은 한숨을 내쉬더니 다시 엽망석을 향해 눈웃음을 지으며 말했다.

"제 동생이 이렇게 고집이 셉니다. 정말 부끄럽습니다."

묵연이 갑자기 약을 잘못 먹어 설몽을 공손하게 대하는 게 아니라, 눈앞의 이 사람이 장차 뛰어난 인재가 될 인물이라서 이러는 것이었다. 지금은 이름이 알려지지 않았지만 전생에선 수진계를 통틀어 초만녕에 버금가는 초고수였다.

전생에 묵연이 엽망석 때문에 얼마나 골탕을 많이 먹었는지는 하늘이 알고 땅이 안다. 이렇게 다시 환생한 이상, 칼날처럼 예리하고 곧게 뻗은 대나무처럼 고결한 영웅의 비위를 맞추지는 못할망정 적어도 적은 되지 말아야겠다고 묵연은 생각했다.

초만녕만으로도 머리가 복잡한데 엽망석까지 보태면 편안한 날이 없을 게 뻔했다.

말수가 적은 엽망석은 공손하게 몇 마디 주고받고는 방으로 돌아갔다.

상대가 자리를 뜨자마자 묵연은 치가 떨리게 얄미운 낯짝을 하고 팔꿈치로 설몽을 툭툭 건드리며 히죽거렸다.

"어때?"

"뭐가?"

"저 사람 말이야."

묵연이 물었다.

"마음에 들어? 잘생겼지?"

설몽은 어이가 없어 그를 노려보며 욕을 했다.

"미친놈 아냐?"

묵연이 하하 웃으며 말했다.

"우리 네 사람은 앞으로 한 울타리 안에 살면서 시도 때도 없이 보게 될 텐데, 저 사람이 우리와 함께 지내는 걸 다행으로 생각해."

설몽이 의아해하며 물었다.

"듣자 하니, 아는 사람이야?"

사실대로 말할 수 없는 묵연은 경박한 농담으로 어물쩍 넘겼다.

"아니, 사람 얼굴을 중요하게 보는 나로서는 잘생겨서 마음에 들어."

그 말을 들은 설몽이 욕을 퍼부었다.

"정말 메스꺼워!"

묵연은 하하 웃더니 돌아서 손을 흔들고는 설몽의 등 뒤에 대고 욕하는 손동작을 만들어 보이며 느릿느릿 자기 방으로 돌아갔다. 그러곤 빗장을 찰칵 닫아 설몽의 욕설을 문밖에서 차단해 버렸다.

다음 날 새벽, 묵연은 일찌감치 일어났다.

그들이 도화원의 생활에 적응할 수 있게 우민은 수련을 삼 일 뒤로 연기했다. 묵연은 세수를 하고 머리를 빗었다. 엽망석은 벌써 외출을 했는지 보이지 않았다. 그는 나머지 두 사람이 아직 일어나지 않은 것을 확인하고는 혼자 거리를 한가로이 돌아다녔다.

이른 아침 엷은 안개 속에서 수련자들이 저마다 가벼운 발걸음으로 각자의 수련 장소로 향하고 있었다.

아침 식사를 파는 가게를 지나가던 묵연은 갓 구워 낸 고기만두를 보고 아직 병이 낫지 않은 꼬마 사제를 떠올리며, 다가가 주문했다.

"사장님, 구운 고기만두 여덟 개랑 죽 한 그릇 싸 주세요."

노점 주인인 우민이 고개도 들지 않고 말했다.

"깃털 여섯 개."

묵연이 흠칫 놀라며 되물었다.

"뭐가 여섯 개라고요?"

"깃털 여섯 개라고."

"……그럼 지금 당장 닭 한 마리 붙잡고 털 몇 가닥을 뽑기라도 해야 한단 말이에요?"

우민이 눈을 치켜뜨고 그를 흘겨보더니 버럭 화를 냈다.

"깃털도 없는 주제에 밥 먹을 생각을 해? 저리 꺼져."

화가 나면서도 이 상황이 우습기만 한 묵연이 자세히 물어볼 겨를도 없이 등 뒤에서 익숙한 목소리가 들려왔다.

"사장님, 죽과 만두 좀 싸 주십시오. 제가 대신 값을 치르겠습니다."

붕대를 감은 손이 찬란하게 빛나는 황금 깃털 여섯 대를 건넸다.

우민은 그것을 받고는 성가시다는 듯이 홱 돌아서서 아침 식사를 포장하러 갔다. 묵연이 고개를 돌려 보니 엽망석이 그의 곁에 우뚝 서 있었다. 빼어난 외모와 기개가 유난히 돋보였다.

"정말 감사합니다."

김이 모락모락 나는 구운 고기만두와 죽을 옷 속에 넣고, 묵연이 엽망석과 함께 걸어가며 말했다.

"당신을 만나지 못했더라면 우리 모두 배를 곯았을 거예요."

"별말씀을."

엽망석이 말했다.

"열여덟 낭자가 기억력이 좋지 않아 새로 온 수련자들에게 깃털 나눠 주는 일을 자주 깜빡합니다. 저도 우연히 지나가는 길에 도움을 드린 것일 뿐, 수고라 할 것도 없는데 너무 마음에 담아 두지 마십시오."

"도화원에서 거래하려면 반드시 깃털로 맞바꿔야 하나요?"

"그렇습니다."

"그럼 깃털은 어디에서 얻을 수 있죠?"

엽망석이 담담하게 대답했다.

"뽑아 오면 됩니다."

"뽑, 뽑……."

묵연은 조금 당황스러웠다. 그럼 정말 새의 몸에서 뽑는 거란 말인가? 그럼 이곳의 새들은 깃털이 깡그리 뽑혀 버리겠네?

그가 놀라며 이상하게 여기는 것을 눈치챈 엽망석은 가소롭다는 듯이 그를 힐끔 보더니 말했다.

"무슨 생각을 하는 겁니까? 이곳 도화원에는 시조심연(始祖深淵)이 있는데, 듣자니 당시 주작 상신이 신선이 되어 날아올랐던 곳이라고 합니다. 심연 밑은 온통 불바다라 지독한 열기를 뿜어낸다고요. 그리하여 주변은 작은 풀조차 자라기 힘든 불모지이고 동물들도 살 수 없다고 합니다."

그의 말을 들으니 묵연은 문득 어제 교외를 지나오면서 보았던 핏빛 하늘이 떠올랐다.

"그 심연이 혹시 성북 부근에 있나요?"

"맞아요."

"그게 깃털과 무슨 상관이죠?"

엽망석이 설명했다.

"그게, 시조심연 부근에는 다른 생명이 살 수 없지만 심연 안에는 황금 올빼미가 서식하고 있습니다. 불을 둥지 삼아 낮에는 몸을 숨기고 밤에 모습을 드러내지요. 녀석들의 깃털은 우민이 수련의 경지를 정진하는 데 도움을 주고요."

"그렇군요."

묵연이 웃으며 말했다.

"그래서 깃털로 물건을 바꾸는 거군요."

"그렇습니다. 그런데 명심해야 할 게 있어요. 밤에 활동할 때는 녀석들의 깃털이 보통 올빼미들과 다를 게 없어서 잡아 봐야 아무 소용이 없습니다. 녀석들은 매일 아침 해가 막 솟아오를 때 떼를 지어 시조심연으로 돌아오는데, 심연으로 들어가려는 찰나에 녀석들의 깃털이 황금빛으로 변해요. 그때 뽑은 것만 쓸 수 있습니다."

"하하, 경공을 수련하라는 거네요? 경공이 상당한 수준에 이르지 못하면 심연으로 빠져 불고기가 되는 거잖아요. 그렇다고 뽑지 않으면 눈을 뻔히 뜨고 굶어 죽는 거고요."

묵연이 저도 모르게 혀를 내둘렀다.

"정말 사람을 못살게 구네요."

엽망석이 걱정스레 물었다.

"혹시 경공에 능하지 않습니까?"

묵연이 웃으며 대답했다.

"그저 그래요."

"그럼 안 되죠."

엽망석이 말했다.

"올빼미란 동물은 매에 못지않게 날쌔고 사납습니다. 수행을 열심히 하지 않으면 며칠 못 가서 굶어 죽을 거예요."

"그렇군요……."

여전히 딴생각에 빠져 있는 묵연을 본 엽망석이 한숨을 쉬며 말했다.

"제가 가지고 있는 깃털이 꽤 많으니 당분간은 충분할 겁니다. 혹시 필요하면 저한테 말씀하세요."

묵연이 연신 손사래를 치며 웃었다.

"어떻게 그래요. 오늘 이 깃털 여섯 개는 제가 빌린 것으로 하죠. 그럼 먼저 밥 먹으러 가 볼게요. 내일 깃털을 얻게 되면 갚을게요. 고마워요."

엽망석과 작별한 뒤 묵연은 음식을 가슴에 품고 마당으로 돌아왔다.

설몽은 방에 없었다. 아마도 일어나서 할 일이 없으니 심심해서 여기저기 둘러보러 갔나 보다. 그래서 묵연은 초만녕의 대나무집으로 왔다.

초만녕은 여태 자고 있었다. 묵연은 죽과 구운 고기만두를 탁자에 올려 두고 침상 옆으로 가서 고개를 숙여 그를 살펴봤다.

그런데 문득 어딘가 익숙한 느낌이 들었다.

이 꼬맹이 자는 모습이…… 어째 누구랑 좀 닮았네?

그런데 그게 누구인지는 생각나지 않고, 침상에 누울 때면 항상 몸을 새우처럼 말고 두 손을 모아 베는 모습만 어렴풋이 떠올랐다. 도대체 누구지?

그가 멍해 있는 동안 초만녕이 잠에서 깼다.

"음……."

돌아눕다가 침상 옆에 누군가 있는 것을 본 초만녕은 눈을 번쩍 떴다.

"묵연?"

"몇 번을 말하냐, 사형이라고 부르라고."

묵연은 그의 머리카락을 몇 번 쓰다듬어 주고는 이마에 손을 대 보았다.

“열이 내렸네. 자, 일어나서 아침 먹어.”

“아침 먹어…….”

침상에 누운 아이는 멍하니 되뇌었다. 헝클어진 머리카락 때문에 그의 얼굴은 더욱 생기발랄하고 사랑스러워 보였다.

“거봐, 사형밖에 없지? 새벽같이 일어나서 아침 사 왔으니까 식기 전에 얼른 먹어.”

초만녕은 새하얀 내의 차림으로 식탁 앞에 앉았다. 식탁에는 신선하고 연한 연잎이 놓여 있고, 그것에 곱게 싸인 구운 고기 만두는 피가 바삭하고 속이 꽉 찼다. 만두에는 잘게 다진 새파란 파와 검은깨가 먹음직스럽게 뿌려져 있었다. 옆에는 찰지고 걸쭉한 용안계화죽도 한 그릇 있었는데 하얀 김이 모락모락 나고 있었다.

늘 강하게만 굴던 옥형 장로는 이 상황이 믿기지 않아 머뭇거렸다.

“나 주는 거예요?”

“응?”

“이거 전부…… 나 주려고 산 거예요?”

묵연이 얼떨떨해하며 대답했다.

“그래.”

주저하는 초만녕의 모습을 보며 그는 웃으며 권했다.

“얼른 먹어, 그러다 식겠다.”

초만녕이 사생지전에서 지낸 오랜 시간 동안, 사람들은 그의 고집스럽고 냉랭한 성격 때문에 그를 존경하기는 하지만 누구도 그와 함께 밥을 먹으려고 하지 않았다. 아침을 가져다주는 일은 더욱 말할 것도 없었다. 초만녕은 제자들끼리 서로 챙겨주는 모습을 보면서, 인정하기는 싫지만 가끔은 내심 부러운 마음이 들었다. 그리하여 그는 죽 한 그릇과 만두 몇 개를 한참이나 말없이 바라보며 차마 아까워서 먹지 못했다.

걸상에 앉아 눈앞의 음식을 보고만 있을 뿐 젓가락을 들지 않는 그를 보며, 묵연은 입맛에 맞지 않아서 그러는 줄 알고 물었다.

"왜 그래? 조금 기름지지?"

초만녕은 아무 말 없이 고개를 돌려 그를 한번 바라보더니 고개를 절레절레 저었다. 그리고는 숟가락을 들어 죽을 떠서는 호호 불어 조심스럽게 입에 넣었다.

예전처럼 이목구비가 수려하고 냉담한 초 종사였다면 이렇게 먹는 모습이 교양 넘치고 우아해 보였을 것이다.

그런데 어린아이가 이렇게 먹으니 조금 서툴고 불쌍해 보였다.

묵연은 그의 속내를 모르고 이렇게 말했다.

"너 용안을 별로 좋아하지 않는구나? 그럼 골라내서 한쪽에 버려. 괜찮아."

"아니에요."

어린 사제는 표정이 별로 없었지만 다시 묵연을 돌아봤을 때는 새까만 눈동자가 촉촉해져 있었다.

"좋아해요."

"오…… 하하, 잘됐네. 나는 네가 안 좋아하는 줄 알고."

초만녕이 촘촘한 속눈썹을 떨어뜨리며 낮은 소리로 반복해서 중얼거렸다.

"좋아해요. 나한테 이렇게 잘해 주는 사람은 없었어요."

그는 묵연을 올려다보며 진지하게 말했다.

"고마워요, 사형."

생각지도 못한 말에 묵연은 자기도 모르게 멍해졌다.

그는 착한 사람도 아니고 아이를 좋아하지도 않았다. 하사역에게 잘해 주는 건 단지 어린 나이에 능력이 탁월하여 교제할 가치가 있는 후배라고 생각했기 때문이었다.

그런 그의 계산된 마음을 상대는 진심으로 대하고 있었다. 묵연은 저도 모르게 어딘가 부끄러운 마음이 들었다. 그러면서도 꼬마 사제가 그런 말을 하는 게 왠지 무안하게 느껴져, 손사래를 치며 그만하라고 한 뒤 물었다.

"그동안 너에게 아침을 사 준 사람이 없었어?"

초만녕이 무표정한 얼굴로 고개를 끄덕였다.

"선기 장로 문하의 제자들은 서로 챙겨 주지 않나 보네?"

초만녕이 대답했다.

"그들과 자주 어울리지 않았어요."

"그럼 입문하기 전에는? 본가에 있을 때 어머니 아버지는……."

묵연은 말을 절반만 하고 멈췄다.

어느 부모가 이렇게 총명하고 사랑스러운 아이를 수련 보내고 한 번도 보러 오지 않겠는가? 그의 처지도 필시 사매나 자신과 같을 거라는 생각이 들어서였다.

역시나 초만녕이 차분하게 말했다.

"어릴 때 돌아가셨어요. 다른 친척도 없기 때문에 저를 돌볼 사람이 없어요."

묵연은 한참 동안 침묵을 지키더니 깊은 한숨을 내쉬며 속으로 생각했다. 이 아이와 친해지게 된 건 첫째, 능력이 출중해서, 둘째, 쉴 새 없이 재잘대는 보통 아이들과 달리 꽤 듬직해서였다. 그런데 이 아이도 나와 같은 처지라니.

그는 사제를 바라보자 저도 모르게 어릴 때의 슬프고 괴로운 기억들이 떠오르며, 마음속에 뜨거운 열기가 차올라 동정과 친근감마저 생겼다.

"예전에는 너를 돌볼 사람이 없었지만 앞으로는 걱정 마. 나를 사형이라고 부르면 내가 너를 잘 보살펴 줄게."

예상치 못한 말에 조금 놀란 초만녕은 한참 뒤에야 천천히 미소를 띠며 말했다.

"나를 보살펴 주겠다고요?"

"응. 앞으로 나를 잘 따르면 심법도 가르쳐 주고 검술도 가르쳐 줄 거야."

초만녕의 미소가 더 크게 번졌다.

"나한테 심법도 가르쳐 주고 검술도 가르쳐 주겠다고요?"

묵연이 그의 뜻을 다르게 오해하곤 괜히 민망해서 머리를 긁적였다.

"비웃지 마, 네가 능력이 꽤 출중하다는 건 나도 알아. 그런데 어찌 됐든 너는 아직 어려서 앞으로 많은 것을 배워 나가야 해. 선기 장로 문하에는 제자가 많아서 너까지 신경 쓸 겨를이 없을 거야. 나한테서 배우는 게 뭐 어때서. 이래 봬도 나 무용이 꽤 뛰어난 사람이야."

초만녕은 한참을 가만있다 입을 열었다.

"비웃으려던 게 아니에요. 나는…… 당신이 참 좋은 사람 같아요."

예전 같았으면 이런 말을 절대 하지 못했을 것이다. 그는 몸집이 작아지니 성격도 부드러워졌는지, 어두운 곳에 몸을 숨긴 사람처럼 딱딱한 가면을 마침내 벗어 놓았다.

하지만 묵연은 인생을 두 번이나 살면서도 '당신은 좋은 사람'이라는 말을 처음 들어 보았다. 상대가 어린아이이긴 해도, 그는 너무 기쁜 나머지 어찌할 바를 몰라 말까지 더듬으며 두껍기로 소문난 얼굴을 발그레하게 붉혔다.

"내가, 내가 내가 내가 좋은…… 좋은 사람이라고?"

문득 어릴 때는 정말로 좋은 사람이 되고 싶었다는 생각이 희미하게 떠올랐다.

그런데 그 보잘것없는 소원은 '어른이 되면 연지 가게 이 씨의 누이를 아내로 맞이할 거야', '돈을 많이 벌면 매일 기름떡을 사 먹어야지', '끼니마다 고기조림 두 조각을 먹을 수 있다면 신선과도 바꾸지 않을 거야'처럼 바람이 불면 흩어지는 눈 같은 기억이 되어 버린 지 오래였다.

60장 본좌는 옛 임안에 도착했다

얼마 후 바로 수련이 시작되었다. 그런데 묵연이 가장 열성적으로 하는 일은 깃털을 모으는 것이었다. 전생의 패전자들에게서 많은 걸 배우는 건 애초에 기대도 하지 않았고, 잘 살아가는 것만이 진리라고 생각해서였다.

그들은 매일 날이 밝기 전에 시조심연으로 가서 깃털을 얻은 후, 축용 동굴로 가서 좌선을 하며 몸속의 영력으로 축용 동굴의 불 같은 열기를 견뎌 수련의 경지를 높였다. 두 시진 후에는 우민을 따라 요괴 제어 방법을 수련했다.

그리고 다시 두 시진이 지나면 수라장으로 옮겨 대전을 펼쳤다.

밤이 되면 도화원 관성절벽에서 열여덟 낭자의 '백귀보'와 '구령결' 해설을 들었다.

물론, 묵연이 가장 좋아하는 시간은 밤에 관성절벽에서 경을 읽는 시간이었다. 유일하게 세 부류의 수련자들이 모두 모여 공부하는 시간이기 때문이다.

사매가 경공이 뛰어나지 않다는 걸 아는 묵연은 행여나 그가 배를 곯을까 봐 매일 수확한 깃털의 절반을 그에게 나눠 주고는 했다. 그 시간을 제외하면 사매와 접촉할 기회가 별로 없었고, 오히려 초만녕과 매일 함께 지내면서 그림자처럼 붙어 다니게 되었다.

그 시간 동안 초만녕은 늘 다리 난간에 걸터앉아 나뭇잎을 피리 삼아 불고, 묵연은 그 옆에 턱을 괴고 앉아 해가 뜨고 지고 구름이 모였다가 흩어지는 모습을 구경했다.

가끔은 초만녕이 강가에서 물고기 먹이를 주고, 묵연이 곁에서 우산을 펴 들고 비단잉어가 파닥거리며 만들어 내는 물결을 구경하기도 했다.

도화원에 비가 내리는 날이면 묵연은 한 손으로 초만녕의 손을 잡고 다른 손에는 종이우산을 빳빳하게 펴 들고 여기저기 갈라진 오래된 청석 오솔길을 그와 함께 걸었다.

비가 많이 내려 바닥에 물이 고이면 묵연은 꼬마 사제를 등에 업고 걸었다. 토독토독 빗소리만 들릴 뿐, 녀석은 어깨에 엎드려 말을 많이 하지 않았다.

그러다 더워서 땀방울이 송골송골 맺히면 말수가 적은 사제는 손수건으로 묵묵히 그의 이마에 흐르는 땀을 닦아 줬다. 수수하고 새하얀 손수건 귀퉁이에는 해당화 한 송이가 수놓아져 있었다. 묵연은 그 손수건이 어디선가 본 적 있는 것처럼 눈에 익었지만, 희미한 그 기억은 깊은 못에 떨어진 가랑비처럼 도저히 건져 낼 수 없었다.

이날, 초만녕은 마당에서 쉬고 있었다. 그런데 묵연이 갑자기 흥이 났는지 그의 땋은 머리를 풀고 말총머리로 높이 묶어 주고 있었다. 한창 머리를 빗고 있는데, 엽망석이 왼쪽 어깨를 부여잡고 어딘가 우울한 표정으로 마당에 들어섰다.

눈치가 빠른 묵연은 눈썹을 살짝 추켜세우며 물었다.

"엽 형, 다쳤나 보네요?"

"네."

엽망석이 잠시 주저하더니 미간을 찌푸리며 말했다.

"대련하다가 조금 다쳤어요. 별일 아니에요. 하지만 그놈은 정말 경박하고 더러워 경멸하지 않을 수가 없습니다!"

묵연이 입술을 들먹들먹하며 믿기지 않는다는 듯이 물었다.

"설마 당신을 겁탈……?"

엽망석이 날카로운 눈빛으로 그를 노려보며 차갑게 말했다.

"무슨 생각을 하는 겁니까?"

"하하하, 농담입니다."

묵연이 어색하게 두 번 웃고는 궁금증을 참지 못하고 물었다.

"당신이 말한 그 사람은 누구예요?"

"누구겠습니까? 곤륜 답설궁의 그 풍류량입니다."

그의 묘사를 들은 묵연은 '아' 하고 간단하게 대꾸하고는 속으로 생각했다. 설마 그 사람?

요즘 그는 도화원에서 여제자들이 입만 열면 '대사형'이 어쩌고저쩌고 수군수군하는 걸 여러 번 들었다. 어린 여자들이야 그렇다 치고, 어제는 마흔 살도 넘어 보이는 여제자가 꽃밭 옆에서서 요동치는 눈빛으로 중얼중얼하는 모습을 보았다.

– 이 세상에는 대사형과 견줄 만한 남자가 한 놈도 없어. 그가 진심 어린 눈으로 나를 한번 바라봐 준다면, 나에게 말을 걸어 준다면 지옥 불에 빠져도 좋아.

푹 빠져 푸념하는 그 꼴을 보고 있자니 너무 우스워서, 묵연은 배를 끌어안고 웃었다. 그러고는 그 여인이 말한 '대사형'이 자신이 생각하는 그 사람이 맞는지 생각했다. 도화원에는 수련자들이 매우 많은 데다 서로 왕래하지 않으니, 그도 이름만 들어 봤지 만나 보지는 못했다. 그렇다고 여제자들에게 그런 풍문에 얽힌 이야깃거리를 캐내려니 낯간지러워 그것도 하지 못했던 터라 확신이 서지 않았다.

"오늘 서시장에 있는 영호루에 술을 마시러 갔는데."

엽망석이 입을 열었다.

"그 개자식도 마침 있더군요. 여자 둘을 껴안고 방탕하게 놀면서 말입니다. 서로 원해서 그러고 있는 것일 테니 뭐라 할 수도 없더군요. 또 저와는 상관없는 일이기도 하고요."

묵연이 동감을 표했다.

"그건 그렇죠."

"그런데 나중에 고월야 문하의 여제자가 쳐들어왔어요. 몹시 초조한 얼굴로 이리저리 두리번거리는 것으로 보아 누구를 찾으러 온 것 같았습니다."

묵연이 웃으며 말했다.

"그 '대사형'이라는 사람을 찾으러 온 거겠네요?"

"당신도 대사형에 대해 압니까?"

"하하, 그럼요. 당신 같은 정인군자도 그놈의 방탕한 짓거리들을 알고 있는데 저처럼 이렇다 저렇다 남 뒷소리하기 좋아하는 사람이 모를 리가 있겠어요?"

엽망석이 묵묵히 그를 한번 쳐다보더니 계속해서 말했다.

"그 대사형이라는 놈은 정말이지 돼먹지 못하더군요. 고월야 여제자가 찾아온 건 사실 며칠 전에 그놈이 정인이 되어 곁을 지켜 주겠다며 그 여제자와 증표를 나눠 가졌기 때문이었어요."

묵연이 또 웃으며 말했다.

"그럼 더 들을 것도 없네요. 그런 사랑의 증표라면 대사형은 똑같은 걸로 17, 18개는 가지고 있을 거예요. 여자를 꼬드길 때마다 하나씩 선물하고, 백년해로를 약속하는 말조차 별반 다르지 않을걸요?"

내내 듣기만 하고 아무 말이 없던 초만녕이 결국 입을 열었다. 그는 묵연을 흘겨보며 볼멘소리를 했다.

"또, 또 아는 척."

그런데 엽망석이 묵연 편을 들며 이렇게 말하는 게 아닌가.

"묵 형의 말이 맞습니다. 정말 그랬어요. 원래부터 대사형을 몰래 흠모하고 있던 그 여제자는 그 말을 철석같이 믿고 그날 밤 바로 그에게 정조를 바쳤습니다."

"아이고."

묵연이 안타깝다는 듯이 탄식하며 다급히 초만녕의 귀를 막았다.

초만녕이 담담한 얼굴로 물었다.

"왜 이래요?"

"애들은 들으면 안 돼. 이런 거 들으면 수행에 방해가 되거든."

묵연은 초만녕의 귀를 막더니 얼른 반짝이는 눈으로 물었다.

"그래서요?"

묵연 이 비열한 놈이 의분에 가득 차 피를 토하는 자신의 말을 색정 가득한 화본쯤으로 여기는 것처럼 보이자, 평소 품행이 단정한 엽망석은 위엄 있게 말했다.

"그래서는 뭐가 그래섭니까? 당연히 발뺌했죠. 대사형은 더 이상 그 여제자와 얽히려고 하지 않았어요. 그 여제자가 꺼내 든 증표, 검에 다는 장식술은 대사형이 좌우로 껴안고 있는 여자들도 하나씩 가지고 있던 겁니다. 장식 술은 자신의 벗에게 선물하는 것이지 사랑하는 사람에게 선물하는 게 아니라고 하면서요."

"쯧쯧, 정말 뻰뻰스럽네요."

"그러니까 말입니다."

엽망석이 말했다.

"눈꼴이 사나워서 제가 따졌습니다."

그는 여기까지 말하고는 얼굴빛이 살짝 달라지더니 한참 후에야 다시 말을 이었다.

"따지다가 싸움이 난 거고요."

"그랬군요."

묵연이 웃으며 말했다.

그러나 속으로는 이렇게 생각하고 있었다. 모르긴 몰라도 아닐걸? '대사형'이 내가 생각하는 그 사람이라면 단연코 이런 일로 손찌검하지는 않았을 거야. 엽망석이 곤란해서 뭔가를 숨기고 있는 게 분명해.

물론 엽망석이 말하고 싶어 하지 않는다면 묵연도 굳이 까발릴 이유가 없었다. 그래서 묵연은 화두를 바꿨다.

"대사형이 무예가 상당히 뛰어난 모양이군요. 별 볼 일 없는 상대라면 절대 엽 형에게 상처를 입히지 못할 텐데요."

이 말을 들은 엽망석은 더욱 골이 났는지, 새까만 눈동자에 불꽃이 일고 노기가 번쩍였다.

"뛰어나다고요? 뛰어나기는 개뿔이 뛰어납니다."

엽망석이 벌컥 화를 내며 말했다.

"법술이 평범하니 여자를 앞세우는 졸렬한 놈!"

"네? 하하하하하."

그 말을 듣고 눈여겨봤더니, 아니나 다를까 엽망석은 어깨의 검에 베인 상처 외에도 뺨에 생채기가 서너 군데 나 있었다. 그건 누가 봐도 여자가 손톱으로 할퀸 자국이었다. 그 모습을 본 묵연은 웃느라 정신을 못 차렸다.

"대사형, 역시 명불허전이네요. 하하하하."

초만녕은 아무 말도 하지 않고 잠자코 있었다. 엽망석이 '따지다가 싸움이 난 거고요.'라고 한 뒤부터는 깊은 생각에 잠긴 듯했다.

엽망석이 상처 부위를 싸매러 방으로 돌아간 후에야 초만녕은 입을 열었다.

"묵연."

묵연이 그의 머리를 톡 치며 고쳐 주었다.

"사형이라고 해야지."

"저 사람이 말한 대사형이 매함설 맞죠?"

묵연이 웃으며 대답했다.

"내 생각엔 그런 것 같아."

초만녕은 또다시 아무 말도 하지 않고 생각에 잠겼다.

그러더니 뭔가를 깨달은 듯 눈을 번쩍 뜨며 말했다.

"엽망석 저 사람, 혹시 그에게……."

"쉿! 조용히 해!"

묵연이 손가락을 초만녕의 입술에 가져다 대며 말을 자르더니 쪼그려 앉아 초만녕과 키를 맞추고 웃으며 말했다.

"이마에 피도 안 마른 게 무슨 생각을 하는 거야?"

"……매함설이라는 사람이…… 못 해 본 일이 없을 정도로 황당한 짓을 많이 저지르고 다닌다고…… 들었어요. 유풍문의 제자까지 건드릴 줄은……."

"하하하. 잡상스러운 사람인 건 맞아. 그런데 이만 남의 일에 신경 끄자. 자, 사형이 머리 마저 묶어 줄게. 저번에 서시장에서 괜찮은 머리 장식을 봤는데 얼마 안 하길래 샀어. 꽂아 줄게."

묵연이 초만녕의 안목을 못마땅해하는 것처럼, 초만녕 역시 묵연의 취향에 공감하기가 어려웠다.

초만녕이 눈부시게 빛나는 황금색 나비 모양의 머리 장식을 보며 멈칫했다.

"……나 주려고 산 거 맞아요?"

"그럼. 아이들은 금색이나 빨간색이 잘 어울리거든. 봐 봐, 얼마나 활기차 보여."

초만녕은 마지못해 가만히 있었다. 그런데 곰곰이 생각해 보니 묵연이 처음으로 뭔가를 선물하는 것이었다. 초만녕은 더 이상 불평하지 않고 얼굴을 찡그린 채 묵연이 머리 장식을 꽂게 놔뒀다. 금색의 난초와 나비가 초만녕의 긴 머리 위에서 눈부신 빛을 뿜어냈다.

초만녕은 속눈썹을 늘어뜨리며 생각에 잠겼다.

문득, 지금 이대로도 괜찮다는 생각이 들었다.

이런 색깔도, 이런 묵연도, 이런 자신도, 원래의 몸으로 돌아가면 결코 다시는 없을 것이다.

마치 꿈속에서 날아온 나비 같았다.

세상사 변화무상하고 시간은 화살처럼 빠르게 흘렀다.

수련자들이 도화원에서 수련을 한 지도 어느덧 반년이 넘었다.

열여덟 낭자의 말에 의하면 수련을 시작한 지 반년이 넘으면 수행 진도를 알아보기 위해 우민들이 시험을 시행한다고 했다.

"여러분이 이곳에 온 뒤 처음으로 치르는 시험입니다."

집회에서 열여덟이 낭창하게 말했다.

"시험 내용은 여러분이 수련하는 심법에 따라 세 가지 위험 상황으로 나뉩니다. 방어 기술 수련자들은 '혈하경', 치료 기술 수련자들은 '대비경', 공격 기술 수련자들은 '수라경'으로 들어가게 됩니다."

낭창한 목소리의 설명은 계속 이어졌다.

"이 세 가지 위험 상황은 수백 년 전 귀계가 인간계를 침입했을 때의 기억에 근거해 재현해 낸 허상입니다. 여러분들은 그 속에서 전혀 위험하지 않을뿐더러 허상 속의 위기를 해결하면 바로 도화원으로 돌아올 수 있습니다."

열여덟이 집회에 모인 이들을 둘러보며 천천히 말을 맺었다.

"허상 시험은 한 번에 두 사람밖에 들어갈 수 없습니다. 즉, 혼자 도전할 수도 있고 동반자 한 명과 함께 들어갈 수도 있습니다. 시험 순서는 선사들이 알려 주실 겁니다."

집회가 끝나고 시험이 시작되었다. 방어 기술 수련자와 치료 기술 수련자들의 상황은 어떤지 모르지만, 공격 기술 수련자들은 벌써 예닐곱 명이 시험을 치렀다. 다행히 그들 모두 꽤 훌륭하게 임무를 완수한 것으로 보아 시험이 어렵지는 않은 것 같았다.

잠시 후, 묵연의 차례가 되었다.

공격 기술 수련자 시험을 주관하는 사람이 마침 열여덟이었다.

"묵 선군은 동료와 함께 갈 건가요?"

묵연이 잠시 생각하더니 물었다.

"만약 제가 한 명을 뽑아서 함께 가면 그 사람은 다시 시험을 안 봐도 되는 거죠?"

"그럼요."

"그럼 사제를 데리고 갈게요."

묵연이 초만녕을 가리키며 말했다.

"사제는 아직 어려서 혼자 보내려니 걱정이 되네요."

밝은 달이 하늘에 걸려 있고, 그들은 열여덟을 따라 껌껌한 동굴 앞에 도착했다. 그 동굴은 금홍(金紅)색 연기에 휩싸여 있었다.

"두 분 잘 들으세요. 수라경은 이백 년 전 귀계가 처음 파열되었을 때의 참혹한 현장을 재현한 겁니다. 당시 결계를 제때에

봉합하지 못하는 바람에 원혼과 악귀 떼가 인간 세상으로 탈출해 수없이 많은 백성을 살해했지요. 이 허상은 바로 당시 살아남은 임안의 한 생존자의 기억을 토대로 만들어진 것으로, 동굴 속에 발을 들이는 순간 이백 년 전 전란의 임안성에 도착할 겁니다. 우두머리 귀왕을 죽이면 허상은 저절로 파열되지요."

묵연이 초만녕을 한번 보더니 웃으며 열여덟에게 말했다.

"선녀님, 저야 살가죽이 두터워서 상관없는데 제 사제는 이제 여섯 살밖에 안 됐어요. 칼에 눈이 달린 것도 아니고 혹시라도 다치면……."

"걱정하지 마세요. 허상 속의 모든 무기는 두 분을 실제로 다치게 하지 않습니다."

열여덟이 설명했다.

"다치면 표시된 영력이 줄어들 겁니다. 그러다가 급소를 맞으면 두 분이 중상을 입어 사망한 것으로 표시되는데 그러면 도전은 실패로 처리되지요."

묵연은 그제야 안심하며 손뼉을 쳤다.

"그렇군요. 선녀님들 정말 빈틈없이 준비하셨네요. 감사합니다."

걱정도 덜었겠다, 묵연은 곧장 초만녕과 함께 시험을 치르러 동굴로 들어갔다. 컴컴한 동굴에 발을 들이자 갑자기 몸이 허공에 뜨는 느낌이 들더니, 곧이어 눈앞에 희미한 광경이 어지럽게 펼쳐지고 수천수만 개의 찌그러진 얼굴이 강을 이루며 발밑에서 떠내려갔다.

두 사람이 완전히 착지했을 때는 이미 옛 임안의 교외에 있는 한 건널목이었다. 마침 한낮이라 해가 작열하고 공기 중에는 비리고 퀴퀴한 냄새가 가득 차 있었다.

이백 년 전 온갖 잡귀가 돌아다니던 임안 고성은 코를 찌르는 비린내와 함께 전쟁의 불길에 타다 남은 화폭처럼 서서히 묵연과 초만녕의 눈앞에 처량하게 펼쳐졌다.

61장 이게 누구야!

당시 임안은 마침 전란을 겪고 있어 눈길이 닿는 곳마다 피가 고이고 살점이 굴러다녔으며, 황폐하고 처량하게 무너진 담장이 여기저기 널려 있었다. 성 밖에는 나무와 풀 따위가 악귀가 뿜어낸 독한 기운에 바싹 시들어 맥없이 쓰러져 있었다.

묵연이 미처 정신을 차리기도 전에 어디선가 괴성이 들려왔다. 고개를 들어 보니, 멀지 않은 곳에 간신히 버티고 서 있는 늙은 회화나무의 말라비틀어진 가지에 아직 신선한 창자가 걸려 있고, 까마귀 떼가 시커멓게 모여들어 피와 살점이 뚝뚝 떨어지는 그 창자를 신나게 쪼아 먹고 있었다.

나무 밑에는 한 중년 남자의 시체가 널브러져 있었는데, 배가 날카로운 발톱에 찢겼는지 더러운 피와 장기를 토해 내고 있었다. 눈동자는 벌써 깡그리 쪼아 먹히고 없어서 숨통이 끊기는 순간에 눈을 뜨고 있었는지 감고 있었는지도 알 수 없었다.

묵연은 이런 광경이 낯설지 않았다.

전생에 그가 인간 세상을 종횡무진하며 유풍문 72개 성을 모조리 학살했을 때에도 핏물에 방패가 떠내려가고 산천에 온통 시체가 쌓여 있어 참혹하기가 지금과 다를 바 없었다.

그런데 전생에서는 온몸의 세포 하나하나가 흥분되어 울부짖을 정도로 그를 통쾌하게 했던 참상인데, 갑자기 다시 마주하게 되니 마음이 오싹하고 연민마저 느껴졌다……. 얌전한 척을 오래했더니 저도 모르는 사이에 성질이 바뀐 걸까?

생각에 잠겨 있는 그때, 별안간 말발굽 소리와 함께 먼지가 희뿌옇게 일었다.

이렇게 전란으로 세상이 어수선한 시기에 말을 타고 질주하는 놈이라면 대부분 별로 좋은 놈은 아닐 터였다.

묵연이 재빨리 초만녕을 잡아끌어 등 뒤에 숨겼지만 임안의 옛길은 주위가 황량하고 적막하여 몸을 숨길 데가 마땅치 않았다. 순식간에 경기병 무리가 자욱한 먼지와 연기를 뚫고 나타났다. 가까이에서 보니 말들은 오랫동안 굶었는지 갈비뼈가 선명하게 드러나 있었고, 열 명 남짓한 일행은 그 등에 탄 채 고삐를 잡고 있었다.

무리는 모두 흰색 바탕에 가두리 장식을 한 단단한 옷을 입고, 빨간색과 흰색 깃털이 달린 투구를 쓰고, 두 마리 용이 뒤엉켜 싸우는 그림이 수놓인 머리띠를 두르고 있었다. 옷은 별로 깨끗하지는 않았지만 단정하고, 얼굴은 무척 야위었지만 여전히 활기가 넘쳤다. 더욱 놀라운 건 사람마다 경궁(勁弓)을 차고 등에는 빼곡히 채워진 화살통을 메고 있는 모습이었다.

전쟁이 일어나고 난세가 이어지면 소중한 건 음식과 무기 두 가지뿐이다.

그들은 보통 사람이 아닌 게 분명해 보였다.

묵연이 상대가 호의를 안고 왔는지 악의를 숨기고 왔는지, 적이 될지 벗이 될지를 파악하고 있는 그때, 무리에서 열네다섯쯤 돼 보이는 소년이 비명을 질렀다.

"아버지! 아버지!"

소년은 말의 등에서 비틀거리며 진흙탕에 쿵, 굴러떨어지더니 허겁지겁 몸을 일으키고는 넘어지고 부딪쳐 가며 나무 아래로 뛰어갔다.

"아버지! 아버지!"

소년이 중년 남자의 시체에 와락 안겨 목 놓아 울부짖었다.

나머지 사람들은 가엾은 눈으로 그 광경을 지켜볼 뿐, 그런 죽음을 무뎌질 정도로 많이 봐 왔던 터라 아무도 말에서 내려와 시체를 끌어안고 통곡하는 그 소년을 말리지 않았다.

누군가 멀지 않은 곳에 있는 묵연과 초만녕을 발견하고 흠칫하더니 임안 사투리가 섞인 표준어로 물었다.

"당신들은 이곳 사람이 아니죠?"

묵연이 대답했다.

"네……. 저희는 촉 땅에서 왔습니다."

"그렇게 먼 곳에서?"

상대가 화들짝 놀라며 물었다.

"밤만 되면 악귀가 득실거리는 요즘 같은 말세에 어떻게 살아남은 거요?"

"……제가 법술을 좀 알아요."

묵연은 말이 많으면 꼭 실수하는 법이라는 걸 잘 알고 있었지만 일행이 나쁜 마음을 품은 것 같지는 않아 초만녕을 잡아당기며 화두를 바꿨다.

"이 아이는 저의 동생입니다. 이곳을 지나가던 참이었는데 더는 걸을 수 없어 쉬어 가려고요."

그리고 말을 탄 무리 중 몇몇이 초만녕을 발견했는지 흠칫 놀라더니, 저들끼리 귓속말로 뭔가를 수군거렸다.

묵연이 경계하며 물었다.

"왜들 그럽니까?"

"아무것도 아니에요."

앞장선 청년이 대답했다.

"쓸데없는 얘기는 차치하고, 쉬어 가려거든 성안에서 쉬세요. 지금 당장은 괴물이 안 보여도 밤만 되면 여기저기 출몰하니까요. 만이 양아버지도 낮에 먹을 것을 구하러 나갔다가, 폭우를 만나 날이 밝을 때 돌아오지 못하는 바람에 저렇게……."

그가 한숨을 길게 내쉬며 말을 잇지 못했다.

알고 보니 만이는 대성통곡하고 있는 그 소년이고, 나무 밑의 시체는 다름 아닌 그의 양아버지였다. 난세에는 이런 일이 늘 있는 법이다. 입에 풀칠할 만한 것을 구하러 나갔던 멀쩡한 사람이 영영 돌아오지 못하는 일이 심심찮게 벌어진다.

이백 년 전에 벌어졌던 일이라는 것은 알고 있다. 하지만 소년이 억장이 무너진 채 피맺힌 절규를 하는 모습을 보고 있자니, 묵연은 저도 모르게 씁쓸한 마음이 들었다.

씁쓸한 마음도 잠시, 묵연은 그런 자신 때문에 깜짝 놀라지 않을 수 없었다.

전생에는 음험하고 악랄하기 그지없었는데 왜 이렇게 마음이 약해진 걸까?

묵연은 곧바로 초만녕을 끌어당기며 청년들과 작별했다.

그때 앞장선 우두머리가 제안했다.

"임안 성에 들어가면 먼저 머물 곳을 찾아보세요. 임안은 이틀 뒤에 성 전체를 보타산로 옮길 예정이에요. 그곳은 영기가 가득 차 아직 귀신들이 침범하지 못했거든요. 혈혈단신으로 돌아다니다가 위험에 처할지도 모르는데 저희와 함께 가는 게 어때요?"

"성을 옮긴다고요?"

"그래요."

이 얘기를 꺼내는 그의 눈빛이 반짝반짝 빛나더니 얼굴이 환해졌다.

"초 공자께서 훌륭한 계략을 세워 주신 덕분에 성안의 백성들이 목숨을 부지할 수 있게 됐어요. 이 얘기는 이만하고, 날이 어두워지기 전에 생존자가 더 있는지 서둘러 성 밖을 둘러봐야 해요. 한 명이라도 더 데리고 가야죠. 휴, 소만아. 가자, 가자."

그의 부름에도 소만은 여전히 양아버지의 시체를 끌어안고 눈물을 흘릴 뿐 돌아보지 않았다.

묵연이 가볍게 한숨을 내쉬며 초만녕에게 낮은 소리로 말했다.

"가자. 우선 성안으로 들어가자."

초만녕이 고개를 끄덕이더니 갑자기 물었다.

"이들이 정말 성을 성공적으로 옮겼을까요?"

묵연이 차가워진 그의 야들야들한 손을 잡으며 물었다.

"진실을 듣고 싶은 거야, 거짓말을 듣고 싶은 거야?"

"당연히 진실이죠."

"아이들은 거짓말을 듣는 게 더 좋지."

그러자 초만녕이 담담하게 말했다.

"옮기지 못했어요."

"맞아."

묵연이 짧게 대답하더니 이어 말했다.

"거봐, 너도 답을 알고 있으면서 왜 물어봐. 나한테 물어보면 결과가 달라지는 것도 아니고."

초만녕은 아랑곳하지 않고 계속해서 물었다.

"왜 못 갔는지 알아요?"

"또 나한테 물어보네. 무슨 이백 년을 산 늙은 요괴도 아니고, 내가 어떻게 알아."

초만녕은 잠자코 있다가 음울한 표정으로 말했다.

"이백 년 전에 임안 사람들은 거의 다 죽었어요."

"……."

"몇 명 살아남지 못했어요."

"아니, 사제. 나이도 어린 게 그런 건 어떻게 알아?"

그러자 초만녕이 묵연을 흘겨보았다.

"옥형 장로가 지난 역사를 강의할 때 몇 번이나 얘기했는데 수업 시간에 흘려듣고는 도리어 저한테 어떻게 그렇게 잘 아냐고 하다니, 정말 괘씸하네요."

묵연은 어이가 없어 속으로 생각했다. 내가 내 스승 수업에 딴생각하는 걸, 사존도 뭐라 안 하는데 네가 왜 난리야. 그러나 이내 그는 어린아이와 똑같이 굴지 않기로 했다.

얘기를 주고받으며 걷다 보니 어느새 성문을 지나 임안 성안에 도착했다. 전당강(錢塘江)을 마주하고 우뚝 솟은 오래된 성은 벌써 성벽을 견고하게 하고 방어벽을 만들어 놓았다.

성 밖에 산처럼 쌓여 있는 시체는 모두 악귀의 저주가 걸려 있어, 처리하지 않으면 밤에 되살아날 것이다.

도사들이 정오의 충만한 양기를 받으며 향을 태우고 난 재를 시체 더미에 흩뿌리고 있었다. 저주가 유난히 심하게 걸린 시체들은 주사에 술을 묻혀 부적을 써서 몰아냈다.

성문 방어벽 앞에 경비병 두 명이 지키고 있었다. 그들은 성 밖에서 만났던 청년들처럼 흰색 바탕에 빨간 가두리 장식을 한 옷을 입고 두 마리의 용이 수놓아진 머리띠를 둘렀으며, 팔에는 활을 걸고 등에는 빼곡히 채워진 화살통을 메고 있었다.

"잠깐만, 누구냐?"

묵연은 아까 말했던 그대로 그들에게 설명했다. 두 경비병은 일부러 못 들어가게 막은 게 아니라 이름을 적게 하려고 그들을 불러 세운 것이었다. 두 사람이 기록부에 정보를 남기니 곧 통행을 허가했다.

떠나기 전 묵연은 문득, 아까 만났던 자들이 언급했던 '초 공자'가 떠올랐다. '초 공자'의 좋은 계획 덕분에 임안 성을 옮길 수 있다고 했으니, 이 허상을 깨고 나가는 관건은 초 공자에게 달려 있을 거라는 생각이 들었다. 그가 다시 입을 열었다.

"죄송합니다, 사람을 좀 찾고 있는데요."

묵연의 질문에 경비병이 눈을 치켜뜨며 물었다.

"촉 땅에서 왔다면서 이곳에 아는 사람이 있소?"

묵연이 웃으며 설명했다.

"그게 아니라, 오는 길에 군인들을 만났는데 초씨 성을 가진 공자를 언급하더라고요. 그분이 이틀 뒤에 성안의 백성들을 전부 거느리고 보타산으로 갈 거라고 하면서요. 초 공자는 어떤 분입니까? 소인이 법술을 조금 아는데 조금이나마 보탬이 될까 해서요."

경비병은 그를 아래위로 훑어보더니, 어린아이까지 달고 그렇게 먼 길을 걸어 털끝 하나 다치지 않고 이곳까지 왔다면 아마 재주가 좀 있겠네, 싶었는지 선뜻 대답해 주었다.

"초 공자는 태수 어르신의 첫째 아드님입니다. 한 달 전 귀왕이 강림했을 때 태수 어르신이 불행하게도 살해된 후부터는 줄곧 공자님이 우리를 이끌고 적을 막아 냈어요."

"태수 어르신의 공자라고요?"

묵연이 초만녕과 서로 한번 마주 보더니 물었다.

"희한하네요. 태수 어르신의 공자님이 법술을 알아요?"

"희한할 게 뭐 있나!"

경비병이 묵연을 흘겨보더니 말했다.

"큰 문파만 수련하고 민간에서는 따로 수련하지 말라는 법 있습니까?"

따로 수련하는 경우도 있긴 하지만 보통은 장래성이 없다.

설마 제대로 알지도 못하는 초 공자가 쓸데없이 계략을 세워 오히려 임안 백성들의 목숨을 빼앗은 건 아니겠지? 묵연은 속으로 생각했다.

그런데 경비병의 안내에 따라 태수 관저로 간 묵연은 이내 자신이 잘못 생각했다는 걸 알 수 있었다. 공교롭게도 초만녕과 같은 성을 가진 그 공자는 딱 봐도 어설픈 실력을 가진 사람이 아니었다.

상청 결계를 보았기 때문이다.

상청 결계는 대단히 막강한 정기 결계로 주변의 모든 사악한 기운을 막아 낼 수 있다. 이런 결계를 쳐 두면 보통 귀신은 물론 천년 묵은 악귀도 발도 들이지 못한다.

다만 이런 결계는 반드시 시술자가 직접 그 중심에 들어가야 하기 때문에 방어 범위가 작다. 초만녕 같은 대종사도 상청 결계로 사생지전의 절반밖에 가리지 못한다.

그런데 이백 년 전의 인물인 초 공자가 태수 관저를 중심으로 반경 10리 땅을 모두 덮을 수 있을 정도의 상청 결계를 만들어 낸 것이다. 물론 초만녕에는 많이 못 미치지만 그래도 보통 사람이 견줄 만한 능력은 아니다.

원래는 태수 관저 입구의 경비병에게 지금 관저 앞에 공자님을 도와주기를 자청하는 수사가 기다리고 있다고 전하게 한 다음, 태수 어르신의 공자님이 어떻게 나오는지 보려 했던 참이었다.

그런데 모퉁이를 돌자마자 태수 관저 앞에 세 줄로 길게 늘어선 사람들이 보였다. 경비병과 경기병들과 같은 차림의 여섯 시녀가 큼직한 나무통을 꺼내어 늘어놓고, 그 앞에는 얼굴이 누렇게 뜨고 깡마른 늙은이며 부녀자들과 아이들이 모여서 나눠 주는 죽을 받고 있었다.

죽을 받은 사람들은 또 하나같이 관저 앞에 있는 해당화 나무 아래로 모여들었다. 나무 아래에는 새하얀 옷을 입은 남자가 검고 윤기 나는 머리카락을 대충 둥글게 감아 매듭을 짓고, 부적을 한 장 한 장 직접 그려 사람들에게 나눠 주며 주의 사항까지 자상하게 알려 주고 있었다.

묵연을 등지고 서 있어서 얼굴은 보이지 않았다.

부적을 받은 사람들은 감격에 겨워 연신 그에게 인사를 했다.

"초 공자님이 베풀어 주신 은혜 정말 감사합니다. 초 공자님이 베풀어 주신 은혜 정말 감사합니다……."

저 사람이 태수 어르신의 공자님인가?

궁금해진 묵연은 사제의 손을 잡고 함께 근처를 기웃거렸다.

그리고 묵연은 초 공자의 모습을 제대로 보자마자, 번개라도 맞은 사람처럼 두 눈을 동그랗게 뜨고 그대로 굳어 버렸다.

이, 이 사람은 초만녕이잖아?

묵연은 둘째 치고 초만녕 자신마저도 어안이 벙벙해졌다. 줄의 맨 끝에서 바라본 초 공자는 이목구비가 뚜렷하면서도 콧날의 곡선은 부드러운 게, 입고 있는 새하얀 옷마저 자신과 무척이나 닮아 있었다.

초만녕과 묵연은 그대로 할 말을 잃고 말았다.

한참을 멍하니 바라보던 묵연이 휘청거리며 물었다.

"사제."

"네."

"이 공자님이 누구와 많이 닮았다는 생각 안 들어?"

초만녕이 딱딱한 목소리로 대답했다.

"옥형 장로를 닮았어요."

묵연이 허벅지를 '탁' 치며 감탄했다.

"그렇지? 어떻게 된 일이지? 이 사람 대체 누구야? 사존이랑은 또 무슨 사이고?"

"……제가 어떻게 알아요."

"강의를 열심히 들었다며?"

묵연은 조바심이 나서 물었다.

"강의할 때 이런 건 말해 주지 않거든요."

초만녕이 볼멘소리를 했다.

두 사람은 다시 말없이 줄을 따라 천천히 앞으로 나아가며 눈도 깜빡이지 않고 공자를 바라보았다.

자세히 보니 초 공자와 초만녕은 판에 박은 것처럼 똑같이 생기지는 않았다. 초 공자는 좀 더 우아하고 얌전했으며, 눈은 초만녕처럼 가늘고 길지 않았지만 눈동자는 더욱 촉촉해서 눈빛이 훨씬 부드러웠다.

"엥?"

뚫어져라 바라보던 묵연이 갑자기 고개를 숙여 사제를 보았다.

"어디 봐 봐."

"왜 이래요……."

초만녕은 저도 모르게 마음이 켕겨 고개를 돌렸다.

초만녕이 숨으려고 하자, 묵연은 끝까지 물고 늘어지며 손으로 그의 얼굴을 잡아 강제로 고개를 돌려놓았다. 그러고는 한참을 보더니 갑자기 뭔가 깨달은 듯 중얼거렸다.

"어이쿠야."

초만녕은 아무렇지 않은 척하며 물었다.

"왜, 왜요?"

묵연은 눈웃음을 지으며 말했다.

"어쩐지 아까 성 밖에서 그 사람들이 너를 보자마자 수군대더라니. 그러고 보니 너도 사존이랑 좀 닮았네."

초만녕이 황급히 그를 물리치며 귓불을 붉혔다.

"허튼소리 하지 마세요."

"그런데 희한하네. 아까 경비병도 한눈에 알아본 걸 나는 왜 여태 모르고 있었을까?"

초만녕은 아무런 대꾸도 하지 않았다.

아무리 생각해도 까닭을 알 수 없어 답답하던 그때, 어린아이의 낭랑한 목소리가 들려왔다.

"아버지."

62장 본좌가 사제에게 들려주는 이야기

묵연은 소리가 나는 쪽으로 고개를 돌렸다. 답이 나타난 것이다. 그리고 그 답은 관저의 돌계단에서 비틀거리며 뛰어 내려오고 있었다.

서너 살 먹은 어린아이가 대나무로 만든 바람개비를 들고 초공자를 향해 달려왔다. 깨끗한 장포를 입고 목에는 푸른 옥 목걸이, 얼룩말 모양의 기명쇄,[#1] 붉은 비단으로 만든 부적을 걸고 있었다. 아이는 정말 사제의 축소판 같았다.

"……."

묵연은 그제야 아까 그 기병들이 수군거린 이유를 알 것 같았다.

그가 결국 참지 못하고 중얼거렸다.

"사제, 너와 사존은 둘 다 임안 사람이고 사존도 초씨야. 이백년 전의 초씨 집안이 두 사람의 종가는 아니겠지……? 너와 사존

#1 기명쇄 寄名鎖. 장수를 기원하며 아이들 목에 거는 장식물

이 먼 친척이라든지…… 왠지 그럴 가능성이 아주 큰 것 같은데."

초만녕도 말없이 두 사람을 쳐다보고 있었다.

그는 지금까지 자신의 과거를 모르고 살아왔고, 어렸을 때의 일은 잘 기억나지 않았다.

설마, 저 초 공자라는 사람이 정말 내 조상일까…….

한참 생각에 빠져 있던 중, 묵연의 차례가 왔다.

초 공자가 고개를 들었다. 묵연에게 부적을 써 주어야 하건만, 낯선 사람을 본 그가 자기도 모르게 멈칫했다. 그러나 초 공자는 이내 따뜻하게 웃으며 말했다.

"외지에서 오셨군요. 이곳에 처음 오셨습니까?"

그의 목소리는 신중하고 온화했다. 얼음처럼 차가운 초만녕과는 천지 차이였다.

"아…… 아, 예, 맞습니다."

스승을 쏙 빼닮은 사람이 갑자기 친절하게 말을 걸어 오자 묵연은 알 수 없는 감정이 들어 순간 어찌할 바를 몰랐다.

초 공자가 미소를 지었다.

"저는 초순(楚洵)이라고 합니다만, 존함을 여쭤봐도 될까요?"

"성, 성은 묵, 이름은 연이라 합니다."

"묵 공자는 어디서 오신 겁니까?"

"머, 멀리서 왔습니다. 초, 촉 땅에서요."

초순 공자가 부드럽긴 했지만, 묵연은 여전히 이 사람이 자신을 꿰뚫어 보고 있는 것 같다는 느낌이 들었다.

초순은 잠깐 멍해지더니 겸손한 미소를 지으며 말했다.

"정말 멀리서 오셨군요."

잠시 후, 그는 시선을 아래로 내려 옆에 서 있는 초만녕을 보았다. 우아한 얼굴에 놀라움이 비쳤다.

"이분은……."

"하사역이라고 합니다."

초만녕이 말했다.

묵연은 그를 자기 쪽으로 끌어당겨 머리를 쓰다듬으며 억지웃음을 지었다.

"제 아우입니다."

생긴 건 내가 아니라, 당신을 닮았지만 말이야.

큰 전쟁이 코앞이라 마음이 조급해서인지, 초순은 많은 생각을 할 겨를이 없었다. 아니면 그는 그저 환각 세계의 인물이니 이 세계에 속하지 않는 일에는 격한 반응을 보이지 않는 건지도 모른다. 어쨌거나 그는 미간을 찌푸리며 초만녕을 한참 쳐다본 뒤, 잘 그린 부적 두 장을 두 사람에게 나눠 주었다.

"멀리서 온 귀한 손님인데, 하물며 지금처럼 백성이 살아가기 힘든 세상에서는 더 귀하지요. 이 부적들을 받으시고 다른 일정이 없으시면 성안에서 며칠 머물다 가시지요."

묵연이 말했다.

"듣자 하니 공자께서 사람들을 데리고 보타산으로 가신다고 하던데요. 이 부적은 무슨 용도입니까?"

"혼을 숨기는 부적입니다. 몸에 지니고 있으면 산 자의 숨결을 숨길 수 있지요."

초순의 설명을 들은 묵연은 즉시 이해했다.

"아, 알겠습니다. 산 자의 숨결을 덮으면 혼귀는 상대가 산 자인지 죽은 자인지 알 수 없다는 말씀이시죠. 그러면 우리가 악귀의 코앞을 지나가더라도 아마 어찌할 바를 모르고 갈팡질팡하겠군요."

초순이 미소를 지으며 말했다.

"바로 그겁니다."

묵연은 그의 바쁜 모습을 보고 더는 묻지 않기로 했다. 그래서 초순 공자에게 감사 인사를 한 뒤 사제를 이끌고 한쪽으로 갔다.

두 사람은 담장 옆에 앉았다. 묵연은 부적을 든 채 넋이 나가 있는 사제를 보고 물었다.

"무슨 생각 해?"

"이건 정말 좋은 방법이라고 생각하고 있었어요."

초만녕은 차분히 생각했다.

"그런데 왜 결국은 떠나지 못했을까요."

"그건 책에 안 나와 있어?"

초만녕이 말했다.

"이백 년 전의 이 재난은 《임안집주(臨安集注)》에 가장 자세히 기록되어 있어요. 그나마도 몇 줄 안 되지만요."

묵연이 물었다.

"책에 뭐라고 나와 있는데?"

"임안이 포위되어 성안의 상황은 알 수 없었다. 의병이 포위망을 뚫고 와 보니 길거리에는 시체가 여기저기 널려 있었고, 실내 열 곳 중 아홉 곳은 비어 있었다. 태수 관저 사람 100명과 740호 민가의 백성이 모두 죽었다."

"……."

묵연은 잠시 말이 없었지만, 곧 입을 열었다.

"왜 죽었는지는 안 나와?"

"안 쓰여 있어요. 그때 임안성은 포위되어 있었고, 살아남은 사람이 몇 안 돼요. 후에 운 좋은 몇 사람이 우민에게 구조되긴 했는데, 우민은 원래 세상일에 관여하지 않고 속인들과는 생각이 다르잖아요. 그들의 눈에는 진실이 무엇인지는 중요치 않아요. 잘 알고 있다 해도 아무 이유 없이 까발리지도 않고요."

초만녕은 잠시 뜸을 들인 후 계속 말했다.

"하지만 저 사람들이 이틀 후엔 간다고 말하니, 그때 무슨 일이 있었는지는 곧 알 수 있겠죠. 우리 여기저기 돌아보는 게 어때요? 건질 만한 단서가 있을지도 모르잖아요."

두 사람은 혼을 숨기는 부적을 잘 넣은 다음, 일어날 채비를 했다.

갑자기 어디선가 발소리가 들리더니 초만녕의 소매를 잡아당겼다.

"형아."

초만녕이 돌아보니 자신과 꼭 닮은 어린 공자가 서 있었다. 아기 티가 물씬 나는 공자가 옹알거리며 말했다.

"형아, 아버지가 형들이 여기서 지낼 곳이 없다고, 괜찮으면 오늘 밤은 우리 집에서 자래요."

"그게……."

초만녕과 묵연은 어쩔 줄 몰라 하며 서로만 바라봤다.

묵연이 물었다.

"괜찮겠니? 네 아버지께선 바쁘신데."

"괜찮아요."

꼬마는 따뜻하게 미소 지었다.

"우리 집엔 갈 곳이 없어 온 사람이 많아서, 다 같이 살아요. 아버지가 계시면 밤에 무섭지도 않고 귀신도 안 와요."

말이 논리 정연하진 않았지만 소박하고 따뜻해서 저절로 귀여운 마음이 들었다.

묵연이 말했다.

"좋아, 그럼 오늘은 태수 관저에 신세를 좀 져야겠다. 고맙다, 아우야."

"헤헤, 아니에요, 아니에요."

아이가 폴짝폴짝 뛰어 멀리 가고 나자, 묵연이 초만녕의 손을 잡아끌며 말했다.

"야, 내 말 좀 들어 봐."

"무슨 말 하고 싶은지 알아요. 입 다물어요."

"하하하. 눈치챘어?"

묵연은 웃으며 그의 머리를 쓰다듬었다.

"사생지전에 돌아가면 나 정말 사존께 여쭤봐야겠어. 서로 닮은 것에 대해서 말이야. 만약 초 태수와 아무런 혈연도 없다고 하면 정말 믿을 수가 없을 것 같아."

초만녕이 말했다.

"……혈연이면 또 어떻다고."

"어?"

초만녕은 담담하게 나무 아래의 부자를 바라보다가 아무 감정

없이 말했다.

"어쨌거나 다 이백 년 전의 일인걸요. 다 죽었어요."

그는 말을 마치자마자 몸을 돌려 걸어갔다.

묵연은 자리에서 멍하니 서 있다가, 그제야 얼른 그를 따라가면서 옆에서 계속 투덜댔다.

"야, 어린놈이 말이야, 쪼그만 게 왜 이렇게 매정해? 죽은 건 맞지, 그래도 다 조상님 아니야. 나라면 제사도 좀 드리고, 9척 높이의 금상을 만들어서 공양도 좀 하고, 금상에 훈향료도 잔뜩 바르고, 보석도 걸고, 매년 향불이 끊이지 않게 할 거야. 나는 조상님들이 날 좀 지켜 줬으면 좋겠는데……. 아이참, 너무 빨리 걷지 마."

성안을 한 바퀴 돌던 두 사람은 집마다 볏짚이란 볏짚은 다 긁어모아 허수아비를 만들어 놓은 것을 발견했다.

물어보니 이것들은 모두 초순 공자가 성 사람들에게 시킨 것이었다. 성 주민들은 나이에 상관없이 모두 자신의 허수아비가 있어야 했다. 허수아비 안에는 자신의 피를 묻힌 종이를 넣었다. 이른바 '가짜 꼭두각시'를 만든 것이다.

이것은 마치 강의 신 하백이 사람을 잡아먹으려고 하자, 누군가 고기 넣은 만두소로 찐빵을 만들어 하백에게 제사를 올린 것과 마찬가지였다.

어떤 귀신은 근본적으로 타고난 머리가 좋지 않아서, 별거 아닌 속임수로도 그들을 빙글빙글 돌게 할 수 있었다. 초만녕 일행이 만났던 귀신 주례가 진흙으로 만든 머리라 제대로 걸려든 것처럼 말이다.

그러고 보면 초순은 임안 사람들을 위해 최소 두 가지의 대책을 마련해 두었다. 첫 번째는 혼을 숨기는 부적을 써서 그들이 피난길에서 귀신의 눈에 띄지 않게 하는 것이었다.

두 번째는 허수아비 꼭두각시였다. 귀신이 성안 사람들이 모두 사라진 걸 알게 되면 분명 신속히 움직일 것이므로, 꼭두각시를 백성으로 위장하여 피난길에 오른 사람들에게 시간을 벌어 주려 함이었다.

그러나 이럴수록 묵연과 초만녕의 의심은 더욱 강해졌다.

초순 공자는 이렇게 철저히 준비를 다 했는데 어째서 막판에 일을 그르친 걸까?

그들은 이런 의구심을 품은 채 태수 관저에 도착했다. 이미 어둠이 내린 후여서 외진 곳에 사는 많은 사람은 집에 돌아가려 하지 않았다. 생계를 버려둔 채 가족들을 데리고 상청 결계 안에서 밤을 보냈다.

태수 관저는 밤에도 문을 잠그지 않았다. 낮에 봤던 흰옷을 입은 경비병들만 남아 도처를 순찰했다.

묵연과 초만녕이 도착했을 때는 남은 방이 없었다. 여기저기 온통 사람으로 꽉 들어찼는데, 한 방에 최소 서너 가족이 웅크리고 있어 더는 발 디딜 틈이 없었다.

결국, 두 사람은 회랑에 앉을 수밖에 없었다. 이불은 당연히 없을 테니 묵연은 경비병에게 부탁해 볏짚을 가져다 바닥이 푹신하도록 깔고, 초만녕을 안고 누웠다.

"미안하지만 오늘은 여기서 자야겠다."

"엄청 좋은데요."

"그래? 나도 좋은데."

묵연은 웃으면서 초만녕의 옆에 누워 기지개를 켰다. 그러고는 팔을 베개 삼아 베고는 회랑 지붕을 쳐다봤다.

"사제, 저 조인(鳥人)들, 환각 세계 만드는 실력이 정말 대단해. 물론 생존자의 기억을 바탕으로 만들긴 했지만, 지붕 목재의 무늬까지 이렇게 또렷한 것도 쉽지 않은 일이잖아."

초만녕이 말했다.

"우민들은 반신반인이니까요. 법력은 아직 최고 경지에 이르지 못했지만, 어쨌든 속인은 범접할 수 없는 능력이 있어요."

"그렇지."

묵연이 눈을 깜박이며 몸을 일으키더니, 머리를 받치고 초만녕을 바라보았다.

"잠이 안 오네."

"……."

그를 힐끗 본 초만녕이 말했다.

"어떻게, 내가 이야기라도 하나 해 줘요?"

사실 비아냥거리는 말투로 던진 농담이었는데, 뜻밖에도 묵연이 뻔뻔스럽게 웃었다.

"좋지, 좋아. 사제, 나에게 일곱 선녀와 동영의 이야기를 해 줘."

초만녕은 그가 이렇게 진지하게 받아들일 거라고는 미처 생각하지 못했다. 그래서 씩씩거리며 얼굴을 돌렸다.

"꿈도 크네요. 나이가 몇인데 창피하지도 않나."

묵연이 웃으며 말했다.

"잘 봐. 사람은 언지 못한 것에 대한 미련이 늘 있어. 이건 나이와는 상관없는 거야. 어릴 적 내가 잠들기 전에 이야기를 해 주는 사람이 없어서 나는 항상 나를 달래 주고 위로해 주는 사람이 있으면 좋겠다고 생각했지. 근데 그 후로도 그런 사람은 나타나지 않았어. 크고 나서는 더는 그런 생각을 하지 않았지만 마음속에 항상 미련이 남았지."

"……."

"너도 어렸을 때 누가 너한테 이야기 들려준 적 없지?"

"네."

"하하, 그래서 일곱 선녀와 동영의 이야기도 어떻게 얘기해야 할지 모르겠구나?"

초만녕이 말했다.

"……그런 저질스러운 얘기를 해 봤자 뭐가 좋다고."

"못 하면 그냥 못 한다고 해. 저질스럽니 어쩌니 하지 말고. 너 이러면 나중에 커서 우리 사존처럼 될 게 뻔해. 완전히 재미없는 사람 말이야. 아무도 너랑 어울리려고 하지 않겠지."

초만녕이 화를 냈다.

"어울리기 싫으면 어울리지 말라지. 잘래요."

그는 말을 하자마자 누워서 눈을 감았다.

묵연은 너무 웃겨서 데굴데굴 굴렀다. 구르다가 초만녕의 옆까지 왔다. 그는 사제의 감긴 눈을 자세히 뜯어보았다. 고르게 긴 새카만 속눈썹이 귀여웠다. 그는 사제의 얼굴을 살짝 꼬집었다.

"진짜 잠들었어?"

"잠들었어요."

"하하."

묵연이 웃더니 말을 이었다.

“그럼 자. 내가 이야기 하나 들려줄게.”

“이야기할 줄 알아요?”

“그럼, 네가 잠꼬대할 줄 아는 것처럼.”

초만녕이 입을 닫았다.

묵연은 그의 옆에 누웠다. 볏짚을 베고 누운 두 사람의 머리가 아주 가까웠다. 묵연은 웃다가 자신을 외면하는 사제를 쳐다보고는 결국 과장된 웃음을 멈췄다. 그러고는 여전히 반달 모양 눈으로 회랑 지붕을 바라보았다. 코끝에는 이따금 거친 볏짚의 냄새가 스쳤다. 그의 목소리는 평화롭고 조용했다.

“내가 들려줄 얘기는 내가 만든 거야. 아무도 나한테 이야기를 안 들려줬는데, 난 너무 부러웠어. 그래서 어쩔 수 없이 매일 침상에 누워서 나를 위해 얘기했어. 이 얘기를 네게 들려줘야겠다. 내가 제일 좋아하는 얘기, 제목도 지었어. ‘소가 풀 뜯어 먹는 얘기’.”

63장 본좌가 들려주는 이야기는 너무 재미가 없어

묵연은 여기까지 말하더니 또 한바탕 웃고는 다시 얘기를 이어 갔다.

"아주아주 오랜 옛날, 한 아이가 있었어."

초만녕은 눈을 감고 있었다.

"풀 먹는 건 소 아니었어요? 어째서 아이예요?"

"일단 한번 들어 봐."

묵연이 웃으며 말했다.

"한 아이가 있었는데 몹시 가난했어. 부모님이 안 계셔서 어느 지주의 집에서 일했지. 그릇도 닦고 빨래도 하고 빗자루질도 하고, 소에게 풀도 먹여야 했어. 지주의 집에서는 아이에게 매일 전병 세 개를 줬는데, 아이는 배를 채울 수 있는 것만으로도 감사했어."

묵연은 나직이 이야기를 해 나갔다.

"어느 날, 아이는 평소와 다름없이 소를 방목하러 나갔어. 그런데 길에서 사나운 개 한 마리를 만난 거야. 소는 개에게 다리를 물렸고, 아이는 그것 때문에 지주한테 흠씬 두들겨 맞았어. 지주는 그를 때린 것만으론 화가 안 풀렸는지 개를 죽여서 가져오라고 했어. 그렇지 않으면 전병을 주지 않겠다면서 말이야."

이야기는 계속 이어졌다.

"아이는 너무 무서웠지만, 지주의 명령에 따라 개를 죽이고 데려올 수밖에 없었어. 그런데 알고 보니 지주 집 소를 문 개는 바로 현령이 너무나도 아끼는 개였던 거야."

초만녕이 눈을 떴다.

"그럼 어떡해요?"

"뭐 다른 방법이 있었겠어? 그 개는 현령이 애지중지 키워서 주인만 믿고 사납게 굴며 우쭐거렸던 거지. 이렇게 허무하게 죽을 줄은 꿈에도 몰랐을 거야. 이 사실을 알면 현령은 절대 쉽게 용서해 주지 않을 테고. 지주는 생각할수록 화가 나서 아이에게 계속 전병을 주지 않았어. 그리고 현령이 찾아오면 그를 내보내겠다고 협박했지."

초만녕이 말했다.

"……뭐 이렇게 엉망이야. 완전 불공평해. 나 안 들을래요."

"원래 세상에는 불공평한 일투성이야."

묵연이 웃으며 말했다.

"그저 누가 돈이 많은지, 누가 주먹이 센지, 누구의 지위가 높은지에 달렸어. 다음 날, 정말 현령이 찾아왔어. 아이가 떠밀려 나갔는데, 너무 어린 아이에게 현령도 모질게 하기가 미안했는지 곤장 열 대를 때린 다음 돌려보냈어."

초만녕이 물었다.

"그 후에 아이는 도망갔겠죠?"

묵연이 말했다.

"하하, 아니. 아이는 또 지주의 집으로 돌아왔어. 상처가 다 낫자 다시 소를 방목했지. 예전과 같이 매일 전병 세 개를 먹었고."

"화도 안 났대요?"

"아이는 배만 부르면 화가 안 났어."

묵연이 말했다.

"맞은 건 맞은 거고, 지나간 건 지나간 거니까. 이렇게 아무 일 없이 십몇 년이 지나고, 소 치는 목동도 자랐지. 지주의 아들은 목동과 동갑이었어. 어느 날, 지주의 집에 귀한 손님들이 왔는데 그중 한 명이 엄청 예쁜 마노 비연호[#2]를 들고 온 거야. 지주의 아들은 너무 맘에 든 나머지 비연호를 몰래 훔쳤지."

이야기하는 묵연의 목소리는 담담했다.

"그 비연호는 조상 대대로 내려오는 아주 귀한 물건이었어. 매우 당황한 손님은 온 집을 샅샅이 뒤졌지. 지주의 아들은 계속 속일 수가 없어서 비연호를 목동의 손에 억지로 쥐여 주었어. 그러면서 목동에게 말했어. 사실을 누설하면 절대 먹을 걸 주지 않겠다고, 완전히 굶어 죽게 만들 거라고 말이야."

"……."

여기까지 들은 초만녕은 말없이 생각했다. 묵연이 비록 어릴 때부터 떠돌아다니긴 했지만 다행히 악방에서 컸고, 어머니도

#2 비연호 鼻烟壺. 코담배를 넣어 두는 병

악방을 관리하는 아주머니였잖아. 삶이 행복하진 않았어도 비참한 건 아니었을 텐데, 어째서 이렇게 어두운 이야기를 지어냈을까.

묵연이 흥미진진하게 이야기를 이어 갔다.

"비연호은 금방 발견되었어. 목동은 밥을 먹기 위해 눈 딱 감고 거짓으로 자백할 수밖에 없었지. 결국 그를 기다리는 건 매질뿐이었어. 이번엔 사흘을 못 일어날 정도로 맞았어. 지주의 아들은 몰래 목동에게 삼겹살을 넣은 찐빵을 가져다줬고, 목동은 허겁지겁 찐빵을 먹어 치우고는 자기를 해한 그를 미워하지 않게 됐어. 정말 그렇게 맛있는 건 먹어 본 적이 없었거든. 그래서 그는 찐빵을 든 채로 연신 지주의 아들에게 말했어. 감사합니다, 정말 감사합니다."

"그만 들을래."

초만녕은 이번엔 정말 화가 났다.

"어떻게 미워하지 않게 돼요? 찐빵 하나로 미움이 사라진다고요? 심지어 감사하다고요? 감사할 게 뭐가 있다고!"

"아니지."

묵연이 억울하다는 듯 눈을 깜빡였다.

"너 자세히 안 들었구나."

"내가 자세히 안 들었다고요?"

묵연이 정색을 하며 말했다.

"그건 삼겹살이 들어간 찐빵이었다고."

"……."

"하하, 표정을 보니 이해를 못 한 것 같네. 그 목동은 선달그

믐에나 비계만 잔뜩 있는 고기 한두 점을 겨우 먹을 수 있었거든. 죽을 때까지도 삼겹살이 든 찐빵이 무슨 맛인지 알 수 없을 거라 생각했을 거야. 당연히 고맙지."

자신의 말에 말문이 막힌 사제를 보며 묵연은 깔깔 웃었다. 그러고는 계속 이야기했다.

"어쨌든 그 일은 그렇게 지나갔어. 목동은 여전히 매일 전병 세 개를 먹었고, 하루 또 하루가 흘렀지. 그러던 어느 날……."

초만녕은 이제 묵연의 이야기 방식을 알아챘다. '어느 날'만 나오면 좋은 일이 아닐 거라 짐작했다. 아니나 다를까, 묵연이 말했다.

"어느 날, 지주의 아들이 또 사고를 쳤어. 이번에는 방앗간에서 이웃집 처자를 겁탈하다가 하필 또 그 운 나쁜 목동과 마주친 거야."

초만녕이 말했다.

"……설마 또 그 목동에게 뒤집어씌운 건가요?"

"아이고."

묵연이 웃었다.

"바로 그거야. 축하해, 너도 이제 이야기를 할 수 있게 됐구나."

"……잘래."

"들어 봐. 금방 끝나."

묵연이 말했다.

"나 지금 처음으로 다른 사람한테 이야기를 들려주는 거란 말이야. 맞장구 좀 쳐 줘."

"……."

"이번엔 무슨 수를 써서라도 목동에게 뒤집어씌워야 했어. 왜냐하면 그 처자가 수치심을 이기지 못하고 벽에 부딪쳐 자살해 버렸거든. 하지만 목동도 바보는 아니었어. 사람을 죽이면 목숨으로 대가를 치러야 하는데, 지주의 아들을 대신해 자기 목숨을 버릴 수는 없었지."

묵연이 말했다.

"목동은 거부했어. 그러자 지주의 아들은 목동과 죽은 처자를 방앗간에 가둬 놓고는 관아로 달려가 신고를 해 버렸어."

담담한 목소리로 이야기가 이어졌다.

"목동은 이미 나쁜 짓을 한 전력이 많았어. 어릴 때는 아무 이유 없이 현령의 개를 죽였고, 그 후에는 손님의 비연호를 훔쳤고, 이번엔 하다 하다 남의 집 딸을 겁탈했으니 당연히 용서받을 수 없었지. 아무도 그의 해명을 들으려 하지 않았어. 범인과 증거물이 다 있었고, 그는 체포되었어."

초만녕의 눈이 커졌다.

"……그다음에는요?"

"그 후, 감옥에서 몇 달을 보낸 뒤 가을에 사형 선고를 받았어. 마을 밖 형장에 목이 매달리게 된 거야. 목동은 형을 집행하는 사람들과 밭두렁 위를 걷고 있었어. 그런데 저 멀리서 누군가 소를 죽이려고 하는 거야. 그는 단번에 그 소를 알아보았어. 자기가 어릴 때 풀을 먹이던 그 소였던 거야. 이미 늙어 버린 소는 더는 밭을 갈 힘이 없었어. 하지만 늙었어도 풀은 먹어야 할 거 아냐. 일은 안 하고 풀만 먹으니 지주가 키울 마음이 없어진 거야. 소는 지주를 위해 평생 땅을 갈았는데, 마지막에 지주는 소를 죽여 고기를 먹으려 했지."

참혹한 얘기를 하면서 묵연은 슬프지도 않은지 웃으며 말했다.

"목동은 소의 등 위에서 자랐잖아. 소에게 이런저런 비밀을 많이 말했어. 풀도 먹이고, 억울할 때는 소의 목을 붙잡고 엉엉 울고, 세상에서 하나뿐인 가족이라고 생각했지."

표정은 보이지 않았지만, 묵연의 목소리는 이어졌다.

"그래서 목동은 무릎을 꿇고 간수에게 부탁했어. 늙은 소와 작별 인사를 하게 해 달라고 말이야. 간수는 사람과 짐승 간의 정 따위는 믿지 않았지. 간수는 그가 농간을 부리는 거로 생각하고 허락해 주지 않았어."

"……그리고요?"

"그리고? 그리고 목동은 목이 매달려 죽었어. 소도 죽었지. 뜨거운 피가 온 바닥을 적셨고, 구경꾼들이 흩어졌어. 지주의 집안은 그날 밤 소고기를 먹었는데, 소가 너무 늙어서 그런지 계속 고기가 이 사이에 끼는 거야. 그들은 조금 먹다 말고 맛이 없었는지 다 내다 버렸어."

"……."

묵연은 몸을 돌려 반달눈으로 웃으며 그를 바라보았다.

"끝이야. 재밌어?"

초만녕이 말했다.

"저리 꺼져요."

"내가 만든 이야기를 나한테 처음으로 들려줄 때 눈물이 날 뻔했는데, 너 정말 메말랐구나. 눈물 한 방울도 안 흘리다니."

"이야기를 너무 못해서……."

묵연이 하하, 하고 웃었다. 그러고는 사제의 어깨를 끌어안고 머리를 쓰다듬었다.

"어쩔 수 없어. 이 사형의 능력이 여기까지인걸. 자, 이야기도 끝났으니 이제 자자."

초만녕은 말이 없었다. 한참이 지나고 그가 갑자기 물었다.

"묵연."

"사형이라고 해라."

"왜 소가 풀 뜯는 이야기예요?"

"사람도 소랑 똑같이 먹어야 하잖아. 먹고 살려고 일하는 거고. 그러다 어느 날 더는 일을 하지 못하게 되면, 아무도 내가 살아 있는 걸 가치 있게 여기지 않는다고."

초만녕은 또 말이 없었다.

뜰 안에서 부스럭거리는 피난민들의 발소리가 들렸다. 이따금 결계 바깥에서 귀신이 울부짖는 불길한 소리도 들려왔다.

"묵연."

"아이고, 거참. 사형이라고 부르라니까."

초만녕은 그의 말을 무시한 채 물었다.

"실제로 있었던 아이예요?"

"아니지."

묵연은 잠시 가만히 있다가 별안간 웃었다. 쏙 들어간 보조개가 아름다웠다. 그는 꼬마를 품에 안고 부드럽게 말했다.

"너 들려주려고 지어낸 얘기야. 착하지, 어서 자자."

순간, 뜰에서 소란이 벌어졌다.

누군가 성난 목소리로 외쳤다.

"공자님 좀 그만 찾아라! 바쁜 공자님이 지금 네 일에 신경 쓰실 틈이 어디 있어? 그 시체나 빨리 처리해! 몸에 푸른 반점이 있는 건 전부 살아 있는 시체가 될 거라고! 우릴 다 죽일 셈이야?"

이 말은 고요한 어둠 속에서 갑자기 내리친 천둥소리 같았다. '살아 있는 시체'라는 말을 듣자마자 모두가 요란하게 떠들었다. 자고 있던 사람들도 전부 일어나 소란이 벌어지는 곳을 쳐다보았다.

묵연이 사제를 등 뒤로 보내고 그쪽을 쳐다보더니 미간을 찌푸리며 낮은 소리로 말했다.

"응? 낮에 봤던 그 사람이잖아?"

바닥에 무릎 꿇고 앉아 호되게 질책을 받는 사람은 낮에 보았던 소만이라는 소년이었다. 낮에 입고 있던 말끔한 복장은 그대로였으나 표정은 완전히 다른 사람이었다.

그는 반쯤 넋이 나간 채 양아버지의 시신을 꼭 안고 있었다. 시체는 손톱이 길게 자라 있었는데, 이건 시체가 살아나려는 전조였다. 이를 본 사람들은 전부 뒤로 물러났다. 태수 관저의 관사[#3]는 계속 그를 향해 무섭게 소리 지르고 있었다.

"네 아버지는 나의 동료이기도 하다. 그가 죽은 건 나도 슬퍼. 하지만 어쩌겠느냐? 네가 어젯밤 배고프다고 해서 먹을 걸 구하러 나갔다가 저리된 것 아니냐. 아비를 죽이더니, 이제는 우리까지 끌어들일 셈이냐?"

바닥에 무릎 꿇은 소만은 머리가 산발이 되어 있었고 눈도 새빨갰다.

#3 관사 管事. 집사처럼 주인 아래서 집안일을 맡아보는 사람

"아, 아닙니다……. 아버지, 아버지……. 부탁입니다, 공자님을 뵙게 해 주세요. 공자님은 아버지가 살아 있는 시체가 되지 않는 방법을 아실 겁니다. 전 아버지를 잘 묻어 드리고 싶습니다. 제발…… 저희 아버지의 몸을 토막 내지 말아 주세요…… 흑흑……."

그는 '토막'이라고 말하면서 오열했다. 얼굴을 두 손에 묻고 아무렇게나 닦으면서 계속 사정했다.

"제발 부탁입니다……. 공자님이 돌아오실 때까지 기다리게 해 주세요……."

"곧 자시(子時)다. 공자께선 지금 밖에 계시는데 어찌 네 일에 신경 쓰실 수 있겠느냐? 평범한 시체라면 정화를 할 수 있겠지만, 네 아버지는 이미 푸른 반점에 손톱까지 변했는데 어찌 공자께서 돌아오실 때까지 버틸 수 있겠어?"

"안 됩니다……. 버틸 수 있습니다. 유 숙부…… 부탁입니다. 숙부님이 하라는 대로 다 하겠습니다. 제, 제가 무슨 수를 써서라도 보답하겠습니다. 제발 부탁입니다. 제발 우리 아버지를…… 제발…… 부탁입니다……."

이렇게 간절히 애원하는 그를 보며 관사라 불리는 중년의 남자는 긴 탄식을 내뱉었다. 눈시울도 붉어졌지만 그는 여전히 단호했다.

"휴, 하지만 이건 우리 모두의 목숨을 앗아 갈지도 모르는 일이다. 여봐라!"

"안 돼요! 안 됩니다!"

하지만 이미 늦었다. 아무도 그를 도우려 하지 않았다. 이 시체를 남겨 두면 자시가 되자마자 사달이 나리라는 것을 모르는 이가 없었던 것이다.

양아버지의 시신은 밖으로 질질 끌려 나가 사지가 절단되었다. 소만은 몇몇 사람들에 의해 제지되었다. 그의 눈에선 피눈물이 흘렀다. 눈물과 먼지로 뒤범벅이 된 얼굴로 끊임없이 짐승처럼 울부짖다가 결국 다른 곳으로 거의 끌려가다시피 했다.

광풍이 지나간 후, 뜰 안에서는 말다툼이 벌어지다가 다시 천천히 평정을 되찾았다.

초만녕은 자지 않고 고개를 숙인 채 깊은 생각에 잠겼다.

묵연은 눈을 돌려 사제를 바라보며 물었다.

"무슨 생각 해?"

"가족을 잃은 마음에 허튼짓을 한 거예요. 양아버지의 시신을 빼앗겼으니 어떻게 사람들을 원망하지 않을 수 있겠어요. 확실한 건 아니지만, 제 생각에는 임안의 이동이 실패한 게 저 사람 때문이 아닐까 싶어요."

묵연이 맞장구를 쳤다.

"나도 그렇게 생각해."

초만녕은 고개를 저으며 말했다.

"하지만 모든 게 시기상조예요. 성급히 결론 내리지 말고, 일단 저 사람을 주시하자고요."

64장 본좌는 천열을 처음 보았다

이튿날, 달라진 건 아무것도 없었다.

초순은 성안의 허수아비 수가 충분한지 확인하고자 사람을 보냈다. 집집마다 간단하고 단출한 보따리를 싸기 시작했다. 오늘 밤이 지나고 내일 날이 밝자마자 초순의 주도 아래 차례차례 보타산으로 피난을 떠날 예정이었다.

묵연은 관저 입구에 앉아 오가는 사람들을 보며 탄식했다.

"초순은 철저히 준비했어. 아무도 밀고하지 않았다면, 일반적인 귀신의 머리로는 성안에 남아 있는 게 가짜 꼭두각시라는 걸 그렇게 빨리 알아내긴 힘들었을 거야. 분명 밀고자가 있었던 거지. 사제, 네 생각은 어때?"

아무 대답이 없었다.

"엥? 사제?"

묵연이 고개를 돌려 보니 사제는 언제부터였는지 저쪽으로 가서 무장한 채 출발을 기다리는 기병을 보고 있었다. 그때 초 공자의 아들이 조용히 묵연의 옆에 와서 턱을 괴고 앉았다.

"형아……."

묵연은 그의 갑작스러운 출현에 깜짝 놀랐다.

"무슨 일이야?"

꼬마는 옆에 있는 오래된 오동나무를 가리켰다. 연이 나무 위에 매달려 흔들리고 있었다. 그가 웅얼거리는 발음으로 말했다.

"어머니가 남겨 주신 연인데, 날아가서 걸렸어요. 저는 못 내려요. 형이 도와줄 수 있어요?"

"그럼, 그럼."

묵연은 경공을 써서 가볍게 나무 위로 올라간 다음, 연을 가지고 안정적으로 땅에 착지했다. 그러고는 연을 꼬마에게 건네며 웃었다.

"자, 이젠 잃어버리지 마."

꼬마는 알아들었다는 듯 고개를 끄덕였다.

묵연은 여기저기 돌아다니는 그를 보며 초순도 아들을 보살피는 데는 영 젬병이라고 생각했다. 그래서 물었다.

"어머니는 어디 계시니? 여기 사람이 너무 많고 복잡하니까 내가 어머니한테 데려다줄게."

"엄마? 엄마는 뒷산에 있어요."

묵연은 의아했다.

"뒷산에서 뭐 하시는데?"

"자고 있지요."

꼬마는 동그랗고 반짝이는 눈으로 부드럽게 말했다.

"엄마는 계속 거기서 자고 있어요. 봄에 꽃이 피면 아빠가 저를 데리고 자주 엄마를 보러 가요."

묵연은 가볍게 탄식을 내뱉은 후 아무 말도 하지 못했다.

다행히 꼬마는 별로 신경 쓰지 않았다. 나이가 어려 아직 삶과 죽음이 무엇인지 잘 모르는 듯, 신나게 연을 갖고 놀았다. 그러다 또 고개를 들고 묵연을 쳐다보더니 갑자기 쭈뼛거리며 앳된 목소리로 말했다.

"형, 고마워요. 나 형한테…… 형한테 줄 거 있어요."

그는 주머니를 뒤지기 시작했다. 한참을 뒤지다가 갈댓잎으로 싼 작은 떡을 꺼냈다.

요즘 임안성의 모든 사람은 배가 고팠고 배불리 먹을 형편도 못 되었다. 그래서 이 꼬마가 어떻게 간식을 남겼는지 알 수 없는 노릇이었다.

아이가 떡을 반으로 나눈 다음 큰 것은 남기고 작은 것을 묵연에게 건넸다.

"형아, 이거 먹어……. 다른 사람한테는 비밀이에요. 더는 없으니까."

묵연이 손을 내밀어 받으려는데, 꼬마는 생각이 바뀐 모양이었다. 잠시 고민하더니 작은 걸 갖고 큰 걸 그에게 건넸다.

"맛있어요. 콩 소가 들어 있어요."

이 소소한 행동에 묵연은 마음이 따뜻해지는 것을 느꼈다. 그는 어렸을 때부터 다른 사람이 자기를 함부로 대하는 것에 익숙해서 이런 갑작스러운 호의에 어떻게 반응해야 할지 몰랐다. 그는 떡을 받으며 어색하게 고마움을 표했다. 꼬마는 신이 났는지 고개를 들고 환하게 웃어 보였다. 묵연의 까만 속눈썹도 부드럽게 아래로 내리깔렸다.

묵연은 떡을 받아 들긴 했지만 먹기가 아까웠다. 그래서 오동나무 잎을 따 떡을 잘 싼 다음 품에 넣었다. 다시 그 꼬마와 이야기를 좀 하려고 했으나 역시 아이는 아이였다. 한곳에 오래 있지 못하고 이미 폴짝폴짝 다른 곳으로 뛰어간 후였다.

그때 초만녕이 다가오더니, 멍하니 서 있는 묵연을 보고는 눈썹을 추켜세우며 물었다.

"왜 그래요?"

묵연은 멀어진 꼬마의 뒷모습을 바라보며 한숨을 내쉬었다.

"생각 중이었어. 멀쩡하던 이 많은 사람들이 어떻게 다 죽었을까 하고."

밤이 되었다. 하늘에는 먹구름이 잔뜩 끼어 있었고, 이따금 짙푸른 천둥 번개가 하늘을 쪼갰다. 자정이 지나자 광풍이 처량하게 울어 댔고 폭우가 미친 듯이 내렸다.

비는 어둠에 속해 있어 귀신의 힘을 더 강하게 만들었다. 그래서 초순은 이날 밤 임안의 생존자들을 모두 태수 관저 근처로 불러 모은 후 상청 결계에서 한 발짝도 나가지 못하게 했다.

큰비가 내리자 겨우 몸을 뉠 수 있었던 곳마저 전부 엉망이 되었다.

묵연은 눈으로 소만을 좇고 있었다. 하지만 비를 피하러 들어오는 사람이 점점 많아지면서 잠깐 한눈을 판 사이 소만은 사라지고 없었다.

묵연이 작은 소리로 말했다.

"예감이 안 좋아."

몸집이 작은 초만녕이 얼른 대답했다.

"제가 따라가 볼게요."

곧장 사람들 사이로 들어간 초만녕은 빼곡한 인파 속으로 금세 사라졌다.

얼마 후, 초만녕이 돌아왔다. 눈빛이 사나웠고 목소리는 차가웠다.

"달아났어요."

"결계를 나간 거야?"

"네."

묵연은 퍼붓고 있는 비와 그 빗속에서 정신없이 바쁜 태수 관저의 사람을 말없이 쳐다보았다.

모든 게 이백 년 전의 환각 세계일 뿐이야. 이미 일어난 사실이야.

순간, 조금 처량한 기분이 들었다. 주변의 부녀자들과 아이들의 표정에는 간절한 희망이 깃들어 있었다. 날이 밝으면 초순을 따라 이 귀신의 성에서 탈출해 보타산으로 피난을 갈 수 있다는 희망. 흰옷에 붉은 투구를 쓴 경비병들은 폭우 속에서도 전력을 다해 최후의 방어를 하고 있었다. 새벽녘의 이동에 대비하기 위함이었다.

그들은 자신들의 삶이 얼마 남지 않았다는 건 까맣게 모르고 있었다.

밤이 더욱 깊어졌다. 시끌벅적하던 사람들도 모두 서로를 베개 삼아 잠이 들었다.

초만녕과 묵연은 잠이 오지 않았다. 그들의 계획은 귀왕이 나타날 때까지 기다렸다가 귀왕을 죽이는 것이었다. 소만이 이미 결계 밖으로 나갔으니, 아마 오늘 밤 변고가 일어날 것 같았다.

묵연이 고개를 돌려 초만녕을 보고는 말했다.

"눈 좀 붙여. 무슨 일 있으면 깨울게."

초만녕이 말했다.

"안 졸려요."

묵연이 그의 머리를 쓰다듬었다.

"그럼 뭐라도 좀 먹을래? 여기 온 후로 아무것도 안 먹었잖아."

"난……."

배고프지 않다는 말은 묵연이 꺼낸 떡을 보자 쏙 들어갔다.

묵연이 떡을 건넸다.

"먹어."

초만녕은 떡을 받아 둘로 나눈 후, 큰 것은 묵연에게 주고 작은 것을 가졌다. 묵연은 멍하니 그의 행동을 보았지만, 무슨 생각을 하는지 알 수가 없었다.

떡을 한 입 베어 문 초만녕이 갑자기 낮게 음, 하는 소리를 내더니 물었다.

"이거 도화원에서 산 거예요? 맛이 예전이랑 다른데요?"

"어떻게 다른데?"

"계화 향이 강하네요."

묵연이 쓴웃음을 지었다.

"그래? 초순 공자 아들이 준 거야. 임안식이겠지."

"임안의 맛이네요, 확실히."

초만녕은 말없이 두 입째 베어 물었다. 그런데 갑자기 입을 벌리더니 그대로 멈춰 버렸다. 그러고는 마치 뭔가를 깨달은 것처럼, 얼굴의 핏기가 가셨다.

"잘못됐어!"

초만녕이 갑자기 몸을 확 일으켰다. 눈은 휘둥그레졌고, 안색이 엉망이었다.

묵연은 무슨 영문인지 알 수가 없었다.

"뭐가 잘못됐다는 거야?"

초만녕은 대답 없이 일어나 뜰 안으로 갔다. 내리는 비에도 아랑곳하지 않고 여기저기를 돌아다니다 뾰족한 돌멩이를 주워 왔다. 그러고는 자신에 팔에 돌멩이를 그었다. 순식간에 붉은 피가 여기저기 튀었다.

묵연이 황급히 그를 막았다.

"제정신이야?"

초만녕은 팔뚝 위에서 구불구불 흘러내리는 핏자국을 한참 쳐다보더니 갑자기 고개를 확 들었다. 전광석화 같은 눈빛이 몹시도 매서웠다.

"아직도 무슨 일이 일어났는지 모르겠어요?"

그가 소리쳤다.

"누군가 우리를 해치려고 해요!"

그의 팔을 따라 계속 흘러내리던 피는 빗물에 씻겨 연분홍색이 되었다.

세차게 내리는 빗속에서 창백한 초만녕의 얼굴은 못 봐 줄 정도였다. 까만 눈썹은 잔뜩 찌푸려졌고 퍼붓듯이 내리는 비에 온몸이 쫄딱 젖었다.

우르릉 소리가 들리더니 하늘이 쪼개졌다. 어두운 밤하늘이 순간적으로 환하게 번쩍였다.

묵연도 무시무시한 번갯불에 자기도 모르게 뒤로 한 걸음 물러섰다.

그 역시 어디가 잘못됐는지 이제 깨달았다.

허상의 모든 것은 아무리 진짜 같아도 다 가짜였다.

떡에는 진짜 맛이 있을 수 없었고, 아무리 날카로운 것이라도 진짜 상처를 낼 수 없었다. 간단히 말해, 허상의 것은 그들에게 어떤 영향도 미치지 못한다는 뜻이다.

"누군가가 허상을 실체로 만들었어요."

초만녕이 작은 소리로 말했다.

허상의 실체화는 지극히 어려운 법술로, '허실도(虛實道)'라고도 불렸다. 10대 문파 중에서 이 법술에 가장 능한 문파는 '고월야'였는데, 고월야의 목표는 '의술로 세상을 구제하고, 성스러운 손으로 마음을 치료한다'였다. 뒤의 반절이 바로 그들 중 일부가 허실도를 수련해 허상을 실체화하는 목적이었다. 세상에는 가족을 잃은 슬픔을 받아들이지 못하는 사람이 많았다. 그래서 '허실도'를 통해 망자가 살아 있는 허상을 만들어 그들 곁에 살아가게 하는 것이었다.

하지만 이렇게 사실적인 허상을 만들기란 매우 어려운 일이었다. 보통은 짧은 상황만 만드는 수준에 그쳤다. 고인과 같이 술을 마시거나 잠을 자는 등, 아무리 많아도 한 가지 상황뿐이었다.

그런데 우민이 만들어 낸 이 허상은 너무 넓고 거대했다. 오래 지속되었고, 많은 것이 관련되어 있었다. 이 전부를 실체화하려면 고월야의 장문인이라도 불가능할 것 같았다.

묵연은 곧바로 떠오르는 사람이 있었다. 저번에 금성호에서 본 가짜 구진인가?

그러나 미처 생각하기도 전에 하늘이 폭발하는 소리가 들렸다.

곤히 자던 사람들은 모두 깜짝 놀란 새처럼 일어나 두려움에 가득 찬 눈으로 사방을 둘러보았다. 그리고 하늘을 올려다보았다.

잠깐의 정적이 지난 후, 끓는 기름에 물방울이 튀는 듯한 비명이 그곳을 뒤흔들었다.

사람들이 사방으로 달아났다. 하지만 아무 데도 갈 수 없다는 것을 깨달았다. 여기저기서 비명이 들렸기 때문이다. 하늘에 큰 구멍이 뚫리더니 시뻘겋고 거대한 귀신의 눈이 결계 위에 나타났다.

그 눈은 거의 결계와 맞닿을 정도로 가까이 왔다.

먹먹하게 들리는 차가운 음성이 우르릉거리며 울렸다.

– 초순, 간도 크구나. 온갖 속물들이 감히 본좌를 우롱하려 들다니.

묵연이 중얼거렸다.

"귀왕이다……."

귀계에는 아홉 왕이 있는데 법력이 천차만별이었다. 아직 모습을 드러내지 않았으니 아홉 왕 중 누구인지 알 수가 없었다. 하늘에는 그저 시뻘건 눈동자밖에 보이지 않았다. 그 눈이 가까이 다가와 아래쪽의 관저를 쳐다보았다.

– 분수도 모르고 이런 터무니없는 짓을 하다니! 애송이 같은 속인 주제에…… 저들을 구하겠다고? 성안의 사람들을 모조리 죽일 생각은 없었는데, 네놈이 굳이 나를 거역하겠다면…… 전멸시켜 버리겠다! 모조리 쓸어버리겠어!

어디선가 사나운 소리가 나더니, 귀신의 눈 정중앙에서 눈부신 붉은빛이 터져 나와 상청 결계를 반으로 가르려 돌진했다!

순간, 천지의 색이 변하고 금빛과 붉은빛이 교차했다! 폭우와 광풍 속에 모래와 자갈이 날아다니며 뜰 안의 나무들을 가차 없이 베어 버렸다. 결계 안의 사람들은 엉망진창이 되었다. 그들은 머리를 감싼 채 대성통곡했다.

상청 결계는 첫 번째 공격을 막아 냈다. 하지만 곧이어 또 하나의 붉은빛이 같은 곳에 떨어지자 결계는 중상을 입은 듯 균열이 생기기 시작했다.

– 주제도 모르고…… 정말 가증스럽군!

붉은빛이 한 줄기 한 줄기 떨어질 때마다 불꽃이 폭발했다. 결계가 파괴되는 것을 보며 초만녕의 마음은 불안했다. 이미 이 허상이 실체화된 것이라면, 상대의 공격도 실제와 다를 바가 없었다. 공격을 받으면 자신과 묵연은 허상 안에서 죽을 수도 있었다.

생각에 잠겨 있는 초만녕의 손가락 사이에서는 이미 금빛이 반짝이기 시작했다.

지금 천문을 소환하면 묵연에게 신분이 탄로 날 게 분명했다. 그러나 다른 방법이 없었다. 천문을 소환해 속전속결로 일을 끝내야 했다. 그런데 어디선가 휘황찬란한 빛이 나타나 하늘을 가르더니 결계에 뚫린 구멍을 곧장 찔렀다!

사람들이 고개를 들어 보니, 기와지붕 위에 초순이 비를 맞으며 서 있었다.

그는 팔에 봉황이 새겨진 공후를 들고 손가락으로 현을 튕기고 있었다. 금석이 쪼개지는 듯한 공후의 날카로운 소리가 울리자 여러 빛줄기가 뿜어져 하늘의 한 지점으로 모였다. 그러자 아슬아슬했던 상청 결계가 다시 견고한 모습을 되찾았다.

"공자님이시다!"

"공자님!"

아래에 있던 사람들이 앞다투어 '공자님'을 외쳤다. 너무 기뻐 우는 사람도 있었다. 초순과 귀왕의 눈의 법술 대결은 막상막하였다. 눈 깜짝할 사이에 백여 초식이 지나갔다. 귀왕은 결계에 조금도 가까이 오지 못했다.

하늘의 소름 끼치는 음성이 점점 어두워졌다.

- 초순, 네 능력으로 네 목숨만 지키면 아무도 너를 해하지 못할 텐데, 어째서 쓸데없는 일에 참견하여 귀계의 적이 되려 하느냐!

"당신이 우리 임안의 백성들을 해하려 하는데, 어찌 중요하지 않은 일입니까?"

- 가소롭구나! 귀신은 원래 산 자의 혼백 영체를 먹고 산다. 내가 혼백을 삼키는 것이나, 네놈이 고기와 채소를 먹는 것이나 뭐가 다르단 말이냐! 너도 죽고 나면 똑똑히 알게 될 것이다!

초순은 말하면서도 공후 연주를 멈추지 않았다.

"그럼 제 머리를 가져갈 능력이 되는지 한번 보지요."

공후의 소리가 점점 빨라지고 높아지더니, 엄청난 광채가 공중으로 뿜어져 나와 비 내리는 밤의 그 흉악한 눈을 곧장 파고들었다!

– 아악!

참혹하고도 무시무시한 비명이 천지를 뒤흔들었다.

눈은 초순의 법술에 화상을 입었다. 비릿한 핏방울이 사방에 흩어졌다. 순식간에 하늘에서 피가 내리고, 귀신이 울부짖었다. 격분한 상대는 아까보다 몇 배 더 강한 빛의 날로 피바람 속에서 사방을 갈랐다. 초순은 소매를 휘저으며 막아 냈으나, 귀왕 역시 필사적이었다. 서로 막상막하로 싸우던 상황에서 초순은 불어오는 바람의 파도에 밀려 계속 후퇴했다. 공후의 연주도 들리지 않았다.

"공자님!"

"구멍! 구멍이 뚫린다! 결계가 파괴되려고 한다!"

"엄마…… 엄마……."

사람들은 두려움에 어찌할 바를 몰랐다. 가족이 있는 사람들은 서로를 부둥켜안고 울었고, 혈혈단신인 사람들은 구석에 웅크린 채 덜덜 떨었다.

초순은 횃불 같은 눈빛으로 이를 꽉 깨물었다. 그는 쉽게 포기하고 싶지 않았다. 힘든 상황이 이어지던 중, 갑자기 양옆에 빛줄기가 비쳤다. 묵연과 초만녕이 그의 옆에 서 있었다. 황금빛과 붉은빛이 솟구치며 그와 하나가 되었다. 그리고 다시 결계를 단단히 보완했다.

하늘에서 난폭한 포효가 들렸다.

귀신의 눈이 사라졌다.
세 사람은 땅으로 내려왔다. 하늘에선 핏빛 비가 한참 쏟아진 후에야 맑은 비가 내리기 시작했다.
초순은 창백한 얼굴로 묵연과 초만녕에게 인사했다.
"도와주셔서 감사합니다."
"아닙니다."
묵연이 손을 내저었다.
"얼른 가서 쉬세요. 안색이 너무 안 좋습니다."
초순은 고개를 끄덕였다. 그는 너무 많은 법력을 소모한 탓에 묵연의 부축을 받으며 회랑에 앉아 휴식을 취했다. 놀라 경황이 없던 사람들은 초 공자가 다시 결계의 틈을 메우고 그들을 위기에서 구해 준 것을 보며 모두 감격했다. 그들은 하나둘 초순을 에워쌌다. 물을 건네거나 옷을 덮어 주는 사람도 있었다.
누군가가 말했다.
"초 공자님, 겉옷이 몽땅 젖었습니다. 불 옆에 가서 좀 말려야겠습니다."
초순은 모두가 고마웠지만 너무 피곤해서 움직이고 싶지 않았다. 그래서 완곡하게 상대의 말을 거절했다. 그래도 사람들은 낙담하지 않고 아예 나뭇가지를 들고 와 초순 옆에 모닥불을 피웠다.
주변이 차츰 조용해지고 타닥타닥 모닥불 타는 소리만 들렸다. 누군가가 돌연 초순에게 물었다.
"공자님, 저희가 이렇게 철저히 준비했는데 어쩌다 귀왕에게 발각이 된 걸까요? 아, 어쩌면 좋습니까."

"그러게 말입니다."

"우리가 이주하려는 걸 어떻게 알았을까요? 공자께서 이 귀신은 산 자와 꼭두각시를 구분할 수 없다고 하셨는데, 어찌 된 일인지…… 혹시……."

말소리가 점점 작아지더니 초순을 힐끔 보았다. 초순이 뭔가를 잘못한 게 아닌지, 초순이 제대로 파악을 못 한 게 아닌지 묻고 싶은 눈치였다.

태수 관저의 흰옷을 입은 경비병들이 그들의 눈빛에 담긴 의도를 알아채고는 미간을 찌푸리며 소리쳤다.

"무슨 생각을 하는 거요! 분명 입이 가벼운 누군가가 얘기를 했으니까 귀왕이 알았겠지!"

그 사람이 중얼거렸다.

"누가 귀신한테 가서 말을 흘릴 수 있겠소? 무슨 이득이 있다고……."

그러나 사람들의 성난 시선이 느껴지자 결국 쭈뼛거리며 입을 다물었다.

잠시 침묵이 흐르고, 또 누가 물었다.

"공자님, 그 귀신이 분명 이대로 넘어가진 않을 텐데, 이제 저희는 어떻게 해야 합니까?"

초순은 너무 피곤한 나머지 눈을 감은 채로, 하지만 여전히 부드러운 목소리로 말했다.

"날이 밝을 때까지만 버티면 됩니다. 날이 밝는 대로 일단 성을 빠져나가세요. 낮에는 우리를 방해하지 못합니다."

"저희는 사람이 너무 많습니다. 노인과 아이, 그리고 다친 사람도 있어요. 하루 만에 보타산에 도착할 수 있을까요?"

초순이 따뜻하게 말했다.

"걱정 말고 쉬세요. 여러분들은 내일 서둘러 떠나는 것에만 신경 쓰세요. 방법은 제가 생각해 보겠습니다."

지금껏 그들을 보호해 온 공자였다. 그의 말에 모두가 예, 예, 하며 대답했다. 한 아이가 걸어오더니 초순에게 깨사탕을 건넸다. 천천히 눈을 뜬 초순은 미소를 지으며 아이의 머리를 쓰다듬었다. 막 입을 열어 무슨 말을 하려는데, 갑자기 한 경비병이 헐레벌떡 달려오며 소리쳤다.

"공자님! 공자님! 문제가 생겼습니다!"

"무슨 일이냐?"

"소공자, 소공자께서…… 소만이…… 서낭당 바깥에서……."

그는 큰 충격을 받았는지 제대로 말을 잇지 못했다. 그는 더듬거리며 말하다가 갑자기 털썩 무릎을 꿇고 주저앉아 대성통곡을 하기 시작했다.

초순이 얼른 몸을 일으켰다. 그나마 남아 있던 약간의 혈색마저 모두 사라진 뒤였다. 그가 폭우 속으로 내달렸다.

65장 본좌의 슬픈 마음

서낭당은 초순의 법력이 닿을 수 있는 장소 중 가장 먼 곳이었다. 결계는 서낭당의 계단까지만 보호할 수 있었고 묘우까지는 미치지 못했다.

등불이 사당 안을 희미하게 밝히고 있었다.

수련을 거쳐 육신을 얻은 귀신들이 양쪽에 죽 늘어서 있고, 붉은 옷을 입은 여자가 포박당한 채 사람들을 등지고 좌대 위의 신상에 공양을 드리고 있었다.

그녀의 곁에는 소만이 고개를 숙인 채 어린아이 하나를 잡고 서 있었다.

초순이 이성을 잃고 소리 질렀다.

"란아!"

이 아이는 바로 초순의 아들 초란이었다. 묵연은 순간 가슴이 철렁했다. 아직도 그 떡의 맛이 입 안에 맴도는 것 같은데, 소공자가 붙잡혀 있는 걸 보니 얼른 가서 데려오고 싶은 마음이 솟구쳤다. 그러나 초만녕이 그를 제지했다.

"가면 안 돼요."

"왜!"

초만녕이 그를 보며 조용히 말했다.

"벌써 이백 년 전에 죽은 사람들이에요. 지금은 이 환각 세계가 현실이 되었는데, 다치기라도 하면 어떡해요."

"……."

묵연은 그제야 깨달았다. 자신이 무엇을 하든 죽은 사람은 이미 죽은 사람이었다. 아무것도 바꿀 수 없었다.

소공자는 결계 밖에서 울부짖으며 어눌한 발음으로 소리쳤다.

"아버지! 저 좀 구해 주세요! 란이를 구해 주세요!"

초순의 입술이 미세하게 떨렸다. 그가 소만에게 소리쳤다.

"지금 뭐 하는 짓이냐? 내가 이제껏 너를 부당하게 대한 적이 없거늘, 어서 아이를 놔줘라!"

소만은 초순을 외면하며 아무것도 듣지 못했다는 듯 계속 고개를 숙이고 있었다. 그러나 초란을 잡고 있는 두 손이 그의 내적 갈등을 보여 주고 있었다. 손아귀 부분에 사마귀가 나 있고 손등의 핏줄이 불거진 그의 왼손이 끊임없이 떨렸다.

이때, 태수 관저에 모였던 피난민들이 속속 서낭당에 도착했다. 사당 안의 광경을 본 그들은 놀람과 분노를 감추지 못한 채 수군거렸다.

"공자님의 아들이잖아……."

"어쩌다 이런 일이……."

칼 쓰는 솜씨가 뛰어난 소만이 붉은 옷의 여인을 묶고 있던 줄을 끊었다. 정신을 차린 여인은 천천히 고개를 돌렸다. 연꽃처럼 맑은 얼굴과 긴 목이 아주 아름다웠다. 얼굴은 백지장처럼 하얬지만 입술은 핏빛 붉은색이었다. 그러나 그녀가 초순을 보며 빙그레 미소 짓는 모습은 아름다움보다는 으스스한 느낌을 자아냈다.

희미한 등불이 주위를 둘러보는 그녀의 얼굴을 비췄다. 그녀의 얼굴이 또렷해진 순간, 초순과 초순의 뒤에 있던 일부 어른들이 모두 얼어 버렸다.

그 여인의 미소에는 슬픔과 괴로움이 깃들어 있었다. 그녀가 부드럽게 말했다.

"부군."

묵연은 깜짝 놀랐다.

"!"

"……."

그녀는 바로 이미 저세상 사람이 된 초순의 본처였던 것이다!

시선을 옮기던 초 부인은 소만에게 잡혀 있는 아들을 발견하고는 빼내려 했다. 소만은 힘껏 버텼으나, 귀족이 된 부인이 결박까지 풀렸으니 그 힘에 당해 낼 재간이 없었다. 초 부인은 약간의 힘만으로 아이를 빼앗아 왔다. 그러나 그녀가 역병에 걸려 세상을 떠난 건 아들의 돌이 채 지나기도 전이었다. 어머니의 얼굴을 기억하지 못하는 소공자는 순간 대성통곡하며 초순에게 계속 구해 달라고 소리쳤다.

"착하지, 우리 아들. 울지 마, 이 어미가 아버지께 데려다줄게."

초 부인은 가을의 갈대처럼 가녀린 두 팔로 아이를 안아 들고 천천히 사당의 문을 나섰다. 빗물에 젖은 청석 계단을 따라 상청 결계 앞, 초순의 앞에 섰다. 기쁘면서도 슬프고, 비통하면서도 행복한 표정이었다.

“부군, 세월이 많이 흘렀습니다. 잘…… 잘 지내고 계신지요?”

초순은 아무 말도 하지 못했다. 축 처진 그의 손가락이 떨리고 있었다. 결계 너머의 여인을 바라보는 봉안이 서서히 붉어졌다.

초 부인이 소리를 낮춰 말했다.

“란이가 이렇게 컸네요. 부군께서도 많이 듬직해지셨고요. 제가 기억하던 모습과는 좀 다르네요. ……어디 좀 봐요.”

그녀가 뻗은 손이 결계에 닿았다. 그러나 귀신의 몸은 결계를 넘을 수 없었다. 그저 빛이 흐르는 막 너머 말없이 서 있는 사람을 바라볼 뿐이었다.

초순이 눈을 감았다. 속눈썹은 이미 촉촉이 젖어 있었다.

그 역시 결계 너머 초 부인의 손에 자신의 손을 갖다 대고는 눈을 떴다. 마주 보는 산 자와 죽은 자는 마치 어제 본 것처럼 서로가 익숙했다.

초순은 목이 메었다.

“부인…….”

이미 오래전 생사의 경계를 사이에 두어 버린 가족이 단란한 시간을 보낸 나날은 손에 꼽을 수 있을 정도였다.

“그때 제가 뜰에 심은 해당화는 지금도 잘 자라고 있는지요?”

초순은 눈물이 그렁그렁한 채로 웃었다.

“쭉쭉 뻗어서 뜰을 다 덮을 지경이오.”

초 부인이 기쁜 표정을 지으며 따뜻한 목소리로 말했다.

"정말 잘됐네요."

초순도 모든 힘을 짜내 웃어 보이며 말했다.

"란이가 가장 좋아하는 나무가 그 해당화라오. 봄이 되면 항상 그 나무 아래서 놀지. 당신처럼 해당화를 좋아해서 매년…… 매년 청명절[#4]에……."

더는 기쁜 표정을 짓기가 힘들었던 그는 결계의 벽에 이마를 갖다 댔다. 쉴 새 없이 흘러내리는 눈물 때문에 말이 잘 나오지 않았다.

"매년 청명절이 되면 란이는 가장 예쁜 해당화를 한 다발 꺾어 제 어미의 무덤 앞에 둔다오. 완아, 완아, 봤소? 매년…… 매년 갖다 놓은 해당화 말이오."

결국, 산산이 부서지는 울음소리와 함께 슬픔이 극에 달했다. 통곡하는 모습에 군자의 위엄은 온데간데없었다.

초 부인의 눈시울도 붉어졌다. 그녀는 귀신이었기 때문에 눈물을 흘리지 못했지만, 비통한 표정만으로도 보는 사람을 안타깝게 했다.

한동안 사방이 정적에 휩싸였다. 아무도 입을 열지 않고 잠잠히 눈앞의 광경만을 지켜볼 뿐이었다. 조용히 훌쩍이는 사람도 있었다.

이때, 하늘에서 음산하고 차가운 목소리가 들려왔다.

– 임완아가 모를 리가 없지. 하지만 곧 모르게 될 것이다.

묵연의 안색이 순식간에 변했다.

#4 청명절 清明節. 중국의 절기 중 하나로 양력 4월 5일 전후

"귀왕이다!"

초만녕도 분노가 극에 달했다.

"뻔뻔한 소인배라 모습을 드러내지 못하는 게로구나!"

귀왕은 쉭쉭 소리를 내며 웃었다. 마치 예리한 손톱으로 냄비 바닥을 긁는 것 같은 소름 끼치는 소리였다.

– 임완아는 이미 우리 귀족이 되었다. 나는 임완아를 해치고 싶지 않았다. 하지만 네가 나와 대적하려 하고 내 눈을 망가뜨렸으니, 나도 네놈의 심장을 도려내 나보다 더한 고통을 당하게 해 줄 작정이다!

말이 떨어지기가 무섭게 묘우 안의 귀족들이 입을 열어 각자 주문을 외웠다.

"속념은 이미 죽었다. 지나간 일은 다 사라진다……."

초 부인이 갑자기 눈을 크게 뜨더니 떨리는 목소리로 말했다.

"부군, 란이, 란이를 받으세요!"

"속념은 이미 죽었다. 옛사람은 다 사라진다……."

"란아! 얼른! 아버지한테 가렴!"

초 부인은 아이를 결계 너머로 보내기 위해 힘껏 밀었지만, 소공자는 마치 귀신이 된 것처럼 얇은 막에 가로막혀 넘어가지 못했다.

소만은 사당 난간에 서서 그들을 내려다보고 있었다. 그의 표정은 슬프기도 하고 통쾌해 보이기도 했는데, 그래서인지 준수한 얼굴이 이상하게 일그러져 보였다.

"소용없다. 귀왕의 지시에 따라 내가 아들의 몸에 귀족의 각인을 새겨 놓았거든. 이제 그 아이는 귀신과 똑같이 상청 결계로 한 발자국도 들어가지 못해."

저주를 외는 소리가 뒤에서 점점 파도처럼 밀려왔다.

"속념은 이미 죽었다. 지식은 다 사라진다……."

"부군!"

초 부인은 극도로 당황하며 품에 아이를 안고 결계를 두드렸다.

"부군, 결계를 풀어요. 결계를 풀어서 란이가 들어가게 해 주세요. 란이, 란이를 지켜야 해요……. 전…… 전 곧…… 전……."

"속념은 이미 죽었다. 자비심은 다 사라진다……."

"부군!"

초 부인은 털썩 무릎을 꿇었다. 두 눈은 휘둥그레졌고 몸이 덜덜 떨렸다. 얼굴에는 시뻘건 저주의 각인이 서서히 차오르고 있었다.

"아이를…… 란이를…… 잘 보살피기로 약속하셨잖아요……. 풀어 줘요……. 제발…… 풀어요…… 부군!"

초순은 가슴이 갈기갈기 찢어지는 고통을 느꼈다. 몇 번이나 손을 들어 법술을 쓰고 싶었으나, 결국 다시 내리기를 반복했다.

결계 밖에서는 초란이 통곡하고 있었다. 눈물범벅이 된 얼굴을 들고 작은 손을 내민 채 울부짖었다.

"아버지, 아버지는 란이를 버리는…… 건가요……. 아버지, 란이를 안아 주세요……. 저를 안아……."

초 부인은 아이를 덥석 안고 볼에 입을 맞추었다. 무릎 꿇은 어미와 울고 있는 아들은 초순에게 상청 결계를 열어 아이가 들어가게 해 달라고 애원하고 있었다.

무리 중 누군가가 갑자기 외쳤다.

"공자님! 안 됩니다! 결계를 풀어서는 안 됩니다! 임안에 남은 수백 명의 백성이 다 죽을 겁니다……. 이건 귀계의 간사한 계략입니다! 공자님! 결계를 풀면 안 됩니다!"

"맞습니다, 결계를 풀면 안 됩니다!"

살고자 하는 욕망에 평민 한 명 한 명 모두가 초순에게 머리를 조아렸다. 그들은 더듬거리며 한목소리로 울부짖으며 애원했다.

"공자님! 부탁입니다! 결계를 풀면 안 됩니다! 모두 죽을 겁니다!"

"부인, 부탁입니다……."

이제는 초 부인에게 무릎 꿇은 사람도 있었다.

"부인, 자비를 베풀어 주십시오. 평생 베풀어 주신 은덕에 감사하며 살겠습니다. 제발 공자님이 결계를 풀지 않게 해 주십시오. 저희를 불쌍히 여기시고, 고난에 빠진 저희를 구해 주십시오. 부탁입니다……."

순간, 태수 관저의 경비병과 무릎 꿇고 애원하지 않은 극소수의 백성을 제외한 모두가 통곡하기 시작했다. 그 소리는 순식간에 결계 밖 초 부인과 소공자의 애원을 덮어 버렸다.

초순은 끝을 알 수 없는 드높은 장대 위에 위태로이 서 있는 심정이었다. 만 개의 칼날이 폐를 찌르고, 배 속에 들어간 칼날에 새로운 가시가 돋아나 자신의 오장육부를 짓이기는 기분이었다.

앞에는 아내와 아들이, 뒤에는 수많은 목숨이 있었다.

그는 맹렬한 화염에 휩싸여 뼈까지 모두 재가 된 것처럼, 이 고통 속에서 이미 죽은 것만 같았다.

귀신이 읊고 있는 주문은 멈출 줄을 몰랐다. 오히려 점점 드세졌다.

"속념은 이미 죽었다. 칠정(七情)은 다 사라진다……."

"속념은 이미 죽었다. 육욕(六欲)은 다 사라진다……."

초 부인의 얼굴에 주문의 각인이 점점 많아졌다. 새하얀 목에서 시작된 표식은 이제 얼굴 전체를 뒤덮고 눈까지 잠식해 들어가는 중이었다.

그녀의 목구멍에서 나오는 말은 이제 거의 알아듣기가 힘들었다. 그녀는 절망적으로 남편을 바라보며 더듬더듬 말했다.

"부군께서 만약…… 전…… 부군을…… 미워할 거예요……. 부군…… 란이를…… 전…… 미워할……."

주문의 각인이 눈동자까지 파고들자, 그녀의 가녀린 몸이 마구 떨렸다. 고통을 참기가 괴로운 듯 두 눈을 꼭 감았다.

"부군을…… 미워할 거예요!"

비참한 비명이 울려 퍼지더니, 마지막은 거의 짐승이 으르렁거리는 듯한 포효였다!

초 부인이 두 눈을 번쩍 떴다. 동공은 온통 핏빛이었고, 아름다웠던 눈 속에는 네 개의 눈동자가 빽빽하게 들어차 흰자위가 거의 보이지 않았다.

"완아!"

초순의 슬픔은 극에 달했다. 그는 결계를 만든 사람이 상청 결계 안에 있어야만 효력이 있다는 것도 잊어버렸다. 그저 사랑하는 아내와 같이 있고 싶을 뿐이었다. 그러나 그가 결계 밖으로 발을 내디디려는 그 순간, 화살 하나가 휙 하고 공중을 가르며 날아와 정확하고도 강하게 초순의 어깨에 내리꽂혀 그가 팔을 들려는 것을 저지했다.

태수 관저의 한 청년이 여전히 활시위를 당긴 자세로 서 있었다.

청년은 투구의 수술을 펄럭이며 초순을 향해 정의롭고 엄숙한 목소리로 말했다.

"공자님! 정신 차리십시오! 공자께선 평소 저희에게 '뜻이 있는 사람은 백성을 우선으로 하고, 자기 자신을 마지막에 두어야 한다'고 하셨는데, 모두 거짓이었습니까? 공자님께 이런 일이 일어나면 한 사람의 생사 때문에 수많은 사람의 목숨을 대가로 치르실 겁니까!"

청년의 옆에 있던 노파가 부들부들 떨며 말했다.

"네, 네 이놈, 빨리 활 내려놔. 감히 공자님을 다치게 하다니. 모든 일, 모든 일은 공자님의 선택이다. 공자님은 이미 최선을 다하셨는데, 어찌, 어찌 이리…… 어찌 이리 배은망덕한 게야!"

그때, 이쪽의 논쟁이 끝나기도 전에 저 앞에서 비명이 들렸다.

초 부인이 완전히 정신을 잃고 광기에 휩싸였다. 자상하고 따뜻하게 아들을 쓰다듬던 그녀가 지금은 야수와 다를 바 없는 존재가 되었다. 그녀는 고개를 쳐들고 울부짖었다. 입에선 탐욕스러운 군침이 흘렀고, 이빨이 길게 돋아나 있었다.

그녀의 품에 안겨 있던 초란은 너무 울어서 목이 다 쉬어 버렸다. 간간이 우는 와중에도 더듬더듬 말을 이었다.

"어머니……."

대답 대신, 초 부인의 시뻘건 손톱이 아이의 목을 완전히 꿰뚫었다!

천지가 적막에 휩싸였다.

후드득후드득, 핏방울이 사방에 흩뿌려졌다.

해당화가 피었던 그해 그 무렵, 초 부인은 갓 태어난 아기를 안고 창가에 서서 부드러운 꽃향기를 맡고 있었다. 새빨간 꽃잎이 하늘하늘 떨어졌다.

어미는 품에 안은 아이를 부드럽게 흔들며 흥얼거렸다.

"붉은 해당화, 노란 해당화, 바람 한번 불어오니 하늘하늘 떨어지는구나. 동자와 먼 곳에서 이야기를 나누니, 동자의 부모님이 걱정되네."#5

붉은 해당화…… 노란 해당화……

그때 초란을 사랑스럽게 쓰다듬던 그녀의 손이 지금은 초란의 머리를, 사지를, 온몸을 찢어발기고 있었다.

바람 한번 불어오니 하늘하늘 떨어지는구나

비가 억수같이 쏟아지고, 피가 사방으로 흘렀다. 어미는 자식의 내장을 삼켰다.

동자와 먼 곳에서 이야기를 나누니

서낭당의 처마는 우뚝 솟아 있었다. 불상은 장엄했고, 우주의 법도가 자비를 베풀었다.

#5 붉은 해당화, 노란 해당화, 바람 한번 불어오니 하늘하늘 떨어지는구나. 동자와 먼 곳에서 이야기를 나누니, 동자의 부모님이 걱정되네. 작가 주: 고대 동요에서 수정, 인용

아이가 막 태어났던 그때, 어머니는 서낭당 앞에 무릎을 꿇고 따뜻하고 가녀린 두 손을 모아 합장했다. 종소리가 들리고, 새들이 날아다녔다. 향과 초의 연기가 자욱한 가운데, 그녀는 허리를 굽히고 머리를 조아렸다. 아이가 건강하기를, 장수하기를, 평안한 삶을 살기를 빌었다…….

동자의 부모님이 걱정되네

초란의 온몸은 산산이 부서지고, 심장이 드러났다. 초 부인은 아이의 심장을 꺼내 게걸스럽게 먹어 치웠다. 신선한 피가 그녀의 입가를 따라 흘러내렸다.

"아아아아악!"

초순이 결국 무너졌다. 그는 바닥에 무릎을 꿇은 채 계속 머리를 바닥에 찧었다. 핏물이 스몄다. 가슴이 미어지고, 오장육부가 타들어 가는 것처럼 울부짖었다. 그는 빗속에, 핏물 속에, 아내와 아들 앞에, 임안성의 백성 앞에, 그리고 신상 아래, 진창에 무릎 꿇었다.

그는 죄업 안에, 고결 안에 무릎 꿇었다.

은혜와 증오 속에 무릎 꿇었다.

그는 속세의 더러움에 몸을 굽혔고, 혼백은 모두 갈기갈기 찢겨 사라졌다.

안타깝게도 삶은 결국 먼지가 되어 사라지리라.

한참이 지난 후, 누군가가 떨리는 목소리로 입을 열었다.

"공자님……."

"공자님, 너무 상심하지 마십시오……."

"공자님의 큰 은덕은 평생 잊을 수 없을 겁니다……."

"초 공자님은 대의를 지키셨으니, 정말 대단하신 분입니다! 정말 대단하십니다……."

자신의 아이를 꼭 껴안고 참혹한 장면을 보여 주지 않으려 아이의 눈을 가린 사람도 있었다. 그는 이제야 아이의 눈을 가렸던 손을 내리며 창백한 얼굴로 공자에게 말했다.

"공자님, 저희 목숨은 모두 공자님이 구해 주신 겁니다. 부인과 소공자님은, 분명…… 극락에 가셨을 겁니다……."

또 다른 누군가는 이를 듣고 욕했다.

"애 데리고 썩 꺼져! 네놈이나 애하고 같이 극락에 가지 그래?"

그 사람은 쭈뼛거리며 멀찍이 물러났다.

말다툼이 저 멀리서 들리는 것처럼 아득했다. 초순은 자신이 이미 죽었다고 생각했다. 그들의 목소리가 전생의 바다 건너에서 들려오는 것 같았다.

폭우 속에서 그 남자는 엉망이 되어 있었다. 투명하고 얇은 막이 그와 그의 처자식을 멀리 떨어뜨려 놓았다. 무섭고도 잔혹한 장면에 눈물과 콧물이 얼굴을 뒤덮었다. 묵연은 눈앞의 광경을 보며 전생의 일이 떠올랐다. 자신이 무고한 사람들을 마구 도륙해서 수많은 초순, 수많은 초란, 수많은 초 부인을 만들어 낸 게 아닐까…….

그는 고개를 숙이고 자신의 손을 바라보았다.

손이 온통 피투성이로 보였다.

하지만 눈을 다시 깜박이자, 손바닥에 차가운 빗방울이 모여

물줄기가 되어 흐르고 있었다.
그의 몸이 약하게 떨렸다.
그러나 이내 누군가 그의 손을 끌어당겼다.
묵연은 마치 악몽에서 번뜩 깨어난 사람처럼 눈을 돌려 자신을 바라보는 사제를 쳐다봤다. 사제의 얼굴은 죽은 초란과 너무도 닮아 있었다.
묵연은 천천히 무릎을 꿇어 사제와 눈높이를 맞추었다. 혼백이 되어 돌아온 망자에게 죄인이 용서를 구하듯, 빗물과 눈물이 섞인 눈으로 그를 바라보았다.
초만녕은 말없이 여린 손을 들어 그의 머리를 쓰다듬었다.
"다 지나간 일이에요."
초만녕이 작은 소리로 말했다.
"다 옛날 일이에요."
"……그래."
한참이 지나서야 묵연은 처량한 미소를 지으며 눈을 내리깔고 중얼거렸다.
"다 옛날 일이야."
그러나 아무리 지난 일이라 해도, 결국은 다 그가 저질렀던 일이었다. 비록 초란을 죽인 건 아니지만, 얼마나 많은 또 다른 초란이 자신의 손에 목숨을 잃었는가?
묵연은 생각할수록 두려웠고 생각할수록 고통스러웠다.
어떻게 그렇게 사악하고 악랄할 수 있었을까……. 어떻게 그렇게 독단적일 수 있었을까…….

66장 본좌는 차마…….

어린 초란이 죽었다. 그런데도 허상은 아직 끝나지 않았다.

동트려는 조짐이 보이지 않는 악몽 같은 긴긴밤이 계속되고 있었다. 겨우 살아남은 성안 주민들은 관저로 돌아가 날이 밝자마자 보타산으로 떠날 채비를 했다.

누군가가 이렇게 고통스러운 일을 당하고도 그 전에 하던 일을 계속 이어 가는 건 상상하기 힘든 일이었다. 초순은 마치 오래전에 영혼이 사라지고 껍데기만 남은 사람 같았다.

묵연은 성안을 한 바퀴 돌면서 적잖은 사람들이 근심하는 소리를 들었다. 초순이 당한 고통이 너무 커서 그들을 미워하지 않으리란 보장도 없거니와, 설령 모두를 이끌고 두꺼운 포위망을 뚫고 나가겠다고 해도 이런 정신 상태로는 아무래도 우려스러운 게 사실이었다.

그러나 모든 사람이 이기적인 건 아니었다. 진정으로 초순의 슬픔에 공감하는 사람이 많지는 않았지만, 그렇다고 아예 없지도 않았다.

사람들은 불안 속에서 버티며 날이 밝기만을 기다렸다.

그러나 아침보다 더 빨리 온 것이 있었다. 익숙한 차가운 목소리가 무거운 어둠 속에서 터지며 결계의 위쪽을 윙윙 울렸다.

이번에 귀왕이 말을 하는 상대는 초순이 아니었다. 성안의 백성들이었다.

– 곧 날이 밝을 것이다. 본좌는 너희가 밝을 때를 틈타 성을 떠나려는 계획을 알고 있다. 하지만 생각해 봤겠지? 보타산은 여기서 아주 멀다. 하루 안에 절대 도착할 수가 없지. 날이 저물면 너희는 또 초순에게 의지하겠지. 그런데 초순이 정말 너희를 지켜 줄 수 있을 것 같으냐?

"어머니……."

무시무시한 목소리에 놀란 아이가 울면서 어머니의 품을 파고들었다. 모두가 고개를 들고 하늘을 쳐다보았다.

관저 앞에 서 있던 초순은 아무것도 듣지 못한 듯, 해당화 나무에 등을 기댄 채 눈을 감고 있었다.

– 초순의 처자식은 너희들 때문에 죽었는데, 너희는 아직도 초순이 진심으로 보호해 줄 거라고 생각하느냐? 혹시라도 다른 속셈이 있을 수 있지. 처자식의 원한을 갚기 위해서 너희들이 죽느니만 못한 삶을 살게 할 수도 있을 거야. 이게 바로 인간의 본성이지……. 본좌도 오래전엔 심장이 뛰는 사람이었다. 세상에는 선한 사람도 있지만 본성은 악하다. 선한 척하는 사람들은 오로지 명예를 위해 의도하는 바가 있지. 그런 사람들이 막다른

길에 다다르면, 남의 목숨이 안중에나 있겠느냐?

귀왕의 음산한 목소리가 끊임없이 울렸다.

– 본좌가 이미 말했다시피, 애초에 성안의 모든 사람을 죽일 생각은 없었다. 하지만 귀족을 위해 힘쓰는 산 자도 있다는 걸 알아야지. 못 믿겠다면 저자를 봐라…….

귀왕의 말이 끝나자마자 결계 밖에서 먹구름이 마구 용솟음쳤는데, 그 위에 소만이 서 있는 게 아니겠는가? 그의 옆에는 마흔에서 쉰 정도 되어 보이는 남자가 서 있었다. 따뜻하고 충직한 인상이었다.

누군가가 놀라 소리쳤다.

"소만의 아버지다!"

"소만의 아버지야! 죽은 거 아니었어?"

"시체가 다 잘려 나갔잖아. 그때 전부 다 봤는데, 어떻게 된 거지?"

귀왕이 말했다.

– 본좌는 귀족의 아홉 왕 중 하나로, 염라대왕처럼 생사를 관장하지는 못하나 망자를 생전의 모습으로 돌려놓을 수는 있다. 너희가 나를 따르면 세상을 떠난 가족과 함께 살아갈 수 있다. 그러나 나를 거역하면 초 공자처럼 너희도 눈앞에서 아내가 자식을 죽이는 걸 목격하게 될 것이다. 슬픔으로 가슴이 미어진들 되돌릴 수 없지.

결계 안이 쥐 죽은 듯 조용해졌다.

– 정말 초순을 믿느냐? 초순이 처자식의 원한을 갚기 위해 너희를 해하지 않을 거라 생각하느냐?

누군가가 초순을 쳐다보았다. 그를 바라보는 눈에는 벌써 음산한 기운이 돌고 있었다.

– 정말 초순이 너희를 보타산으로 데리고 갈 것 같으냐?

그 목소리에, 드디어 초순이 고개를 들었다. 그는 꽃나무 아래에 서서 조용히 사람들을 바라보았다. 뭐라고 해야 할지 몰라 한참 뜸을 들인 끝에, 겨우 한마디를 꺼냈다.

"이렇게 된 마당에, 내가 여러분을 해한들 무슨 소용이 있겠소."

– 하하하하하.

온몸의 털이 쭈뼛 서게 하는 귀왕의 긴 웃음소리가 새된 휘파람 소리처럼 결계 위 하늘에 메아리쳤다.

– 아주 좋아, 아주 좋아. 너희들을 해치지 않겠다는구나. 초순을 믿는다면 그를 따라가라. 하지만 나를 믿는다면…….

그의 목소리는 점점 더 높아졌다. 고막을 찢고 심장까지 파고들 것 같았다.

– 나를 믿는다면, 그 즉시 포상을 받을 것이다. 나는 이미 죽은 너희의 가족이 너희 곁에 돌아오게 해 줄 수 있다. 너희들이 초순을 내놓는다면 말이다! 나는 초순과 원한이 깊지만 너희들과는 아무 관련이 없다. 초순을 내놓기만 하면 너희는 고향을 떠날 필요가 없다. 초순을 내놓으면 너희는 가족과 평화롭게 지낼 수 있다. 초순을 내놓으면, 모든 게 끝나는 것이다.

귀왕의 목소리가 아득히 들려왔다.

– 날이 밝기 전까지 서낭당에서 기다리겠다.

목소리가 사라졌다.

침묵하던 사람들이 서서히 웅성거리기 시작하더니, 모두가 초순이 있는 쪽을 바라봤다. 초순도 그들을 마주 보았다. 하지만 그의 얼굴은 차분했고, 평온해 보이기까지 했다.

누군가가 막막한 듯 중얼거렸다.

"어떡하나……."

"어떡해요, 여보. 너무 겁나요……."

"어머니, 무서워요. 전 잡아먹히기 싫어요!"

심지어 이렇게 말하는 사람도 있었다.

"귀왕의 말도 일리가 있지……. 선한 척하는 사람은 누구나 의도하는 바가 있어. 우리도 예전에 나쁜 탐관오리들을 많이 봤잖아. 초…… 초 공자는 지금까지 아무것도 하지 않았지만, 완전 넋이 나간 모습 좀 봐. 저러다 갑자기 이성을 잃고 미쳐 날뛸지 누가 알아!"

그의 말을 들은 다른 사람도 반박은커녕 오히려 작은 소리로 그를 옹호했다.

"그 말이 맞아요. 공자가 복수심에 우리를 모조리 죽이면 어떡합니까! 상황이 닥치고 나서 약속을 어기는 일이 그동안 없었던 것도 아니잖아요.……."

갑자기 한 남자가 앞으로 나가 소리쳤다.

"공자를 잡자! 공자를 잡아야 우리가 살 수 있다!"

사방이 조용해졌다. 한참이 지난 후, 젊은 여자가 일어나 그를 가로막고 섰다. 목소리는 가녀렸지만 단호했다.

"사내대장부가 어찌 은혜를 원수로 갚는단 말입니까?"

"꺼져!"

그 남자는 여자를 냅다 걷어차 바닥에 쓰러뜨리고는 그녀의 얼굴에 가래를 뱉었다.

"남자랑 붙어먹는 창녀야 뭐 홀몸이니 아무 걱정이 없겠지. 네가 무슨 말을 할 자격이나 있는 줄 알아? 이 몸은 모셔야 할 어른도 있고, 먹여 살려야 하는 자식도 있어! 이 몸은 내 가족이 고통당하는 꼴은 못 본다고! 초 공자, 미안하게 됐소!"

그는 초순을 잡으러 돌진하려 했다.

그러나 뜻밖에도, 몇 걸음 떼기도 전에 누군가가 다리를 단단히 붙잡았다. 아래를 내려다본 남자는 벌컥 화를 냈다.

"창녀가 감히 나를 막아? 모두를 죽일 셈이냐?"

여자도 분노하며 말했다.

"내가 비록 기생이긴 하나 옳고 그름은 구분할 줄 압니다. 개나 고양이도 은혜에 보답할 줄 아는데 사람이 어찌 이럴 수 있습니까?"

"이런 빌어먹을!"

남자는 그녀의 얼굴이 푸르뎅뎅하게 변할 때까지 재차 발길질했다. 이때, 다른 사람들도 초순을 둘러싸기 시작했다. 개중에는 물론 기루의 기생처럼 그들을 막으려는 사람도 일부 있었지만, 소수의 힘은 너무나 약해서 마치 급류에 떠내려가는 나뭇잎처럼 순식간에 휩쓸렸다.

기생이 목 놓아 외쳤다.

"공자님…… 공자님, 어서 가세요!"

노파도 덜덜 떨며 초순을 향해 외쳤다.

"초 공자님, 가세요! 가요! 더는 이 짐승만도 못한 놈들을 위해 남지 마십시오. 가세요!"

어린아이의 목소리도 들렸다.

"그만 싸우세요. 어머니, 아버지, 공자님을 해치지 마세요. 공자님을 다치게 하지 마세요……."

몇몇 사람들의 선동에 온통 아수라장이 되었다.

초순은 홀로 빗속에 서 있었다. 지옥의 저 깊은 곳에서 기어나오는 수많은 악귀를 보기라도 한 것처럼, 그 순간만큼은 그도 떠나고 싶었다.

하지만 울부짖는 산 자들에게 시선이 닿았다. 큰 소리로 울며 부모를 말리는 아이, 가장 먼저 나섰던, 얻어맞아 얼굴이 부어오른 그 아가씨, 비바람에 흩날리는 노파의 백발, 자신을 등진 채 전력을 다해 저지하는 십여 명의 주민들.

떠나고 싶은 발걸음이 또다시 멈췄다.

그들은 틀린 말을 하지 않았다. 결계를 풀면 이 사람들도 죽은 목숨이었다.

원래 세상에서 가장 악한 건 악마가 아니라 실력도 없고 나약하기 그지없는 짐승만도 못한 인간들이다. 그저 되는대로 살기 위해 인간의 탈을 쓰고 사람들 틈에 섞인 짐승들. 그들은 자기만 살 수 있다면 그게 무엇이든 말로, 행동으로 옮긴다.

그리고 나중에서야 이런 말을 내뱉는다.

'나는 그저 살고 싶었을 뿐입니다. 불쌍하고 무력한 내가 무슨 죄가 있단 말입니까.'

초순은 자신이 보호하던 사람들이 모두 닭 잡을 힘도 없는 선량한 사람들이라고 생각했다. 하지만 그는 틀렸다.

그 짐승들은 오늘에서야 자신이 쓰고 있던 인간의 탈을 벗고 하나 또 하나 시뻘겋고, 흉측하고, 섬뜩한 미소를 짓고 있는 얼굴을 드러낸 것이다…….

꼭꼭 숨겨 놓았구나…… 꼭꼭 숨겨 놓았어.

더는 사람의 탈을 쓴 비열한 짐승들을 위해 피와 눈물을 흘리고 싶지 않았다. 그들은 간사하게도 선량한 사람들 사이에 숨어 자의적이고 통쾌한 웃음을 보이며 초순의 무능함을 비웃었다.

……반드시 우릴 구해 주셔야 합니다. 당신이 결계를 없애면, 우리는 당신이 구하고 싶은 사람들, 당신한테 고마워하는 사람들을 끌고 같이 지옥으로 떨어질 테니까요.

혐오스러워 치가 떨려도 어쩔 수 없지요.

스스로 군자가 되려 한 거잖아요. 스스로 좋은 사람이 되려고 한 거잖아요.

이런 선택을 한 이상, 목숨까지 내놓고 모두를 구하는 건 마땅히 당신이 해야 할 일 아닙니까? 하지 않으면 그거야말로 위선자이고 거짓말쟁이지요. 고결한 척하는 위선자가 개, 돼지와 다를 게 뭡니까.

그에게 사람들이 큰소리를 지르며 날카롭게 웃는 소리가 들리는 것만 같았다.

넌 다른 선택이 없어. 넌 다른 선택이 없어!

초순은 밀물처럼 쏟아지는 다툼의 도가니 속에서 천천히 고개를 들어 비바람이 몰아치는 하늘을 바라보았다.

드디어, 날이 밝고 있었다.

밤새 내린 폭우로 서낭당 돌계단 위의 핏물은 깨끗이 씻겨 내려갔다. 초순과 그를 보호하려는 사람들은 모두 손발이 묶인 채 서낭당을 향해 걷고 있었다.

이 광경은 참으로 슬프기도 하고 우습기도 했다. 그들은 초순을 꽁꽁 묶은 뒤, 이렇게 대단한 사람을 붙잡았다는 사실에 득의양양했다. 그러나 초순이 주문 하나로 포승줄을 먼지처럼 만들어 버릴 수 있다는 사실은 미처 알지 못했다.

그래도 초순은 그렇게 하지 않았다. 상청 결계도 풀지 않았다.

임안은 이미 충분히 많은 피를 흘렸다. 그는 복수를 위해 무고한 사람의 목숨을 더는 희생시키고 싶지 않았다.

그래서 은혜를 원수로 갚은 사람도, 진심으로 그를 대했던 사람도 모두 그 얇은 막으로 품어 주었다. 그가 서낭당 앞에 섰을 때, 귀왕은 아직 모습을 드러내지 않고 있었다. 등불 하나에서 꼬불꼬불 피어오른 연기가 사람의 형상처럼 보였다.

– 어째서…… 결계를 풀지 않는 것이냐!

초순을 보자마자 분노에 찬 목소리가 울렸다.

– 결계를 없애라!

초순이 차분하게 말했다.

"내가 죽어야 없어진다."

검은 기운이 날카로운 비명을 지르더니 쉰 목소리로 말했다.

– 네놈이 정신이 나갔구나! 너희들은…… 저놈을 죽여라……. 어서 저놈을 죽여……. 그러지 않으면 날이 저문 후 내가 네놈들을 모조리 죽여 버리겠다!

날이 밝기 시작했다.

한 겹 한 겹씩 쌓이는 햇빛이 끝나지 않을 것 같던 긴 어둠을 희미하게 밝혔다.

귀왕은 빛 때문에 더는 버티지 못하고 어둠 속으로 달아났다. 연기가 피어오르던 등불이 순간 떨리더니 꺼졌다.

초순은 정신이 번쩍 들었다. 높은 서낭당에서 멀리 굽어보니, 강과 산은 안개비에 둘러싸여 상처의 흔적이 잘 보이지 않았다. 강남의 봄은 변함없이 아름다웠다.

"초 공자님, 죄송합니다."

"저희가 나쁜 마음을 먹었던 건 아닙니다. 공자께서 귀왕의 한쪽 눈을 잃게 하셨고, 귀왕은 공자님과 원한이 너무 깊으니…… 저희도 어쩔 수 없이 그만……."

"그런 말을 굳이 뭐 하러 하는 거요! 일이 늦어지면 변고가 생길지도 몰라요. 내 가족은 지금 살아 나가기만을 기다리고 있단 말이오. 공자 목숨 하나가 중요하오, 아니면 모두의 목숨이 중요하오? 뜻이 있는 사람은 백성을 우선으로 하고 자기 자신을 마지막에 두어야 한다고 본인이 말했잖소!"

초만녕은 멀찍이 서서 자신과 무슨 관계인지 도저히 알 수 없는 남자를 바라보며 마음이 복잡해졌다.

갑자기 두 손이 그의 눈을 가렸다.

초만녕이 작은 목소리로 물었다.

"왜요?"

"보지 말라고."

"……왜죠?"

"마음이 아플 테니까."

초만녕은 침묵했다. 그의 속눈썹이 묵연의 손바닥 안에서 파르르 떨렸다.

"아니에요. 어차피 이백 년 전의 일이라니까요."

가볍게 탄식하는 묵연의 목소리가 등 뒤에서 들렸다.

"……바보야, 그럼 내 손바닥은 왜 이렇게 축축한 거니?"

얼마나 오랜 시간이 흘렀는지 알 수가 없었다. 선향 한 대가 타는 시간, 한 시진, 아니면 눈을 깜박이는 찰나의 시간.

광분과 혼란 속에 흘러간 시간은 모호했다.

초만녕이 눈을 떴을 때는 상청 결계가 이미 없어진 후였다. 피가 흥건한 바닥에 초순이 쓰러져 있었다. 주위에는 사람이면서도 귀신인 자들로 가득했다. 사람의 탈을 쓴 온갖 '잡귀'들이 신선한 피 냄새를 맡고 있었다.

살아남은 것에 대한 기쁨과 죄책감은 남은 삶을 앗아 갔고, 고통과 죄악을 품은 사람의 마음은 짐승만도 못했다.

공기 중에 죽음의 기운이 가득했다.

인간이 사는 세상, 또는 지옥.

그 경계가 모호해졌다.

사람들은 천천히 흩어졌다. 낮에는 귀신이 힘을 쓰지 못하니 얼른 가서 배불리 먹고, 쉬기에 바빴다. 밤에 귀왕이 다시 와서 묘우의 죽은 남자를 살펴본 후, 그들의 가족이 돌아오는 포상을 내리길 기다렸다.

묘우에는 열 명 정도의 산 자만이 남아 슬피 울고 있었다.

기루의 여자, 백발의 노파, 아이에게 설득당한 부부, 거지, 서

생, 이야기꾼, 가세가 기운 집안의 공자, 아기를 안고 있는 과부, 훈장, 농부.

그게 다였다.

그들이 시체를 붙들고 통곡하고 있던 그때, 피바다에 쓰러져 죽었던 남자가 파르르 눈을 떨더니 천천히 눈을 떴다.

"공자님!"

"초 공자님!"

소스라치게 놀란 묵연이 자기도 모르게 말했다.

"소용없어요……. 이건……."

지금은 전해지지 않는 주문이지만, 이 허상 속에서 보게 되리라고는 생각지도 못했다.

"이건 유언을 남기는 주문이에요. 그는 죽었지만, 죽기 전에 자신에게 이 주문을 걸어 놓은 거죠."

초만녕이 잠시 뜸을 들인 후 말했다.

"아직 끝내지 못한 일이 있어서, 걱정이 됐던 거예요."

초순의 공허한 눈빛은 초점이 없었다. 그가 담담하게 말했다.

"귀족은 사악하니 그들의 말을 절대 믿으면 안 됩니다. 밤이 되고 상청 결계가 사라지면, 분명 온갖 귀신들이 들이닥쳐 학살을 일삼을 거예요. 여러분, 꼭 이곳을 떠나 보타산으로 가길 바랍니다."

"공자님……."

"전 이미 죽었으니 여러분과 함께할 수 없습니다. 하지만 제 몸 안에 평생의 영력이 모여 있고 결계 주문도 영핵 안에 있어요. 제 영핵을 가져가면 귀신이 가까이 오지 못할 겁니다."

울음소리가 점점 커지며 슬픔이 극에 달했다.

묵연과 초만녕의 눈이 휘둥그레졌다.

영핵…….

그건 심장과 함께 태어난 수정이잖아…….

숨을 거둔 초순이 아직 경직되지 않은 손을 천천히 들어 올렸다. 그리고 생전에 걸어 둔 주문에 따라 품에 넣어 두었던 칼을 꺼내 들었다.

그리고…….

"공자님!"

주위를 둘러싸고 있던 사람들이 울부짖었다. 목소리는 거의 쉬어 버렸고, 얼굴은 온통 눈물범벅이 되었다.

"지금 뭐 하시는 거예요!"

망자의 손가락이 자신의 가슴에 난 상처를 열고 살을 헤집어 멈춰 버린 심장을 움켜잡았다. 그리고 천천히 조금씩, 밖으로 꺼냈다.

피가 흐르는 심장에 금빛의 붉은 불꽃이 튀고 있었다.

초순의 영핵력이자 마지막 남은 촛불의 빛이었다.

"가져…… 가세요……."

그는 타고 있는 심장을 들어 앞으로 내밀며 같은 말을 반복했다.

"가져가요……. 가져…… 가……."

뚝뚝 떨어지는 핏방울이 붉은 해당화로 변했다. 꽃잎이 타는 모습이 찬란하고 황홀했다.

"갈 길은 멀고 위험은 예측하기 힘든데, 초순의 명이 짧아 더는 미약한 힘이나마 보탤 수가 없게 되었네요. 여러분, 제발…

… 여러분, 부디…… 몸조심…… 하세요…….”

눈앞에서 벌어지는 광경을 보며 묵연은 소스라치게 놀랐다. 갑자기 등골이 오싹해지며 식은땀이 줄줄 흘렀다.

상처…… 이 상처!

불현듯 떠올랐다. 초만녕의 가슴에도, 심장에 가까운 그 위치에…….

상처가 있어!

초만녕이 그렇게 예민하게 반응하던 부위를 어떻게 잊을 수가 있겠는가? 매번 그와의 잠자리에서 옅어진 상처를 핥으면, 항상 서늘했던 초만녕의 얼굴에도 욕망을 억제하려는 표정이 나타났다. 묵연은 그런 표정에 더욱 자극을 받아 매번 그런 식으로 자신의 아래에 있는 사람을 괴롭히고 싶어 했다.

그때는, 초만녕의 과거에 전혀 관심이 없었다. 이 상처가 어쩌다 생긴 건지, 죽을 때까지 묻지 않았다.

그러나 이번 생에서는, 묻고 싶어도 물을 자격이 없었다.

67장 본좌는 너한테 배우면 되지

우연의 일치인가? 아니면…….

지금은 보고 싶다고 해서 마음대로 사존의 가슴팍을 볼 수도 없는 노릇이었다. 그는 기억에만 의존해 그 상처를 떠올려 보았다. 옅은 월백색인 상처는 칼에 베인 흉터가 확실했다. 다섯 손가락을 힘껏 찔러 넣어 흉측한 구멍이 나 버린 초순의 상처와는 달라 보였다.

분명 다른 상처야.

이렇게 생각하며 묵연은 조용히 안도의 한숨을 내쉬었다. 초순과 초만녕은 성격이 완전히 다른 사람이었지만, 닮은 점이 너무 많았다. 외모부터 시작해서 '뜻이 있는 사람은 백성을 우선으로 하고 자기 자신을 마지막에 두어야 한다'라는 말과 가슴의 상처까지, 우연을 다 모아 놓고 보면 정말 의구심이 들 법도 했다.

자상한 초순이 포악한 초만녕과 너무도 달랐기 때문인지, 아니면 초순에게 처자식이 있었기 때문인지는 모르겠지만, 만약 초순이 초만녕의 전생이거나 혹은 진짜 초만녕이라면, 묵연은 이를 받아들이지 못하고 무너질 것 같았다.

그게 아니라 다행이었다.

초순의 비호가 사라진 임안성에 어떤 재앙이 닥쳤는지는 말이 필요치 않았다.

귀왕은 당연히 약속을 지키지 않았다. 밤이 되자 피비린내 나는 비바람이 몰아쳤고 천지가 두려움에 떨었다. 해자는 피로 붉게 물들었고, 이성을 잃고 울부짖는 산 자들의 비명이 밤의 장막에서 울려 퍼졌다.

성안은 살아 있는 시체들로 가득했다. 그들은 어슬렁거리며 신선하고 연한 장기를 꺼내 먹고, 뇌를 씹어 삼켰다.

묵연은 초만녕을 데리고 무너진 오두막에 몸을 숨겼다. 집주인은 진작에 죽었는지 가구와 집기에 뽀얗게 먼지가 쌓여 있었다.

묵연은 문을 단단히 걸어 잠그고 사방을 봉쇄했다. 바깥 상황을 살피기 위해 부엌의 작은 창문 하나만 남겨 놓았다.

바깥에서는 날카로운 비명이 끊임없이 들려왔다. 뭔가를 씹어 삼키는 끔찍한 소리도 들렸다.

묵연은 초만녕을 안아서 구석의 장작더미에 내려놓고 머리를 쓰다듬었다.

"열여덟 낭자가 말한 대로 우리는 귀왕만 쳐부수면 떠날 수 있어. 그러니까 여기서 얌전히 기다려, 어디 가지 말고."

그 말을 들은 초만녕이 고개를 들었다.

"나가려고요?"

"지금은 아니고, 이따 귀왕이 실체를 드러내면 그때 나갈 거야."

"하지만 밖은 너무 위험해요. 허상이 이미 실체화되었는데, 혼자 힘으로 어떻게 감당하려고요?"

"그렇다고 내가 어린애를 데리고 싸움터에 나갈 순 없잖아."

초만녕이 고개를 저었다.

"저도 같이 갈 거예요."

"하하하. 사제, 귀엽긴. 하지만 너무 어려. 사제를 데려가면 내가 제대로 싸우지 못할 거야. 조금 더 크면 나도 널 말리지 않을게. 하지만 이번엔 이 사형의 말을 들어야 해."

"방해 안 할게요."

"방해하는 사람은 다 그렇게 말하더라."

그러고는 묵연이 초만녕을 달랬다.

"착하지, 떼쓰지 말고. 알았지?"

"……."

더는 말하지 않는 초만녕을 보며 묵연은 안도의 한숨을 내쉬었다. 그의 시선은 나무 창문에 나 있는 무늬를 지나 바깥으로 향했다. 표정이 점점 안 좋아졌다.

원래 시험 보는 용도였던 허상이 어쩌다 이렇게 갑자기 실체화가 되어 버렸을까? 어린 사제의 말이 맞았다. 누군가 그를 해치려 하는 것이다. 전생에서 그를 죽이고 싶어 하는 사람이 부지기수였지만, 이번 생에서는 아직 포악함 때문에 미움을 산 적이 없었다. 아무리 생각해도 금성호에서 만난 가짜 구진이 그의 목숨을 탐낼 유일한 사람이었다.

그런데 그 가짜 구진의 원래 모습은 도대체 누구일까? 진롱기국을 이처럼 능숙하게 쓸 수 있는 사람이 전생에선 왜 두각을 나타내지 않았지?

설마 이번 생에 다시 태어난 사람이 나 말고 또 있는 건가…….

생각이 여기까지 미치자 그는 갑자기 소름이 돋았다. 순간, 그의 눈에 잔인한 눈빛이 번뜩였다.

다시 태어난 그는 과거를 묻어 두고 싶었다. 하지만 환생한 이가 또 있다면, 일이 많이 복잡해질 터였다.

그의 미간이 점점 찌푸려지고 있을 때, 갑자기 초만녕이 말했다.

"……묵연, 나……."

"왜?"

초만녕은 가만히 이를 악물고 이해득실을 따져 보았다. 그러고는 마음을 굳게 먹고 묵연에게 진실을 다 털어놓을 참이었다.

"잘 들어. 난 널 도울 수 있어. 나는……."

그러나 묵연은 '도울 수 있어'라는 말을 듣자마자 어린 사제가 마지막 발악을 하는 것으로 생각했다. 그래서 사제의 말을 잘랐다.

"자, 자, 나가지 말라면 나가지 마. 센 척 그만하고 말 들어."

"그게 아니라, 내 말을 좀……."

묵연은 귀찮다는 말투로 대답했다.

"안 들어, 안 들어. 어디서 개가 짖네."

"……."

초만녕의 표정이 어두워진 걸 본 묵연은 방금 자신이 한 말이 좀 심했다는 생각이 들었다. 그래서 손가락으로 그의 미간을 콕 누르며 웃었다.

"쪼그만 게 어째서 그렇게 고민과 원한이 깊은 거냐. 어른 말도 안 듣고 말이야. 네가 나를 사형이라 불렀고 우리가 동문수학한 사이인 이상, 이런 위험한 상황에선 내가 너를 잘 지켜야 하는 거야. 알겠어?"

초만녕은 눈을 감으며 나지막이 말했다.

"……알겠어요."

"알면 됐어. 그럼 넌……."

"하지만 걱정돼서 그래요."

묵연은 깜짝 놀라 그의 이마에 대고 있던 손가락을 파르르 떨었다. 게다가 순간 아무 말도 하지 못했다. 인생을 두 번 살면서 '걱정돼서'라는 말은 한 번도 들어 본 적이 없었다. 그에게 다정한 사매조차 그에 대한 관심을 이렇게 단도직입적으로 꺼낸 적은 없었다.

묵연은 울렁거리는 마음으로 장작더미 위에 앉은 어린아이를 바라보았다. 수많은 감정이 교차했다.

한참이 지나서야 그의 눈빛이 서서히 따뜻해졌다. 초만녕의 이마에 닿아 있던 그의 손가락 끝이 서서히 부드러운 머리카락까지 올라갔다. 그가 초만녕의 머리를 쓰다듬었다.

"걱정하지 마. 이 사형이 약속할게. 펄펄 뛰어서 돌아올게."

"묵연, 일단 내가 하는 얘기를 들어 주면 안 돼요……?"

묵연이 웃었다.

"알았어. 무슨 얘긴데?"

"사실 나는……."

그때, '펑' 소리와 함께 문이 열렸다.

산발이 된 남자가 비명을 지르며 들이닥쳤다. 그는 온몸이 피투성이였고, 한쪽 다리는 거의 너덜너덜해진 상태였다. 뒤에는 피 냄새를 맡고 달려오는 살아 있는 시체 한 무리가 보였다.

다친 다리를 끌고 비틀거리며 뛰어 들어온 남자는 그르렁거리며 다가오는 산 시체들을 향해 손에 잡히는 것들을 마구 내던지며 외쳤다.

"꺼져! 다가오지 마! 어서 꺼져! 꺼지라고!"

묵연은 욕을 중얼거리며 초만녕을 뒤로 숨겼다. 손안에서 붉은빛이 번쩍이더니 그가 견귀를 소환해 앞으로 나섰다. 그리고 반쯤 고개를 돌려 말했다.

"사제, 잘 숨어 있어. 절대 나오지 마!"

말을 마치자마자, 버드나무 가지가 뻗어 나와 오두막 안으로 들이닥친 시체 무리를 휩쓸기 시작했다. 견귀는 천문과 비슷했지만 묵연은 아직 초만녕의 초식을 완벽하게 전수받지 못했다. 게다가 묵연이 전생에 쓰던 무기는 칼이어서, 이런 부드러운 무기는 도통 익숙하지 않았다. 그래서 시체 무리를 휩쓸던 초반에는 밀리지 않았으나, 점점 힘이 달리기 시작했다.

견귀를 되는대로 마구 휘두르던 그때, 갑자기 뒤에서 어린아이의 낭랑하고 차가운 목소리가 들렸다.

"왼쪽 손목에 감아서 세 번 공격하고, 그다음 공중으로 뛰어올라 등 뒤로 감아서 내려쳐요."

묵연은 생각할 틈도 없이 그의 지시에 따라 견귀를 휘둘렀다. 버드나무 가지가 왼쪽에 있던 시체 하나를 후려쳤고 신무의 일격에 시체의 팔이 부러졌다. 보통 사람이면 아무리 할 일이 없다 한들 남은 두 번의 공격은 굳이 하지 않을 것이었다. 그래도 어쨌든 사제가 지시한 대로 해 봐도 괜찮을 것 같아 묵연은 즉시 알려 준 방법대로 시체를 두 번 더 공격했다. 그다음 공중으로 훅 뛰어올라 등허리를 구부려 밑으로 향한 다음 몸을 돌리자마자 버드나무 채찍을 등 뒤로 휘둘렀다.

좌아!

늦지도 빠르지도 않았다. 마침 다음 시체 무리가 쏟아져 들어오던 참이었다. 세 번의 힘이 축적된 견귀가 갑자기 시뻘건 불꽃을 튀기며 시체들을 죽이러 돌진했다. 시체 무리는 폭발하는 신무의 힘에 허리가 잘리고 팔이 부러졌다. 머리와 몸통이 각기 다른 곳에 떨어졌고, 바닥에 널브러진 머리통에서는 끊임없이 검은 연기가 피어올랐다.

묵연은 깜짝 놀란 얼굴로 장작더미 위에 냉담하게 앉아 있는 사제를 힐끗 보았다.

이 녀석…… 좀 아는데?

"다음은 어떻게 해?"

신바람이 난 묵연이 명랑하게 묻자, 초만녕이 무표정하게 대답했다.

"다음은…… 왼손으로 오른쪽 소매를 털어요."

"오, 이 전략은 아주 심오한 것 같은데, 무슨 초식이야?"

초만녕은 차분하게 대답했다.

"심오할 거 없어요. 방금 너무 자신만만하게 휘두르는 바람에 신무 불씨가 소매에 튀었잖아요."

묵연이 '아' 소리를 내며 고개를 숙여 보니 정말 그랬다. 황급히 견귀에서 튀어 붙은 불씨를 허둥지둥 털어 냈다. 그는 정말 뻔뻔스러움이 극에 달한 사람이었다. 민망해하기는커녕 빙그레 웃으며 고개를 들고는 초만녕을 향해 말했다.

"우리 사제 정말 대단하다. 너무 좋다."

초만녕은 가벼운 기침을 한 번 하더니 말없이 고개를 돌려 희끄무레한 벽을 바라보았다. 귀가 약간 붉게 달아올랐다.

오두막 안에는 이제 산 시체 여섯 구만이 돌아다니고 있었다. 묵연을 쳐다보고 싶지 않았던 초만녕은 여전히 벽을 바라보며 지시했다.

"손목에서 힘을 빼고, 버드나무 가지를 공중에서 휘둘러요. 여섯 번을 돌려 감아 힘을 모은 다음 일자로 베요."

묵연은 그의 말을 따랐다. 그러나 다섯 번을 휘두를 때쯤 문득 궁금해졌다.

"일자로 베는 건 어떻게 베는 거야?"

"……평소에 검으로 베는 것처럼 하면 돼요."

"아, 그렇구나!"

묵연은 크게 깨달았다는 듯 일격을 휘둘렀다. 불꽃이 튀면서, 부드럽던 버드나무 가지가 마치 담금질로 만들어진 강한 장도처럼 한 번에 여섯 구의 시체를 동강 냈다!

"와……."

묵연의 눈이 휘둥그레졌다.

"어디서 배운 거야? 어째서 네가 채찍을 쓰는 게 사존처럼 능수능란한 거 같지? 아니야, 사존보다도 뛰어난 거 같아. 네가 알려 준 것들은 사존이 한 번도 얘기하신 적이 없거든."

"……."

초만녕은 대답하지 않았지만, 묵연의 얼굴엔 웃음꽃이 활짝 피었다.

"좋아, 좋아, 아주 좋아. 앞으로 사존 눈치는 안 봐도 되겠다. 너한테 배우면 얼마나 재밌겠어?"

초만녕이 그를 노려보았다.

"옥형 장로가 눈치 주는 건 싫고, 왜 내가 눈치 주는 건 괜찮아요?"

묵연은 버드나무 채찍을 거둬들이고 다시 문을 닫은 다음 책상 몇 개를 끌어다 문 앞을 가로막았다. 그러고는 웃으며 말했다.

"나 좋으라고 눈치 주는 거잖아. 우리 둘은 고난을 함께 이겨 냈잖아. 네가 이 사형한테 잘해 준 거, 사형은 다 기억해. 앞으로 난 너를 친동생처럼 아낄 거야. 나 혼내도 상관없어. 화나서 나를 때린다고 해도 화 안 낼 거야."

초만녕이 정색했다.

"누가 친동생 해 준대?"

장작더미에서 뛰어내린 그는 더는 묵연과 말하고 싶지 않아서 오두막에 뛰어 들어온 남자의 상처를 살피러 갔다.

뜻밖에도 보자마자 초만녕의 눈이 커졌다.

"……어떻게 이자가?"

"누군데?"

고개를 빼고 보던 묵연도 멍해졌다.

"그…… 그 소만?"

피가 흥건하게 고인 바닥에 누워 끊임없이 신음하는 그자는 바로 소만이었다. 그의 부상은 매우 심각했다. 그를 살펴보던 초만녕이 고개를 저으며 말했다.

"인간과 귀신은 절대 공생할 수 없는 법이에요. 귀왕은 분명 이자를 이용만 하고 버렸을 거예요. 이 사람 정말……."

묵연이 말했다.

"잘못을 했으면 마땅히 벌을 받아야지."

초만녕이 그를 쳐다봤다. 묵연은 하하 웃었지만, 문득 마음이 켕기는 기분이 들었다. 죄를 저질렀으니 벌을 받아 마땅하다면, 가장 벌을 받아 마땅한 사람은 바로 묵연 자신이 아니던가?

묵연이 화제를 돌렸다.

"참, 아까 나한테 하려던 말이 뭐였어? 사실 네가 어쨌다고?"

초만녕은 속눈썹을 아래로 내리깔며 잠시 머뭇거리다가 작은 목소리로 말했다.

"사실 난……."

미처 말을 꺼내기도 전에 등 뒤에서 바람이 느껴졌다. 초만녕이 순간 놀라 몸을 돌렸다. 하지만 아이의 몸인지라 어른만큼의 힘을 낼 수 없어 결국 피하지 못하고 상대방에게 목덜미를 단단히 붙잡히고 말았다.

소만이 어느샌가 피가 고인 바닥에서 일어난 것이다.

그는 핏줄이 불끈 튀어나온 손으로 초만녕의 목을 강하게 조르고 있었다. 다른 손으로는 초만녕의 양팔을 뒤에서 붙잡았다. 먼지로 엉망이 된 얼굴에서는 광기 어린 불꽃이 타올랐고, 살고자 하는 욕망은 그를 기이하게 꺾어 놓았다. 그는 마치 밀랍 인형처럼 뜨거운 화염 속에서 뒤틀렸다.

그는 피처럼 붉은 눈으로 묵연을 향해 쉰 목소리로 말했다.

"나를 데리고…… 여기를 떠나……."

"그를 놔줘!"

"나를 여기에서 데려가!"

소만이 격노하며 눈이 찢어질 듯 째려보았다.

"그렇지 않으면 이놈은 죽은 목숨이다! 가자!"

"원하면 구해 줄 수 있어. 어린애를 붙잡아서 뭐 하는 짓이냐? 먼저 그 아이를 놔줘!"

"한 번만 더 그 입을 놀리면 바로 죽여 버리겠어! 어차피 난 할 수 있는 나쁜 짓은 다 했어. 이놈 하나 더 죽인들 거리낄 게 없지! 갈 거냐, 말 거냐!"

초만녕은 소만에게 목이 졸려 소리를 내지 못했고, 맑고 아름다운 조그마한 얼굴이 시뻘겋게 달아올랐다. 묵연은 상황이 급박하다는 걸 깨달았다. 그는 당장 일격으로도 소만을 죽일 수 있었지만, 허상이 실체화된 이상 소만의 분노가 정말 폭발하면 자신이 미처 손을 쓰기 전에 사제가 심하게 다칠 수도 있는 노릇이었다.

묵연이 말했다.

"알았어, 알았다고. 네 말대로 할 테니 흥분하지 말고. 일단 그 손부터 풀어, 내가 바로……."

말이 끝나기도 전에 피가 사방에 흩뿌려졌다!

68장 본좌는 돌아왔다

초만녕은 절대 남에게 쉽게 굴복하는 만만한 상대가 아니었다. 금빛이 번쩍이던 그때, 묵연은 언뜻 초만녕의 손에 들려 있던 무기를 보았다. 무기는 엄청난 속도를 자랑하며 찰나의 순간, 소만의 두 손을 한데 묶어 손목을 잘라 버렸다.

소만은 비명을 지르며 뒤로 물러났다. 이제 그는 한쪽 다리 외에 두 손마저 못 쓰게 되었다.

초만녕을 붙잡았던 손이 바닥에 나동그라지자 초만녕이 일어섰다. 이전에 한 번도 본 적이 없는 분노가 극에 달한 표정이었다. 그는 잠시 뭔가 말하려는 것처럼 입술을 달싹거렸다. 그러나 결국 분노에 말문이 막혔는지 붉으락푸르락한 얼굴로 화를 내며 몸을 돌렸다.

묵연이 얼른 가서 그를 안았다.

"사제, 괜찮아? 다친 덴 없고?"

초만녕은 그의 품 안에서 말없이 고개를 저었다. 구역질이 날 것 같아서 말도 나오지 않았다.

하지만 어쨌거나 소만 역시 이백 년 전에 살았던 사람이고, 눈앞의 이것은 그저 꼭두각시일 뿐이었다. 초만녕은 얼굴에 튄 핏물을 닦으며 묵연에게 조용히 말했다.

"봤죠? 제가 여기 남아 있는 게 좋은 방법이 아니에요. 사형을 따라 나가서 같이 싸우는 게 낫다고요. 제 법술이 사형을 방해할 정도는 아닌 것 같은데요."

묵연은 어린 사제의 능력에 관해 예전에 설몽에게 들었을 뿐, 직접 본 적은 없었다. 하지만 방금 그 광경은 정말 눈이 휘둥그레질 만했다.

"너 정말 대단하긴 하지만……."

초만녕이 말했다.

"저는 온갖 무기를 자유자재로 다룰 줄 알아요. 사형 옆에서 알려 줄 수도 있고요."

"그렇지만……."

초만녕이 눈을 들었다.

"이번 한 번만 나를 믿어요."

"……."

"사형."

초만녕은 더욱 간절한 어조로 말했다. 아이의 앳된 목소리로 말하니, 뜻밖에도 너무 찰지고 귀여워 애교를 부리는 것 같았다. 초만녕조차 제 목소리에 닭살이 돋는 것 같았다.

이를 들은 묵연이 순간 멈칫했다. 그러고는 고민이 되는지 머리를 벅벅 긁다가 양손으로 얼굴을 감싸고 한참을 움직이지 않았다. 그가 드디어 입을 열었다.

"그게, 내가 걱정되는 건…… 그러니까…… 네가……."

두 번의 인생을 사는 동안 처음으로 어떤 꼬마 녀석에게 이렇게 부드럽게 불려 보다니, 묵연은 정말 친형제를 찾은 기분이었다.

묵 선군은 누군가를 증오하면 뼛속 깊이 증오했지만 아끼는 사람에게는 더없이 따뜻했다. 그래서 한참 머리를 긁다가 다시 쪼그려 앉아 눈을 들어 초만녕을 바라봤다. 귀가 조용히 달아올랐다.

진짜 동생이 있으면 좋았을 텐데, 그렇게 외롭지 않았을 테니.

묵연의 반응을 본 초만녕은 머뭇거리다 또 한 번 나지막이 그를 불러보았다.

"형님."

형님은 '사형'과 엄연히 달랐다. 훨씬 친근했다.

묵연은 이마를 짚고 자신이 더는 버티기 힘들 것 같다고 생각했다.

"……."

초만녕은 의미심장한 눈빛으로 그를 바라보며 묵연의 약점을 정확히 간파했다. 어쨌든 자신은 아이의 모습을 하고 있었고, 묵연은 그가 누구인지 모르는 상황이니 체면치레할 필요가 없었다. 그래서 또 찰지게 그를 불렀다.

"형."

"……."

"형아."

"……."

"묵연이 형아."

"크크크! 알았어, 알았어! 데려간다, 데려가! 그만 불러!"

묵연이 펄쩍 일어났다. 온몸에 닭살이 돋았고 얼굴이 시뻘게졌다.

"가자, 가자, 나랑 가자. 너 대단하다, 정말 대단해. 맙소사."

초만녕은 뒷짐을 진 채 고개를 살짝 옆으로 돌리고 희미한 미소를 지었다.

"가요."

느긋하게 문을 향해 걸어가는 초만녕의 뒤에서 묵연의 구시렁거리는 소리가 들려왔다.

"이런 수작은 어디서 배운 거야. 닭살 돋아 죽겠네, 아이고……."

초순의 일을 목격한 뒤로 초만녕의 기분은 몹시 가라앉아 있었다. 그러나 지금, 그의 마음속을 뒤덮고 있던 안개가 서서히 걷히는 것 같았다.

"아, 맞다. 아까 나한테 하려던 말이 뭐야?"

묵연이 갑작스레 물었다. 그러자 초만녕이 몸을 돌리더니 태연하게 말했다.

"아, 그거요."

"응?"

"까먹었어요."

"……."

"생각나면 다시 형한테 말할게요……."

"아아아니야! 그렇게 부르지 마! 사형이라고 해! 그거면 돼!"

묵연이 연신 손을 내저었다.

초만녕은 깊은 연못 같은 눈으로 입가에 옅은 미소를 띤 채 담담하게 말했다.

"좋아요. 사형, 시간이 다 됐어요. 이 허상은 생존자의 기억에 의해 만들어진 거니까, 지금쯤 그 사람들은 임안을 떠났을 거예요. 제 생각에 이 허상도 오래 버티진 못할 거고요. 귀왕이 나타날 때가 된 것 같아요."

"그러니까…… 귀왕을 쳐부수면 나갈 수 있는 거지? 돌아가면 꼭 자세히 조사해 봐야겠어. 환각 세계를 실체화해서 우리 목숨을 빼앗으려 한 게 도대체 누군지 말이야!"

초만녕이 고개를 끄덕였다.

"다행인 건, 귀왕과 초순이 싸울 때 보니 귀왕이 엄청나게 강한 자가 아니라는 거예요. 아홉 귀왕 중 실력이 가장 약한 것 같아요. 이곳이 실체화되긴 했지만, 적수는 아마 저를 평범한 여섯 살짜리 꼬마라고 생각했던 것 같아요. 하지만 이 환각 세계를 무찌르는 데 제가 일조하리라고 예상하지 못하겠죠."

묵연도 연신 고개를 끄덕이며 말했다.

"훌륭해."

초만녕이 말했다.

"그래서 배후의 누군가가 우리를 해치려 했다기보다는, 처음부터 저는 계획 안에 없었던 거예요. 그 누군가가 해치고 싶은 상대는 사형 한 명뿐인 거죠."

묵연은 이제 거의 절하는 수준으로 고개를 끄덕였다.

"네 말에 아주 일리가 있어."

"나가서 무조건 이 일을 설몽에게 낱낱이 얘기해야 해요. 도화원 안에 사악한 기운이 있을지도 모르니 모든 일에 조심해야 한다고요. 자, 이 얘긴 그만하고, 이제 가요. 사형을 방해하지 않을 테니 절 데리고 포위망을 뚫고 가 주세요."

초만녕의 예측은 역시나 틀리지 않았다.

인시[#6]가 되자, 성안의 학살은 거의 끝난 듯했다.

그때, 갑자기 하늘에 핏빛 구멍이 벌어지더니 푸른 연기가 폐허로 내려와 곱사등이 남자로 변했다.

그 남자는 두 눈이 붉고 피부가 창백했으며, 몸의 절반은 살과 피부가 덮여 있었고 나머지 반은 백골이었다. 그는 커다란 검은색 깃발을 들고 시체가 가득한 임안성을 유유히 걸으며 새로운 망자들의 원한과 고통을 빨아들였다.

묵연은 어두운 곳에 몸을 숨긴 채 그의 모습을 똑똑히 지켜보았다.

"저놈인가?"

목소리에 희열이 옅게 깔려 있었다.

초만녕은 이 희열이 어디서 비롯된 것인지 알았지만 자신의 신분을 밝히지 않기로 한 이상, 여섯 살짜리 꼬마인 척, 너무 많은 것을 알고 있어서는 안 되었다.

그래서 아무것도 모르는 시늉을 하며 고개를 들고 물었다.

"뭐가요?"

"네 추측이 맞는 것 같아. 귀계의 아홉 왕은 실력이 천차만별

#6 인시 寅時, 새벽 3시~5시

이고, 그중 가장 약한 게 바로 저놈인 거지."

묵연은 몸을 돌려 창문 옆에 서서 점점 가까워지는 그림자를 보며 작게 말했다.

"우리 운이 나쁘지만은 않네."

"사형은 승산이 얼마나 돼요?"

"9할. 너무 높게 부르면 안 돼."

초만녕이 웃었다.

그도 당연히 귀계에 아홉 왕이 있다는 걸 알고 있었다. '고루황'[#7]이 가장 약하긴 했지만, 강함과 약함은 상대적인 것이었다. 묵연의 나이에 쌓인 경험에 비춰 보면, 신무인 견귀가 있어도 혼자 고루황을 상대하기란 쉽지 않을 터였다.

묵연을 노리고 있는 그 사람이 아무리 골똘히 생각을 짜낸다 한들, 묵연의 옆에 있는 사람이 사생지전에서부터 따라온 아무 생각이 없는 어린아이가 아니라 초만녕이라는 사실은 꿈에도 모를 일이었다.

어쨌든 상대가 손쓸 틈도 없이 순식간에 끝장을 내기 위해 두 사람이 문을 박차고 나가려는 순간, 뒤에서 약한 신음이 들렸다.

"살려 줘……."

"아, 아직 살아 있었네?"

묵연의 눈이 커졌다. 뒤에는 잔뜩 웅크린 소만이 있었다.

"죽기 싫어……. 아버지…… 저 죽기 싫어요……."

초만녕은 낡고 해진 헝겊 뭉치 같은 소년을 바라보며 고개를 저었다.

#7 고루황 骷髏皇, 해골 황제

"그때, 이자는 오두막에 들어오자마자 죽었을 거예요. 하지만 이 환각 세계에서 여태 살아 있을 수 있는 건, 아마 우리가 숨어서 그를 죽였던 시체들을 제거했기 때문이겠죠. 환각 세계의 몇몇 일들이 바뀌었던 거고요."

"음…… 소만이 배신하지 않았더라면 이백 년 전에 초순도 안 죽지 않았을까? 임안도 폐허가 되지 않았을지도 모르고……."

"아마도요."

하지만 두 사람은 알고 있었다. 무슨 말을 하든 과거는 모두 과거일 뿐, 지금 중요한 것은 고루황을 무찌르고 환각 세계를 벗어나는 것이라는 걸. 더는 주저할 필요가 없었다. 묵연과 초만녕은 숨어 있던 곳에서 나와 사방의 적을 무찌르며 용감히 나아갔다.

허상을 벗어나는 것은 그들이 생각했던 것보다 훨씬 쉬웠다.

목표가 명확했던 묵연은 곧바로 고루황과 상대했다. 그러나 전력을 다해 사투를 벌이는 두 사람을 보며 초만녕은 알 수 없는 불안감을 느꼈다.

그 불안은 묵연이 불리해서가 아니었다. 사실 묵연은 그의 지시에 따라 공격하며 계속 우위를 차지하고 있었다. 그런데도 초만녕은 왠지 점점 더 또렷하게 느꼈다…….

어둠 속에 숨어 있는 그자는 상황을 너무나도 정확하게 주무르고 있었다.

그자의 예측은 정확했다. 이 환각 세계에서 실력이 평범한 동료와 함께 갇힌다면 묵연은 위험에서 벗어나는 게 매우 힘들 터였다. 그런데도 상대는 더 강한 수단으로 묵연을 사지로 몰아넣지 않았다. 이 모든 것이 계획된 암살 작전이라는 걸 사람들이 알게 되길 원하지 않았기 때문이다. 묵연이 시험에서 사고를 당해 환각 세계 속 거짓 형상의 손에 목숨을 잃은 것으로 몰아가고 싶은 것이다.

이렇게 치밀한 계획을 세우면서까지 묵연의 목숨을 노리는 자는 도대체 누굴까?

정말 금성호에서 본 그 가짜 구진인가…….

초만녕은 묵연과 귀왕의 격전을 지켜보고 있었다. 시간이 지날수록 묵연은 더욱 유리해졌다. 날이 점점 밝아 오고 있었고, 귀왕의 법력도 서서히 약해져 얼마 버티지 못할 터였다. 승패는 이미 판가름 났다.

그런데 이때 초만녕의 눈에, 묵연이 움직이지 못하게 주술을 걸어 놓은 귀신과 산 시체 무리에서 산 자의 얼굴이 보였다!

"누구냐!"

그자는 멀리 떨어져 있었다. 시체 무리에 섞여 있는 그는 삿갓을 쓰고 있어 얼굴의 반이 그늘에 가려 보이지 않았다. 뾰족한 턱과 광택이 도는 입술, 부드럽게 휘어진 콧날만 보일 뿐이었다.

초만녕은 한눈에 이자의 행동거지가 이백 년 전의 허상이 아니라는 것을 알아챘다. 공격할 의도가 전혀 없는 듯 삿갓 아래에 숨어 초만녕과 묵연이 있는 쪽을 조용히 바라보고 있었다. 초만녕이 자신을 주시하고 있는 걸 알아챈 그는 희미한 미소를 지으며 손을 들어 보이기까지 했다. 그러고는 자신의 목에 두어

번 긋는 시늉을 하며 '죽이겠다'는 표시를 했다.

초만녕은 속으로 욕을 하며 그를 잡기 위해 획 돌진했다.

그러나 그자는 여전히 웃고만 있었다. 삿갓 아래로 붉은 입술과 허연 이를 드러내며 초만녕를 향해 입을 벙긋거렸다. 입 모양은 '그럼 이만'이라고 한 것 같았다.

그러고는 눈 깜짝할 사이에 사라졌다.

"거기 서!"

소용없었다. 하늘이 밝아지고, 백색의 빛이 층층이 차올랐다.

묵연과 귀왕의 사투도 마지막 공격으로 귀왕의 목이 잘리며 끝이 났다. 귀왕의 머리는 묵연이 들고 있는 견귀에 매달려 더러운 피를 쏟아 내고 있었다. 눈앞의 장면이 빠르게 날아갔다. 초만녕과 묵연의 몸도 돌연 휙 날아갔다. 이백 년 전 임안의 일출, 허물어진 담과 황폐해진 건물들 모두 기이한 형상의 환영이 되었다.

'펑' 소리가 났다.

초만녕이 다시 바닥을 디뎠을 때는 이미 시험의 동굴로 돌아온 후였다.

묵연도 마침 그의 옆에 떨어졌다. 온몸에는 싸움을 벌일 때 묻은 핏자국이 가득했지만, 묵연의 상처는 그리 심하지 않았다. 그는 고개를 돌린 채 바닥에 누워 있었다. 몸을 일으킬 힘이 없는 모양인지, 까만 두 눈동자만 옆에 있는 초만녕을 바라보았다.

한참이 지나고 나서 그가 손가락 끝으로 초만녕의 이마를 톡톡 쳤다.

"나왔네."

"……저 방금, 안에서 누군가를 봤어요."

초만녕은 대답은 했지만, 표정이 몹시 어두웠다.

"누구?"

"아주 수상했어요. 분명 주문을 쓰던 그자일 거예요."

눈이 휘둥그레진 묵연이 후다닥 일어났다.

"봤어? 봤구나! 그럼 누군지 알아낸 거야? 어떻게 생겼어?"

초만녕은 미간을 찌푸리고 고개를 저으며 말했다.

"삿갓을 쓰고 있어서 정확히 보진 못했어요. 하지만 몸집으로 봐선 분명 남자였고, 나이가 많지 않았어요. 마른 편이었고, 턱이 뾰족하고……."

뒤의 말은 삼켜졌다.

반만 보인 얼굴은 어딘지 모르게 익숙했다. 아주 예전에 어디선가 본 것 같은 기분이 들었지만, 자신의 착각일 수도 있었다. 얼굴의 반만 보았을 뿐이니 비슷한 사람은 차고 넘칠 것이고, 그 역시 당장은 판단하기가 힘들었다.

그래서 잠자코 있는데, 묵연이 그의 어깨를 툭 쳤다.

"사제."

"왜요?"

"……저기 좀 봐."

낮고 음울한 묵연의 목소리에 서늘한 느낌마저 들었다.

초만녕은 고개를 들어 그가 가리키는 쪽을 쳐다보았다.

열여덟이었다.

시험의 동굴 입구에 열여덟 낭자가 두 눈이 툭 튀어나온 채 천장에 매달려 있었다. 비단 꽃신을 신은 두 발이 허공에서 흔들거렸다.

그녀가 죽었다. 바람이 없는데도 흔들리는 것으로 봐선 그녀를 죽인 자가 방금 이곳을 떠난 것 같았다.

그러나 초만녕과 묵연이 가장 놀란 것은 그녀의 목을 칭칭 감고 있는 흉기였다.

버드나무 가지.

잎은 칼처럼 날카롭고, 가지 전체에서 붉은빛이 나며 끊임없이 화염이 터졌다. 그 불꽃은 피와 함께 사방에 떨어졌다.

견귀.

열여덟을 목 졸라 죽이고 동굴 천장에 걸어 놓은 건 다름 아닌 신무 견귀였던 것이다!

69장 본좌는 억울하다

안색이 창백해진 묵연은 믿을 수 없다는 듯 조금 전 집어넣은 무기를 소환했다. 손바닥에서 불빛이 반짝이더니, 견귀가 그의 손바닥 위에 나타났다.

열여덟을 죽인 그 무기에 손잡이가 없다는 것만 빼면, 견귀와 완전히 같은 모양이었다. 견귀에서 아랫부분만 없앤 모습이었다. 설마 이 세상에 또 다른 견귀가 있단 말인가?

깊은 생각을 할 틈도 없이 별안간 발소리가 멀리서부터 엄청난 속도로 가까워졌다. 초만녕은 묵연보다는 침착했지만, 잠시 망설이는 것처럼 멈칫하더니 순간 눈빛이 흔들렸다.

"묵연, 빨리 견귀를 집어넣어요!"

"뭐라고?"

이미 늦었다.

한 무리의 사람들이 시험의 동굴 입구에 모여들었다. 우민도 있었고, 도화원에서 수련하는 각 문파의 수사도 있었다. 설몽, 엽망석, 사매의 모습도 보였다……. 마치 누군가 시험의 동굴에 무슨 일이 생긴 걸 알고 모든 사람을 이곳으로 급히 불러 모은 것 같았다.

하나둘씩 도착하는 사람마다 맨 처음 보게 되는 건 동굴 입구에 잔인하게 살해당한 열여덟이었다. 목을 조르고 있는 버드나무 가지가 살갗을 파고든 채였다. 묵연과 그의 키 반만 한 아이는 정말 난처한 상황에 빠지게 되었다. 악전고투를 벌이고 왔던 터라 묵연은 온몸이 피투성이였고, 손에 든 건 하필 위험해 보이는 불꽃을 세차게 튀기고 있는 견귀였으니…….

별안간 쥐 죽은 듯 조용해졌다.

갑자기 누군가가 소리쳤다.

"사, 살인자!"

사람들이 점점 웅성거리기 시작하더니 경악하고 분노했다. 그들이 소곤거리는 소리가 윙윙거리며 고막을 때렸다. '사람을 죽였대', '살인자', '무슨 속셈이지', '이성을 잃고 미쳐 날뛰었군', '미치광이' 등 조각난 단어와 말들이 끊임없이 반복되었다. 밀려드는 사람들이 마치 조금 전 환각 세계의 시체들 같았다. 묵연은 환각 세계가 아직 끝나지 않았으며 악몽이 계속되고 있는 것 같은 착각이 들었다.

이백 년 전 임안성의 피가 지금도 흐르고 있는 것만 같았다.

"아니에요……."

입 안이 바싹 말랐다. 묵연이 뒤로 한 걸음 물러났다.

"저 아니에요……."

뒤로 물러서는데, 누군가 그의 옷소매를 잡아당겼다.

혼란스러워하며 묵연이 아래를 내려다보자 초만녕의 맑고 차가운 눈동자가 보였다.

묵연이 무의식적으로 중얼거렸다.

"난 아니야……."

초만녕은 고개를 끄덕이며, 묵연의 앞에 서서 그를 보호해 주고 싶었다. 그러나 이렇게 조그만 아이의 몸으로 뭘 할 수 있겠는가?

몹시 초조하던 그때, 한 걸음 앞으로 나아가는 묵연의 모습이 보였다.

소리 지르는 사람이 점점 늘어났다.

"그를 잡아라! 그리고 저 아이도! 잡아라! 살인자를 잡아라!"

"도망치게 둬선 안 된다! 너무 위험하다! 어서 잡아!"

묵연은 손을 뒤집어 초만녕을 잡아끌어 자신의 뒤에 숨겼다. 그러고는 고개를 숙여 잠시 숨을 고르더니 점차 평정심을 되찾았다.

"열여덟 낭자는 제가 죽인 게 아닙니다. 제 얘기를 들어 보세요."

사람들의 알 수 없는 표정은 그가 기억하고 싶지 않았던 전생의 어느 기억과 겹쳤다. 그는 군중들 속에서 가까스로 설몽을 발견했다. 설몽은 믿을 수 없다는 표정이었다. 그리고 사매가 있었다. 사매는 겁에 질린 듯 새하얀 얼굴로 눈을 크게 뜬 채 연신 고개를 젓고 있었다.

묵연이 눈을 감고 낮은 목소리로 말했다.

"저는 열여덟 낭자를 죽이지 않았지만, 그렇다고 도망가지도 않을 겁니다. 체포할 때 하더라도 저에게 해명할 기회는 있어야 하지 않겠습니까?"

그러나 그의 말을 귀담아들으려는 사람은 없었다. 불안과 분노에 사로잡힌 군중 속에서 한 여도사가 날카롭게 소리쳤다.

"네, 네놈이 사람을 죽여 현행범으로 잡히는 것인데 해명할 게 뭐가 있느냐!"

"옳소!"

"어찌 됐든 저 둘을 모두 체포합시다! 정말 억울하다면, 그때 가서 풀어 줘도 늦지 않습니다!"

"잡아라! 붙잡아라!"

너무 놀라 경황이 없던 설몽이 이성을 되찾았다. 그가 군중 속에서 뛰쳐나와 분노로 일그러진 얼굴로 묵연을 등진 채 큰 소리로 말했다.

"다들 조용히 하시고, 제 얘길 좀 들어 보십시오."

"누구냐, 너는!"

"네가 뭔데 나서!"

"가만, 저분 봉황의 아들 아니야?"

"봉황의 아들? 하늘이 선택한 총아? 그럼 그 설몽?"

"그분인 것 같은데……."

설몽의 안색이 백지장처럼 질려 있었다. 그가 한숨을 한 번 내쉰 후 천천히 말했다.

"제 말을 좀 들어 주세요. 이 두 분은 모두 우리 사생지전의 제자입니다. 절대 무고한 사람을 죽일 리 없는 사람들이라 믿습니다. 그러니 여러분도 일단 진정하시고, 이들의 얘기를 한번 들어 주시지요."

"……."

잠시 침묵이 이어지다가 누군가 소리쳤다.

"당신이 뭔데? 사생지전의 제자면 그게 뭐? 당신이 저 사람들을 손바닥 들여다보듯 훤히 알기라도 해?"

"맞아요. 열 길 물속은 알아도 한 길 사람 속은 모른다고, 아무리 동문이라도 알면 얼마나 제대로 알겠어요!"

설몽의 표정이 점점 어두워졌다. 그는 입술을 꽉 깨물었고, 어느샌가 주먹을 단단히 쥐고 있었다.

묵연은 그의 뒤에서 초만녕을 데리고 서 있었다. 사실 설몽이 앞으로 나서는 걸 보고 좀 의아하긴 했다. 전생에서도 이 사촌동생과는 이렇다 할 정이 없었고 늘 서로를 무시했었다. 자신이 인간계의 제존이 된 후 극악무도한 짓을 멈추지 않자, 자연스럽게 '봉황의 아들'과는 물과 불처럼 서로를 품을 수 없는 양극의 진영으로 갈라서게 되었던 것이다.

그러니 사람들의 비난을 받는 상황에서, 설몽이 자신이 아닌 다른 사람들과 대척점에 서게 된 이 광경은 정말 예상 밖의 일이었다.

갑자기 마음이 찌릿해진 묵연이 입을 열었다.

"설몽, 네가…… 날 믿는다고?"

"퉤! 야, 이 개새끼야, 누가 널 믿어?"

설몽이 고개를 반쯤 돌린 채 불쾌한 기색으로 으르렁댔다.

"도대체 네놈이 무슨 일을 벌였는지 좀 봐! 내가 왜 나보다 한 살 많은 네놈의 뒤처리를 해야 하냐고!"

"……."

한바탕 욕을 퍼부은 설몽은 더욱 험악한 목소리로 사람들에게 소리쳤다.

"어떻게 하시겠습니까? 제가 어찌 이들을 모를 수 있겠습니까? 한 명은 제 사제고, 한 명은 제 사촌 형입니다! 여러분이 이들을 잘 알겠습니까, 아니면 제가 잘 알겠습니까?"

"설몽……."

"해명 좀 들어 주면 죽기라도 합니까? 이렇게 많은 사람이 보고 있는데, 체포가 조금 늦어진다고 해서 이들이 날개를 꼽고 날아가기라도 한답니까?"

이때, 사매도 앞으로 나왔다. 하지만 그는 기세등등한 모습이 아닌 유약하고 두려운 표정으로 말했다.

"선군 여러분, 저도 이 두 사람의 무고함을 보장할 수 있습니다. 열여덟 낭자는 절대 이들이 죽인 게 아닙니다. 이들에게 해명의 기회를 주신다면 정말 감사할 것 같아요……."

엽망석도 적극적으로 나섰다. 그는 두 사람의 무고함을 보장하진 않았지만, 이성을 잃고 격앙된 사람들보다는 훨씬 냉정했다. 그가 말했다.

"그들을 잠시 구금한다 하더라도 해명의 기회는 주어야 합니다. 그렇지 않으면 진짜 살인범만 좋은 일 시키는 거 아니겠습니까? 만일 진짜 살인범이 우리 중에 숨어 있다면, 어떻게 하려는 겁니까?"

그의 말에 사람들은 잠시 서로를 바라보며 어쩔 줄 몰라 했다. 눈빛에 경계가 서렸다.

"……좋소! 그럼 어디 해명해 보시오!"

"하지만 체포는 해야 해! 신중해서 나쁠 거 없어!"

"진범이 아니라 해도 일단은 잡아 놔야 해요!"

묵연은 길게 탄식하며 손을 이마에 갖다 댔다. 한참이 지나고 그가 돌연 웃음을 터트렸다.

"사면초가의 상황에도 절 믿어 주는 사람이 있을 줄 몰랐네요. 좋아요, 좋아. 체포된다 해도 셋한테는 화 안 낼게요."

그는 허상이 실체화된 것과 허상 안에서 겪었던 일, 그리고 허상에서 나오자마자 죽은 열여덟 낭자를 본 일을 간단히 설명했다.

그러나 수라경이 파괴되고 다른 사람이 다시 들어가면 완전히 새로운 환각 세계가 펼쳐지기 때문에 묵연의 말이 진실인지 증명할 길이 없었다. 하지만 짧은 시간 안에 이런 이야기를 만들어 내기도 쉽지 않은 일이었다.

그가 이야기를 마치고 나자 절반 이상의 사람들이 동요했다.

신분이 높은 우민 하나가 부하와 낮은 목소리로 귓속말을 나눈 뒤 말했다.

"묵연, 하사역, 둘은 해명은 했으나 증거가 없으니, 제대로 조사를 마치기 전까지는 도화원의 안전을 위해 한동안 옥에 갇혀 있어야만 한다."

묵연은 어쩔 수 없다는 듯 쓴웃음을 지었다.

"예, 예, 이렇게 될 거라 예상했습니다. 먹을 것만 잘 넣어 주시면 저도 얌전히 있겠습니다."

"그건 당연하네."

우민이 잠시 뜸을 들이다 말했다.

"오늘부터 도화원의 수사들은 또 다른 사고가 발생하지 않도록 경비를 강화해야 하오. 여기 오지 않은 수사는 내가 사람을 보내 일일이 조사한 다음에야 용의선상에서 제외할 것이오. 또 나는 이 일을 각 문파의 장문인에게 통지할 예정이오. 특히 가장 깊이 관련된 사생지전에서는 가능하다면 두 분의 사존을 모셔 오는 게 좋을 것 같소."

"사존을요?"

묵연은 듣자마자 사색이 되었다.

초만녕은 아무 말이 없었다.

"저는 사존께서 오시는 걸 원치 않습니다! 저희 백부님이 오시는 건 어떻습니까?"

"제자에게 일이 생겼으니 스승에게 알리는 건 당연지사 아닌가. 이건 수진계의 오랜 규칙인데, 설마 자네가 있는 사생지전의 규칙은 다르기라도 하다는 건가?"

"아니, 저는……."

초조해진 묵연은 머리를 긁적이며 연신 한숨을 쉬었지만, 마땅히 할 말이 떠오르지 않았다.

제자에게 일이 생기면 스승에게 알린다. 당연히 맞는 말이었다.

초만녕의 덤덤한 표정과 얼음처럼 차가운 눈빛이 떠올랐다. 묵연은 그가 오더라도 분명 일의 시시비비를 따지기 전에 다짜고짜 자신을 한바탕 혼낼 거라고 생각했다. 차라리 만나지 않는 편이 나았다.

그러나 무슨 말을 해도 상황을 바꿀 수는 없었다.

그와 어린 사제는 함께 옥에 갇혔다.

도화원의 유폐지는 크지도 작지도 않은 산굴이었다. 굴 입구에는 우민의 명령에만 복종하는 먼 옛날의 가시나무가 자라있었고, 안은 온종일 어두컴컴했다. 다행히 꺼지지 않는 주문이 걸린 모닥불이 타고 있었다.

굴 안은 단출했다. 널찍하고 거친 돌침상 하나에 깃털로 만든 부드러운 금홍색 요가 깔려 있고, 돌탁상 하나, 등받이가 없는 돌의자 네 개, 거울 하나, 식기 몇 개가 전부였다.

묵연과 초만녕은 함께 이곳에 연금되었다.

아직 사건의 결론이 나지 않았으나 두 사람을 감시하는 우민은 열여덟과 친했기 때문에, 그녀의 갑작스러운 죽음을 묵연과 초만녕의 탓으로 돌렸다. 그래서 그들의 연금 생활에는 적지 않은 어려움이 생겼다.

첫째 날 밤, 그 우민이 밥과 반찬을 가져왔다. 다양하진 않았지만 그래도 먹을 만했다. 그런데 다음 날이 되자 굴 안에 날고기와 생야채, 쌀, 밀가루, 소금을 아무렇게나 내동댕이치더니 그들에게 밥을 해 줄 여력이 없다며 알아서 해 먹으라고 말하는 것이었다.

"해 먹으라면 해 먹지, 뭐. 밥하는 건데, 누가 못 해?"

묵연은 잔뜩 화를 내며 바닥에 쭈그리고 앉아 쓸 만한 음식 재료를 골라냈다.

"사제는 뭐 먹고 싶어?"

"……아무거나 다 좋아요."

"휴, 세상에서 가장 하기 어려운 게 바로 '아무거나'라는 요리야. 가만있어 보자. 삼겹살 있고, 배추 있고…… 쯧쯧, 이 새 같은 놈 정말 구두쇠네. 배추 밑동밖에 안 줬어. 밀가루랑 멥쌀은 많이 줬네. 며칠 치를 준 건지 모르겠네."

그는 계속 혼자 중얼거리며 양을 살피다가 고개를 들고 초만녕에게 물었다.

"밥 먹고 싶어, 국수 먹고 싶어?"

돌침상 위에 엎드려 쉬고 있던 초만녕이 잠시 생각하다 말했다.

"국수요."

그리고 뜸을 들이다 덧붙였다.

"갈비국수요."

"……아하하. 날 너무 괴롭히진 마라. 갈비가 지금 어딨어?"

"그럼 뭐, 아무거나요."

묵연은 책상다리를 하고 바닥에 앉아 무릎에 팔을 대고 턱을 괸 채 한참을 생각하다 말했다.

"재료가 많지 않으니까, 고기국수 해 줄게. 어때?"

"고기국수요?"

"좋아해?"

"네, 뭐 그럭저럭. 매워요?"

묵연이 웃었다.

"새 같은 놈이 준 것 중에는 고추는커녕 고추씨도 안 보이는데."

뭘 먹을지도 정해졌으니 묵연은 곧바로 밀가루 반죽에 들어갔다. 초만녕은 키도 작고 힘도 부족해 도와주는 척하면서 그저 침상에 엎드려 묵연이 희고 부드러운 밀가루를 반죽하는 모습을 빈둥빈둥 지켜보았다. 그를 보는 눈빛이 점점 따뜻해졌다.

문득, 이런 상황도 꽤 괜찮다는 생각이 들었다. 묵연은 자신이 누군지 모르니 이렇게 계속 묵연 옆에 있을 수 있고, 요리할 때는 또 자신에게 뭘 먹고 싶은지 물어보니 기분이 좋았다.

자신이 너무 많은 걸 가진 것 같아 불안한 마음도 들었다. '하사역'이라는 어린아이에게서 몰래 무언가를 훔쳐 온 느낌이 들었기 때문이다.

묵연은 삶은 면 위에 잘 볶은 다진 고기를 올렸다. 우민이 준 조미료가 너무 적어서 색과 향과 맛을 모두 갖춘 요리를 하기가 힘들었지만, 면발은 아주 쫄깃쫄깃하니 씹는 맛이 좋았다. 삼겹살은 비계 한 겹을 도려내고 기름에 볶아 뜨거울 때 면 위에 올리면 쵀아, 하는 소리가 났다. 골고루 비벼 놓으니 향이 좋았다.

"사제, 밥……."

초만녕은 잠들어 있었다. 여전히 엎드린 자세로 구부린 팔을 베개 삼아 얼굴을 옆으로 한 채였다. 속눈썹이 길고, 표정은 편안해 보였다.

"먹어……."

묵연은 하려던 말을 마친 후 침상 옆으로 가 초만녕의 새카만 머리카락을 쓰다듬었다.

"이렇게 보니까 너 정말 사존을 많이 닮았구나. 너와 사존이 임안의 초씨 집안과 도대체 무슨 관계인지 모르겠고, 우리를 해치려는 자가 누군지도 모르겠고, 참…… 사존이 지금 뭐 하고 계시는지는 더더욱 모르겠고. 여기 이 일을 아시게 되면 제대로 확인도 안 하고 나부터 탓하실 텐데."

묵연의 표정이 조금 어두워졌다. 그는 손가락으로 초만녕의 까만 머리카락을 돌돌 말며 한숨을 쉬었다.

"네가 그분을 몰라서 그러는데, 무슨 일만 생기면 맨날 나만 혼낸다니까……. 그분은 날 엄청 싫어하셔."

아쉽게도 초만녕은 잠이 들었으니, 아무도 대답하지 않았다. 이 말은 전생에서 수십 년 동안 얽혀 있던 그들의 오해처럼 고요한 밤하늘에 나풀나풀 날렸다.

묵연은 면발의 열기가 입을 데지 않을 정도까지 식기를 기다린 뒤 초만녕을 깨웠다.

"사제, 밥 먹어."

초만녕은 입을 가리고 하품을 한 다음 몽롱한 눈으로 허공을 응시했다.

"아, 밥 먹어야죠……."

묵연이 국수를 가져왔다. 그는 요리는 좋아해도 설거지는 싫어했다. 그래서 닦아야 할 그릇을 최소화하기 위해 고기를 볶은 냄비에 국수 면을 몽땅 부었다.

초만녕은 사소한 것은 안중에도 없는 이런 호방한 식사에 적잖이 놀랐다. 두 눈을 크게 뜨며 믿을 수 없다는 듯 커다란 냄비 속 국수를 쳐다보았다.

"이거…… 어떻게 먹어요?"

"같이 먹는 거지."

묵연은 젓가락 한 쌍을 초만녕에게 건네주고 두 손 모아 합장하며 웃었다.

"누가 더 빨리 집어 먹나 시합이 이제 곧 시작됩니다! 과연 누가 더 많이 먹을까요? 정말 기대가 되는데요."

"……."

묵연은 종알거리기를 마치고 눈을 가늘게 떴다. 웃고 있는 그의 눈이 더욱 즐거워 보였다. 초만녕이 그를 잠시 쳐다보다가 말했다.

"먹을 것만 있으면 엄청……."

"엄청 신난다고?"

"네."

"하하, 사람은 먹으려고 사는 거 아니겠어."

묵연은 말하면서 먼저 크게 한 젓가락을 집어 들었다. 후루룩 후루룩, 볼이 빵빵해졌다.

"보기엔 좀 이상해도 맛은 괜찮구먼."

"……."

초만녕의 표정이 일그러졌다.

"밥 먹을 때는 소리 내지 말아요."

"하하하!"

묵연이 허벅지를 치며 웃었다.

"요 녀석, 사존이랑 정말 비슷하네. 사존도 나보고 쩝쩝거리지 말라고 했거든. 그 후에 어떻게 했는지 한번 맞혀 봐. 어느 날 사존이랑 같이 밥 먹을 때 내가 일부러 뼈다귀를 사존 그릇에 빠뜨렸거든. 사존이 완전 화가 여기까지 나서는, 하하하하하!"

초만녕이 이를 악물고 말했다.

"정말 무엄하군!"

"그래, 맞아! 딱 그렇게 반응하셨어. 어떻게 알았지? 와, 정말 똑같네. 너랑 사존은 먼 친척 사이가 분명해. 이따 사존이 오시면 한번 여쭤보는 게 어때? 아이, 그 달걀부침 절반은 내 거야……."

70장 본좌의 국 끓이기

밤이 되자 두 사람은 널찍한 돌침상 위에 누웠다. 연금된 채로 시간을 보내기란 정말 견딜 수 없이 힘들었다. 수련도 했고 밥도 먹었고, 더는 할 게 없었다.

이쪽부터 저쪽까지, 동굴은 딱 방 한 칸만 했다. 초만녕은 마음이 평온했고 그럭저럭 나쁘지 않다고 생각했지만 묵연은 달랐다. 하루가 일 년 같은 기분이었다.

"아, 지루하다, 지루해. 뭐 하고 놀지? 뭐 하고 놀까?"

초만녕이 눈을 감고 말했다.

"자요."

"너무 이르잖아."

묵연이 물시계를 보더니, 고개를 저었다.

"너무 일러."

초만녕은 대답하지 않았다.

묵연은 침상에서 이리저리 구르다 초만녕의 얼굴을 홱 잡아당겼다.

"사제."

"……."

"사제~."

"……."

"사제!"

초만녕이 갑자기 눈을 번쩍 뜨더니 소리쳤다.

"왜!"

묵연이 능글맞게 그의 손을 잡고 왔다 갔다 흔들었다.

"나랑 놀아 줘."

"……도대체 묵연이 사제예요, 내가 사제예요?"

초만녕은 화를 참지 못하고 묵연의 손을 뿌리쳤다.

"누가 놀아 준대!"

묵연이 유쾌하게 웃으며 아주 뻔뻔하게 말했다.

"당연히 네가 나랑 놀아 줘야지. 너 말고 또 누가 있겠어."

"……."

머리띠는 묵연이 하고 있던 것이었다. 그가 얇은 붉은색 띠의 양쪽 끝을 묶어 자신의 손가락에 팽팽하게 건 다음, 빙빙 감아 돌리자 독특한 모양이 만들어졌다.

초만녕은 침상에서 일어나 앉아 못마땅한 듯 물었다.

"이게 뭐예요? 어떻게 하는 건데요?"

"실뜨기야. 여자애들은 자주 하는데 남자애들은 거의 안 해. 난 어렸을 때 악방에서 컸잖아? 거긴 여자애들이 많아서 이걸

배울 수 있었지."

"……."

"되게 재밌어. 잘 봐, 이 실을 손가락에 걸고…… 아니, 그 실이 아니야. 새끼손가락. 응, 맞아. 그다음 엄지랑 검지로 그쪽에 있는 두 줄을 걸고……."

묵연이 조곤조곤 설명했다. 끈기 있고 차분한 목소리였다.

타닥타닥 타는 모닥불의 따뜻한 노란 불빛이 두 사람의 그림자를 만들었다. 큰 그림자 하나, 작은 그림자 하나. 고개를 숙인 채 머리띠로 만든 붉은 실뜨기에 열중하다 보니, 두 사람의 표정은 자기도 모르는 사이에 점점 부드러워졌다.

초만녕의 손이 실을 팽팽하게 당기고 있었다. 그는 묵연이 가르쳐 주는 대로 실을 감다가 이내 실수를 했다. 손을 바꾸며 붉은 실을 잡아당기자, 예상했던 새로운 모양은커녕 맨 처음의 간단한 두 줄의 모양으로 돌아가 버렸다.

그는 얼떨떨한 표정을 지었다. 손을 여전히 허공에 들고서 이해할 수 없다는 듯 중얼거렸다.

"왜 풀렸지? 어쩌다 이렇게……."

"하하, 또 잘못 떴지."

"……다시 해요."

초만녕이 불만스러운 목소리를 내자 묵연은 웃으며 말했다.

"그만하자. 한 가지만 계속하면 재미없잖아. 다른 거 하자."

"안 돼요."

이번에는 초만녕이 내키지 않는 듯, 심각하게 말했다.

"다시 해요."

"……."

두 사람은 동굴 안에서 사흘을 보냈다. 나흘째 되던 날 저녁, 묵연은 전날처럼 초만녕에게 맛있는 음식을 해 줄 준비를 하고 있었다. 요 며칠 새 그는 요령을 완전히 터득했다. 어린 사제와 사존은 음식에 대한 호불호까지 똑같았다. 같은 고향 사람인 게 분명했다.

오늘 밤 우민은 암탉 한 마리와 버섯 몇 개를 가져다주었다. 묵연은 버섯을 넣어 닭국을 끓이고 거기에 자신이 만든 면을 넣으면 맛이 그럭저럭 괜찮을 거라고 생각했다.

"저녁은 닭국이에요?"

"응."

묵연은 대답하며 고개를 반쯤 돌려 초만녕을 보았다. 이 아이는 무술에 천부적인 재능이 있지만 실뜨기는 완전 젬병이었다. 하필 또 고지식하기가 이를 데 없어서 할 게 없으면 바로 머리끈을 손에 걸고 생각에 잠겼다. 그 고집스러운 모습은 정말이지 웃지 않을 수 없는 광경이었다.

묵연이 웃으며 말했다.

"앉아서 천천히 해 봐. 근데 보아하니 국이 다 끓을 때까지도 못 알아낼 것 같구나."

초만녕이 콧방귀를 뀌고 잠깐 침묵하더니 차분히 얘기했다.

"남은 재료 중에 생강 있죠?"

"어디 보자…… 오, 있어. 엄청 많은데. 어제 생강을 잔뜩 줬네."

초만녕이 만족스럽다는 듯 말했다.

"비린내 날아가게 많이 좀 넣어 주세요."

묵연이 턱을 어루만졌다.

"아…… 설마 구기자를 넣으라고 할 건 아니지?"

초만녕의 눈이 반짝였다.

"있어요?"

"풉, 당연히 없지. 그냥 너랑 사존의 입맛이 너무 똑같아서 물어본 거야. 사존도 국에 생강이랑 구기자 넣는 걸 좋아하시거든."

"……그분이 무슨 요리를 좋아하는지 기억해요?"

"하하. 그럼, 그럼. 난 똑똑하니까."

사실 묵연도 많은 설명을 하고 싶진 않았다. 어린 사제에게 전생과 현생 이야기를 할 수는 없으니 말이다. 그래서 그냥 맞장구만 칠 뿐이었다.

"나는 말 잘 듣는 착한 제자인데, 아쉽게도 사존은 내 마음을 몰라주셔. 자기를 우러러보는 충성스러운 이 마음을 말이야."

묵연은 내키는 대로 말하면서 닭고기를 손질하느라 초만녕의 표정을 전혀 눈치채지 못했다. 그는 신속하게 닭의 털을 뽑은 후 내장을 제거했다. 그다음 핏물을 빼기 위해 물을 끓이려는데, 갑자기 뒤에서 사제의 목소리가 들렸다.

"사존도 모르진 않을 거예요."

"응?"

묵연이 고개를 들자 초만녕의 귀가 순간 달아올랐다. 그는 고개를 돌려 헛기침을 몇 번 하고 말했다.

"제 말은, 옥형 장로를 생각하는 마음을 옥형 장로도 모르진 않을 거라고요."

"아, 그거. 사실 뭐 상관없어. 난 이미 적응했는걸. 가끔은 다른 사람들 사존처럼 나한테 속에 있는 말도 좀 하고, 사존이 좋아하는 음식이 뭔지 내가 아는 것처럼 사존도 내가 뭘 좋아하는지 아시면 좋겠다고 생각할 때도 있지만 말이야. 전부 다 지난 일이지, 뭐. 처음 입문했을 때만 해도 그 아름다운 자태에 속아서 다정한 사람인 줄 알았는데, 지금 생각해 보면 정말……. 어휴, 그 어르신은 감히 내가 범접하지도 못할뿐더러, 매일 일도 바쁘셔. 그러니 내가 눈에 들어오기나 하겠어? 하하, 아하하하."

묵연의 이야기를 듣자니 초만녕은 사실 조금 화가 났다. 그러나 잘 생각해 보면 평소 자신이 묵연에게 관심이 있었다고는 하나, 어느 정도 거리를 둔 건 사실이었다. 결국 화가 난 마음은 자기도 모르게 난처함으로 바뀌었고, 고개를 숙인 채 아무 말도 하지 않았다. 잠시 후, 초만녕은 침상에서 뛰어 내려와 조용히 묵연의 옆에 섰다.

"왜?"

"며칠 동안 요리해 줬잖아요. 오늘은 간단하니까 제가 해 볼게요."

묵연은 멈칫하더니 이내 웃으며 말했다.

"어째서 갑자기 그런 마음이 들었어? 꼬맹이가 어떻게 하려고? 부뚜막에 닿지도 않겠다. 그리고 내가 네 사형인데, 밥 몇 끼가 뭔 대수라고."

초만녕은 등받이가 없는 의자를 가져와 그 위에 올라서서는 아무 말 없이 집요하게 묵연을 쳐다보았다.

"……쳐다보면 뭘 어쩌려고?"

"내가 부뚜막에 닿는지 안 닿는지 봐요."

"……."

"옥형 장로는 묵연이 좋아하는 음식이 뭔지 모르지만 나는 그 정도로 양심이 없지는 않아요."

초만녕이 표정 없는 얼굴로 말했다.

"가서 쉬어요. 제가 할게요."

한참을 바쁘게 움직이며 초만녕은 기어코 묵연의 도움을 거절했다. 그리고 노기등등한 눈빛으로 칼을 들고 죽은 암탉을 갈랐다. 표정은 진지했으나 칼질이 영 뻣뻣해 차마 똑바로 지켜볼 수가 없었다.

묵연은 도와주고 싶었으나 어째서인지 어린 사제는 고약한 성격마저 사존과 똑같았다. 뭔가에 몰두하고 있을 때 누군가 끼어드는 것을 매우 싫어했다. 몇 번 망신을 당한 후에야 묵연은 어쩔 수 없이 머리를 긁적이며 침상에 누워 멍하니 쉴 수밖에 없었다.

닭고기가 드디어 냄비 안으로 들어갔다. 초만녕이 냄비 뚜껑을 닫고 묵연에게 뭔가를 말하려는데, 동굴 입구에서 작은 소리가 들려왔다.

"연아, 하 사제, 거기 있어?"

묵연은 목소리를 듣자마자 벼락이라도 맞은 듯 침상에서 펄쩍 뛰어내려 입구로 달려갔다. 틈 사이로 보니 우민 하나가 바깥에 서 있었다. 그런데 시선을 살짝 옮기자 우민 뒤에 흰색 옷을 입고 걱정스러운 얼굴로 서 있는 사매가 보였다. 묵연은 저도 모르게 뛸 듯이 기뻤다.

"사매! 무⋯⋯ 무슨 일이야?"
"너한테 할 말이 있어서 왔어."
사매가 말을 이었다.
"존주께서 보고를 받자마자 도화원으로 급히 오셨어. 지금 우민과 얘기 중이셔. 넌 어때? 며칠 동안 힘들었지?"
"난 괜찮아. 먹고 마시고 뛰는 데 아무 지장도 없어."
묵연은 잠시 뜸을 들이다 물었다.
"사존은? 어디 계셔?"
"여전히 문을 닫아걸고 수련 중이시래. 안 오셨어."
"아⋯⋯."
묵연은 눈을 껌벅거리다 한숨을 내쉬며 중얼거렸다.
"안 오셔도 돼⋯⋯. 안 오셔도 돼."
"선기 장로님은 오셨어, 하 사제 때문에. 하 사제는 자니?"
사매의 물음에 묵연이 답했다.
"아니, 지금 국 끓이고 있어. 사제, 얼른 와 봐!"
초만녕은 불을 지피던 대나무 부채를 내려놓고 입구로 갔다. 바깥의 두 사람을 봤음에도 놀라지도 않고 담담하게 물었다.
"무슨 일이세요?"
사매가 말을 꺼내기도 전에 옆에 있던 우민이 콧방귀를 뀌며 반문했다.
"사생지전의 사람이 왔다잖아. 당신 사존이 지금 당신을 보증하려고 우리 선존과 의논 중이시라고."
"⋯⋯제 사존이요?"
"선기 장로 말이야."

"아."

초만녕이 뜸을 들이다 표정 없는 얼굴로 말했다.

"아주 좋네요."

우민이 입을 비죽거리며 말했다.

"둘 다 나와. 둘의 해명을 듣기 위해 다들 음로각(飮露閣)에 모여 계신다."

초만녕은 끓고 있는 닭국을 돌아보며 말했다.

"전 안 갈래요. 국을 더 끓여야 해서 자리를 뜰 수가 없어요. 묵연, 나 대신 말 좀 잘 해 줘요."

우민은 머리에 피도 안 마른 꼬마 주제에 정말 황당한 말을 한다고 생각했다. 그래서 냉소를 지으며 그를 위협했다.

"네가 안 가면 해명의 기회도 놓치는 거야. 열여덟 낭자를 살해했다는 판결이 나면 모가지로 대가를 치러야 할 텐데."

뜻밖에도 초만녕은 두려워하는 기색이 전혀 없었다. 오히려 개의치 않는다는 표정으로 차갑게 그를 힐끗 쳐다보더니 돌아갔다.

사매가 그를 불러 세우려 했지만, 묵연은 웃으며 고개를 저었다.

"놔둬. 내가 가면 되지, 뭐."

"하지만 선기 장로께서 먼 길을 오셨는데 인사도 안 드리면 무례하단 말이 나올 텐데……."

묵연이 대답하기도 전에 초만녕의 목소리가 멀리서 들렸다.

"묵 사형, 대신 사존께 인사 좀 해 주세요."

"……."

그렇게 작은 소리로 말했는데도 초만녕에게 들렸다고 생각하니, 사매는 약간 민망해져 헛기침을 했다. 우민이 동굴 감옥의 가시나무 문을 열어 묵연을 데리고 떠날 채비를 했다.

그런데 이때, 초만녕이 몸을 돌려 그를 불러 세웠다.

"사형."

"나와 같이 가겠다고 마음이 바뀐 거야?"

묵연이 웃으며 물었다.

초만녕이 작은 손으로 소매를 휘저으며 말했다.

"안 가요. 신신당부하는데, 빨리 와야 해요. 늦으면 국이 식어서 맛없어요."

묵연은 어리둥절했으나 곧 웃음을 터뜨렸다.

"알았어, 기다리고 있어."

"네."

초만녕은 더는 말하지 않고 묵연이 가는 걸 지켜보았다. 모퉁이를 돌아 그가 보이지 않게 되자 그제야 몸을 돌려 국을 끓이는 데 몰두했다.

음로각과 동굴 감옥은 멀지 않았다. 사매는 걷다가 자기도 모르게 질문을 했다.

"연아, 요 며칠 하 사제와 많이 친해졌나 봐?"

묵연이 웃으며 말했다.

"맞아, 고난을 함께했잖아. 왜, 설마 어린애한테 질투하는 거야?"

"……쓸데없는 소리 한다."

"하하하, 사매는 걱정할 필요 없어. 내가 제일 좋아하는 건 사매니까. 절대 안 변하지."

"……쓸데없는 얘기 그만하고, 나는 그냥 하 사제가 조금 이상해 보여서…….”

“이상해? 음…….”

묵연은 곰곰이 생각하다 고개를 끄덕였다.

“걔가 정말 이상하긴 하지.”

“네 생각도 그래?”

“응.”

묵연이 웃으며 말했다.

“나이는 어린데 말하는 게 꼭 어른 같고, 법력도 만만치 않아. 환각 세계에서 있었던 일은 더 신기한데, 말할 시간이 없었네. 그거 알아? 나는 사제가 우리 사존과 먼 친척이 아닐까 하는 생각이 들어.”

사매의 눈빛이 흔들렸다. 그가 물었다.

“그게 무슨 소리야?”

“환각 세계에서 이백 년 전 임안성 태수의 아들을 만났거든. 그 사람도 초씨였는데, 사존과 정말 닮았어. 그의 아들도 생김새가…….”

가장 중요한 부분을 얘기하려는데, 갑자기 저 앞에서 누군가 잔뜩 격앙된 목소리로 욕을 하고 있었다. 화가 극에 달한 표정의 설몽이 성큼성큼 걸어오는 게 보였다. 입에서는 욕이 끊이지 않았다.

“짐승만도 못한 새끼! 파렴치한 개새끼!”

71장 본좌는 어리둥절하다

예상치 못한 상황에서 묵연과 마주친 설몽은 잠시 멍해졌다. 이는 묵연이 옥에 갇힌 후 두 사람의 첫 만남이었다.

묵연은 사람들 앞에서 자신을 두둔했던 설몽이 떠올라 자기도 모르게 그에게 미소를 지어 보였다. 그러나 설몽은 그 미소를 보고 질겁하며 혐오스러운 표정을 지었다. 그가 어금니를 꽉 깨물고 말했다.

"뭐 하는 거야? 보긴 뭘 봐! 뭐 볼 게 있다고! 웃긴 왜 웃어! 웃을 일이 뭐가 있냐고!"

"……인사한 거잖아."

"구역질 나!"

"……."

설몽은 그렇게 묵연의 말을 잘랐다. 사매는 생각에 잠긴 듯 한동안 아무 말이 없었다. 하지만 다시 묻지 않고 설몽을 바라보며 미소 지었다.

"소주님, 또 누가 소주님의 심기를 건드렸는지요?"

"누구겠어? 또 누가 있겠냐고! 파렴치한! 수치심도 모르는 놈! 비열하고 상스러운 새끼!"

묵연이 탄식하며 말했다.

"압운[#8]이 안 맞잖아."

"잘났다! 그럼 네가 한번 해보든가!"

"난 못해, 못해. 소양이 부족해서 말이야."

묵연이 웃으며 말했다.

"말해 봐, 누구 때문이야?"

사매가 미소 지었다.

"제 생각에는 이번에도 대사형인 것 같은데요."

"무슨 얼어 죽을 대사형이야! 짐승만도 못한 놈! 여자만 밝히는 놈! 저렇게 방탕한 놈이 어떻게 지금까지 화류병에 안 걸리고 멀쩡한 거지? 젠장 내가 그놈 머리통에 종기가 나고 발에선 고름이 흐르고 눈과 코가 썩어 들어가게 해 달라고 십 년은 거뜬히 빌 수 있는데. 아무도 거들떠보지 않도록 말이지. 파렴치한 놈, 비열하고 상스러운 놈……."

"……."

설몽에게서 끝없는 무한반복의 조짐이 보이자, 사매는 그의 주의를 돌리려 얼른 뒤를 가리키며 말했다.

"저기 보세요. 대사형을 흠모하는 여수사분들이 오시네요……."

"하!"

#8 압운 押韻. 시가에서 시행의 일정한 자리에 규칙적으로 다는 운

설몽은 깜짝 놀랐다. 오만한 얼굴에 질겁하는 기색이 역력했다. 그가 작은 소리로 '음탕하고 더러운 것들'이라 중얼거렸다. 그러면서도 상갓집 개처럼 꼬리를 내리고 고개를 숙인 채 초조해하다가 또 당당한 척하며 소리쳤다.

"나는 다른 일 보러 먼저 간다!"

묵연은 쪼르르 달아나는 그를 보며 멍한 표정으로 말했다.

"와, 대사형이라는 분 정말 대단한데. 설몽을 저렇게 겁쟁이로 만들다니."

사매가 웃음을 참으며 말했다.

"엊그제 술집에서 충돌이 좀 있었거든. 돌아온 후부터 저러셔. 천적을 만난 거라고 봐야겠지."

"멋있다, 멋있어. 기회가 되면 꼭 한번 뵙고 싶네."

말은 이렇게 했지만 묵연은 이미 짐작 가는 사람이 있었다. 설몽을 이렇게 쩔쩔매게 만든 '대사형'은 아마 자신이 생각하는 그 사람이 틀림없을 것이다.

그러나 지금은 설몽이나 구경하고 있을 때가 아니었다. 음로각에 이미 도착한 설정옹과 선기가 도화원의 주인, 우민의 상선과 함께 열여덟 피살 사건에 관해 토론하고 있었다.

우민 상선은 거의 신선의 몸에 가까웠다. 영롱한 광채가 몸을 휘감고 있었다. 얼핏 보기엔 십 대 소녀 같았지만, 진짜 나이는 오직 하늘만이 아실 일이었다.

그녀가 설정옹에게 사건의 자초지종을 찬찬히 얘기하고 있을 때, 밖에서 시종이 들어와 작게 말했다.

"상선, 그가 왔습니다."

"들어오시라 해라."

묵연은 사매를 따라 난각[#9]으로 들어갔다. 쭉 둘러보던 그는 그 세간에 명성이 자자한 부채를 흔들며 대화를 나누고 있는 설정옹을 보자마자 소리쳤다.

"백부님!"

"아이고, 내 새끼."

소리를 들은 설정옹이 고개를 돌렸다. 그는 반짝이는 눈으로 얼른 묵연을 불러 옆에 앉히며 그의 어깨를 두드렸다.

"이리 와, 백부 옆에 앉아라……."

"제가 죽인 거 아니에요……."

"당연하지, 당연히 넌 아니지."

설정옹이 연신 탄식했다.

"어쩌다 오해가 생겼는지는 모르겠지만, 방금 상선이 다 얘기를 해 줬다. 내가 온 건 너의 결백을 증명할 방법을 찾기 위해서란다. 아이고, 하늘도 무심하시지. 얼굴 상한 것 좀 봐라."

그가 묵연을 끌어당겼다. 우민 상선도 그런 그를 막지 않고 담담히 쳐다보기만 했다.

묵연은 선기 장로와도 인사를 나눈 후 설정옹 옆에 앉았다. 그런데 한 가지 의문이 들었다. 선기는 자신의 제자인 하사역이 없다는 사실을 전혀 알아차리지 못한 듯, 자연스럽게 묵연과만 인사를 나누었던 것이다.

오히려 우민 상선이 질문을 했다.

"음? 아이 하나가 더 있지 않았나요? 하씨 성을 가진 아이 말

#9 난각 暖閣. 옛날 난방 설비를 하여 몸을 녹일 수 있게 했던 큰 방에 딸린 작은 방

이에요."

"아, 맞습니다."

선기는 그제야 정신이 돌아온 것 같았다.

"……내 제자는 어디 있는가?"

묵연은 그가 하사역에게 조금도 관심이 없는 것 같아 불만스럽게 말했다.

"사제는 아직 감옥에 있습니다. 저보고 대신 인사를 해 달라고 했어요."

"그렇구나."

선기가 고개를 끄덕이며 물었다.

"어째서 안 온 거지?"

묵연이 못마땅한 말투로 대답했다.

"밥하느라고요."

"……."

설정옹이 멈칫하더니 하하 웃었다.

"밥하는 게 자신의 무고함을 밝히는 것보다 중요하다고?"

선기도 빙그레 웃으며 말했다.

"정말 제멋대로라니까요. 회의가 끝나면 제가 가서 한번 만나고 오겠습니다."

"그러실 필요 없습니다. 끝나면 저희는 빨리 밥부터 먹어야 하거든요."

묵연이 말했다.

"심문하실 게 있으면 어서 하시죠."

설정옹이 말했다.

"상선, 아까 하던 얘기를 마저 합시다. 이건 어떠신지요? 저희 문파에 단약을 잘 만드는 장로가 한 분 계십니다. 여기 오기 전에 제가 그분께 특별히 적자환(赤子丸)을 몇 개 만들어 달라고 부탁했습니다."

"적자환이요?"

상선은 조금 놀라며 손톱을 붉게 물들인 손가락을 입가로 가져갔다.

"약을 먹은 자는 누구든 진실을 말한다는 그 단약 말씀이신가요?"

"그렇습니다."

상선은 놀랐다.

"그 약은 필요한 재료가 많고 정제가 어려워서 저희 도화원에서도 만드는 데 보름은 필요한데, 선군의 문파에 그 정도로 약에 정통하신 분이 있을 줄은 몰랐습니다. 어째서 같이 오지 않으셨습니까?"

"성격이 괴팍해서 다른 사람과 같이 다니는 걸 좋아하지 않습니다."

설정옹이 말했다.

"단약은 지금 정제 중이니, 열흘 내로 비둘기를 날려 도화원에 보내도록 하겠습니다. 상선께서 단약의 효능을 잘 확인하시고 제자들에게 먹여 진상을 꼭 밝혀 주십시오."

"……."

상선은 잠시 생각하다 고개를 끄덕이며 말했다.

"가능한 방법이겠네요."

설정옹이 안도의 한숨을 내쉬고는 웃으며 말했다.

“그럼 이렇게 마무리하는 것으로 하고, 저는 동굴 감옥으로 가서 남은 제자 하나를 데려오도록 하겠습니다.”

“잠시만요.”

“무슨 일이신지?”

상선이 말했다.

“사건의 전말이 분명히 밝혀지기 전까지는 묵미우와 하사역은 여전히 용의자 신분입니다. 존주께서 보장한다 해도 본좌는 두 사람을 풀어 줄 수 없습니다.”

설정옹은 ‘좌락’ 하고 쥘부채를 접었다. 미소를 띠고 있었지만 눈빛에는 냉기가 서렸다.

“상선께서 이렇게 나오시다니, 다른 의도가 있으신 게 아닌지요.”

우민 상선이 고개를 들고 새빨간 눈동자로 그를 노려보았다.

“본좌의 결정에 불만이라도 있으신지요?”

“그렇습니다. 제 문하의 두 제자는 아직 죄가 입증되지 않았고, 저와 선기 장로가 책임지고 보증까지 했습니다. 그런데도 그들을 계속 감금하겠다고 하시는 건 이치에 맞지 않지요.”

“감금이라고 할 것까지야 있나요.”

상선이 차갑게 말했다.

“그들을 가혹하게 대한 적도 없고, 매일 거르지 않고 음식도 제공했습니다. 활동 반경을 제한했을 뿐이니 과할 것도 없지요.”

설정옹의 미소는 어느새 냉소로 변해 있었다.

“과할 것 없다고요? 제가 듣기론 그 감옥은 창 하나 나 있지 않고 명백한 범죄자만 수감되는 곳이라던데, 그렇게 과할 것이 없다고 상선께서 직접 이야기하시다니 정말 대단하십니다.”

옆에 있던 우민 호위가 그를 저지하며 소리쳤다.

"설 존주, 말조심하십시오!"

"왜요, 부적절한 말이라도 있었습니까? 제가 상선께 욕을 한 것도 아닌데요. 모든 게 사실에 입각한 것입니다. 그저 공경의 인사치레가 조금 적었을 뿐인데 과할 것도 없지요."

우민은 설정옹의 말을 듣자 참지 못하고 더욱 화를 냈다.

"당신!"

백옥처럼 희고 매끈한 손이 뻗어 나와 그를 막았다. 상선이 고개를 들고 설정옹을 향해 차갑게 웃었다.

"세간에 떠도는 얘기로는 사생지전의 설 존주가 초대 장문인인데, 법력은 강하나 학식이 부족하고 글을 모른다고 하더군요. 그런데 오늘 보니 세간의 소문에 제가 속은 것 같습니다. 설 존주의 말도 일리는 있군요."

설정옹도 그녀를 향해 미소 지어 보였다. 그러나 눈에는 전혀 웃음기가 없었다.

"무식한 사람의 말에 상선께선 개의치 마시지요."

우민 상선은 빙그레 웃으며 손을 들어 귤을 집더니 세심하게 껍질을 까서 설정옹에게 내밀었다.

"그럼 서로 한 발씩 양보하기로 하지요. 두 사람에게 자유를 주는 건 절대 불가능합니다. 그러나 감옥에서 지내는 건 확실히 부당하군요. 본좌는 묵미우와 하사역이 손님이 묵는 능소각(凌霄閣)에서 지내도록 조처하겠습니다. 그리고 그들이 능소각 밖으로 나오지 못하도록 충분히 감시를 할 겁니다. 이렇게 하면 어떠신지요?"

설정옹은 잠시 말이 없다가 손을 들어 허공에서 멈추더니 마침내 그 귤을 건네받았다.

능소각이 손님을 접대하는 곳이라고는 하나, 도화원을 찾는 손님은 많지 않았다. 그래서 능소각 안은 삭막하게 방치된 지 오래였다. 그들이 이곳에서 지내는 걸 상선이 허락했으니 묵연은 자신이 먼저 가서 방을 싹 청소하고 싶었다. 청소가 끝나면 다시 가서 초만녕을 데려올 작정이었다.

설정옹과 선기는 상의해야 할 일이 남아 있었다. 그래서 묵연은 몇몇 우민의 감시를 받으며 사매와 함께 능소각으로 먼저 향했다.

능소각은 도화원의 서북쪽에 있었다. 바깥에는 숲이 울창했고, 노을이 비단처럼 아름다웠다.

"좋은 곳이네. 이런 곳에 살면 억울하진 않겠어."

묵연이 배시시 웃으며 말했다.

사매가 탄식했다.

"어떻게 안 억울해? 너희가 죽인 것도 아닌데, 엉뚱한 사람한테 누명 씌우는 거잖아. 사존께서 못 오신 게 아쉽다. 사존이 오셔서 천문으로 심문하면 적자환인지 뭔지를 쓰지 않아도 진상이 낱낱이 드러날 텐데."

"하하. 너무 단순하게 생각하면 안 돼. 천문은 신무잖아. 진실을 말하게 하긴 하지만, 효력을 발휘하려면 법술을 쓰는 사람에게 심문할 의지가 있는지가 가장 중요해. 저 새 같은 놈들이 사존한테 날 심문하게 할까? 믿지도 않을걸?"

"……그렇긴 하네."

날이 어두워지려 하자 묵연은 서둘러 방을 청소하기 시작했다. 사매도 옆에서 도왔다.

생각해 보니 신기했다. 방을 다 치우고 앉아 차를 마시며 쉬는데, 묵연은 문득 자신이 사매와 단둘이 있음에도 기쁘거나 설레지 않는다는 걸 깨달았다.

이 같은 생각이 들자 묵연은 갑자기 사레가 들려 하마터면 차를 뿜을 뻔했다.

사매가 깜짝 놀랐다.

"왜 그래?"

"아, 아무것도 아냐."

묵연은 손을 내저었지만 속에서는 고민의 소리가 터져 나왔다.

내가 초만녕과 수련을 오래했더니 유하혜[#10]라도 된 건가? 이곳은 외지고 주변에 인적도 드물잖아. 흔들리는 복숭아꽃 아래, 외로운 두 남자. 예전 같았으면 분명 사매와 끈적한 시간을 보낸 다음 해야 할 일을 시작했겠지.

그런데 지금은 왜 이러지? 이렇게 마음이 깨끗하고 욕망도 없다니, 이럴 수가 없는데…….

묵연이 머리를 긁적였다.

사매는 눈을 껌벅거렸다.

두 쌍의 눈이 마주치자 묵연은 입을 벌려 활짝 웃었다. 깊게 파인 보조개가 사랑스러웠다.

"바깥에 복숭아꽃이 정말 예쁘게 폈던데, 내가 하나 꺾어 줄

#10 유하혜 柳下惠. 춘추시대 현자. 음란하지 않고 지조를 지킨 이야기로 유명하다.

테니 가져가."

사매가 말했다.

"풀과 나무도 마음이 있어. 그냥 나무에 붙어서 잘 살게 두자."

"아…… 사매 말이 맞아. 그, 그럼 안 꺾을게!"

그러곤 한참을 가만히 앉아 있었다. 묵연은 그와 대화를 이어가려고 온갖 궁리를 했지만 얼굴을 보는 날이 줄어드니 딱히 할 말도 생각나지 않았다.

고개를 들자 자신을 도와 방 정리를 하느라 땀이 송골송골 맺힌 사매의 얼굴이 눈에 들어왔다. 그 모습이 마음에 걸려 품에서 손수건을 꺼내 그에게 건넸다.

"땀 닦아."

"……."

사매가 아래를 내려다보았다. 긴장한 듯 손수건을 꽉 쥐고 있는 묵연의 손을 보자 자기도 모르게 미소가 피었다. 그가 부드러운 목소리로 말했다.

"고마워."

손수건을 받아 가볍게 이마를 닦았다.

최고급 천잠사로 짠 손수건은 촉감이 부드럽고 가벼웠다. 사매는 손수건을 쓴 후 말했다.

"손수건은 내가 가져갔다가 잘 빨아서 다시 줄게."

"그래, 그래."

묵연이 대답했다. 사매의 환심을 사는 건 그에겐 이미 뼛속까지 스며든 본능과도 같은 일이었다.

"맘에 들면 가져도 돼."

사매가 웃으며 말했다.

"그건 안 되지. 이렇게 좋은 손수건을……."

그는 말하면서 손수건을 다시 접으려고 펼쳐 매끄럽게 주름을 폈다.

그러나 희고 가녀린 손가락이 방금 펼친 손수건의 면에 닿자, 그가 멈칫하며 '음?' 하는 소리를 냈다.

"왜?"

사매는 뜸을 들이다 고개를 들고 웃으며 말했다.

"연아, 정말 이 손수건 나 줄 거야?"

"맘에 들면 가져. 내 것이 결국 사매 것인데, 뭘."

묵연은 아주 호탕했다.

사매의 얼굴에서 웃음기가 희미하게 비쳤다.

"남의 것으로 인심을 쓰다니. 사존이 아시면 혼내실 텐데, 안 무서워?"

"응?"

이번엔 묵연이 어리둥절했다.

"남의 것으로 인심을 쓰다니? 사존은 또 왜?"

"네가 직접 봐 봐."

사매의 말투에 알 수 없는 의미가 담겨 있었다.

"이렇게 큰 해당화라니. 사존이 언제 너한테 손수건을 주신 거야?"

72장 본좌가 잘못했다

"……."

묵연은 넋이 나간 채 멍하니 있었다.

한참이 지나고 나서야 정신이 돌아온 그는 얼굴이 시뻘게진 채 어쩔 줄 몰라 하며 연신 손을 내저었다.

"아니, 그게, 나도 모르겠네. 이게 내 손수건이 아니면, 내 건 어디 갔지? ……나, 난, 아이, 난 정말 해명할 길이 없네……."

그는 해당화가 옅게 수놓인 천잠사 손수건을 응시했다. 그러나 아무리 생각해도 이 물건이 왜 자기 손에 있는지 기억이 나지 않았다. 조급하다 못해 거의 화가 날 지경에 이르렀을 때, 그가 갑자기 이마를 '탁' 쳤다.

"아!"

"……왜 그러니……."

"생각났어!"

묵연이 안도의 한숨을 내쉬며 사매의 손에서 손수건을 도로 가져갔다. 그러고는 웃으며 말했다.

“미안해. 이 손수건이 내 것이 아닌 게 확실해져서, 사매한테 줄 수 없겠어.”

“…….”

사매는 생각했다. 나도 달라고 한 적 없는데.

“하지만 이건 사존 물건도 아냐. 해당화가 있다고 무조건 사존 것은 아니라고.”

묵연은 손수건을 잘 접어 자신의 품에 넣었다. 사존의 물건을 잘못 가져온 게 아니라는 확신이 들자 너무 안심이 되었다.

“이건 하 사제 거야.”

사매는 생각에 잠겼다.

“하 사제 거라고?”

“응. 내가 요 며칠 사제랑 같이 있었잖아. 손수건을 빨아 놓고는 아침에 잘못 집어 왔나 봐. 하하, 진짜 미안해.”

“……응, 괜찮아.”

사매는 여전히 부드럽게 미소 지었다. 그러고는 몸을 일으키며 말했다.

“늦었네. 가자, 하 사제를 데려와야지.”

두 사람은 숙소에서 나와 곧장 동굴 감옥으로 향했다.

그런데 얼마 지나지 않아 사매의 발걸음이 점점 느려졌다. 처음엔 눈에 띄지 않았으나 갑자기 작은 돌멩이에 걸리더니, 비틀거리며 거의 넘어질 뻔했다. 다행히 옆에서 걷던 묵연이 재빨리 그를 붙잡았다.

핏기가 하나도 없이 창백한 그의 얼굴을 보며 묵연이 놀라서 물었다.

"어디 아파?"

"괜찮아."

사매가 숨을 골랐다.

"점심을 적게 먹었더니 기운이 없네. 좀 쉬면 괜찮을 거야."

그가 어물쩍 넘어가려고 할수록 묵연은 더 신경이 쓰였다. 곰곰이 생각해 보니 사매는 경공이 뛰어나지 않았고, 도화원의 먹고 입고 쓰는 모든 것은 깃털을 모아서 교환해야 했다. 예전에는 뽑아 온 털을 그에게 주었는데, 지금 자신은 감금되어 있고 설몽 그 멍청이는 사람을 챙길 줄 모르니…….

묵연은 생각할수록 마음이 놓이질 않아 사매에게 말했다.

"예전에 문파에서도 점심 자주 걸렀잖아. 그래도 이렇게 허약하진 않았는데, 한 끼만 안 먹은 거 맞아? 솔직히 말해 봐. 밥 안 먹은 지 얼마나 됐어?"

"나……."

입술만 오물거릴 뿐 말하지 않는 사매를 보며, 묵연의 표정은 점점 어두워졌다. 그가 사매를 끌며, 오던 길로 다시 방향을 바꿔 걸었다.

사매가 당황하며 물었다.

"연아, 어, 어디 가는 거야?"

"사매 뭐 좀 먹이려고!"

목소리는 험악했지만 고개를 돌리자 그의 눈에는 속상한 마음이 서려 있었다.

"내가 없다고 자기 몸 하나 챙기지도 못해? 항상 다른 사람 걱정이나 하고, 뭘 해도 다른 사람부터 챙기고! 그럼 사매는? 자기 몸 챙긴 적은 있어?"

"연아……."

묵연은 사매를 끌고 주점으로 갔다. 원칙대로라면 사매는 치유계에 속하기 때문에 영패가 없이는 묵연이 생활하는 공격계 지역에 올 수 없었다. 그러나 열여덟 사건 이후 인심이 흉흉해진 나머지, 우민은 돌발 상황에 대응하기 위해 각 계 사이의 금지령을 모두 없애 버렸다.

"뭐 먹을래? 시켜 봐."

"아무거나 조금만 먹으면 될 것 같아."

사매는 죄책감을 느끼는 것 같았다.

"미안해, 도와주러 와 놓고 결국 방해만 되고 있네……."

"우리 사이에 미안하고 말고 할 게 뭐가 있어."

묵연이 손을 뻗어 그의 이마를 톡톡 튕겼다. 말투가 한결 부드러워졌다.

"주문해. 돈은 내가 내고 갈 테니, 여기 앉아서 많이 먹고 가."

사매는 어리둥절했다.

"그럼 너는?"

"하 사제 데리러 가야지. 살인자가 아직 안 잡혔잖아. 감옥 옆에 간수가 있긴 한데, 그래도 마음이 안 놓여서."

묵연이 가겠다고 하자 사매의 눈에 순간 희미한 빛이 반짝였다. 그가 얼른 말했다.

"찐빵 두 개면 돼. 나도 너랑 같이 갈게. 걸어가면서 먹지 뭐."

묵연이 그를 말리려는데, 갑자기 술집 바깥에서 여자들의 재잘대는 소리가 들려왔다. 화려하게 차려입은 열몇 명의 젊은 여수사들이 깔깔 웃으며 술집으로 들어오고 있었다.

"주인장, 뭣 좀 물어볼게요."

맨 앞에 선 여인이 애교 섞인 웃음을 지으며 물었다.

"대사형께서…… 오늘 저녁에 여기서 연회를 여신다던데?"

"아이고, 예, 맞습니다."

주인이 싱글벙글하며 대답했다. 최근 우민들은 대사형이 술과 노래를 좋아해 밤마다 술집을 찾아다니며 연회를 연다는 걸 정확히 파악하고 있었다. '대사형'이 가는 곳이라면 어디든 재잘거리는 여수사들이 그보다 먼저 벌 떼처럼 몰려들었다.

아니나 다를까, 잔뜩 흥분한 여수사들이 서둘러 자리를 잡았다. 이런저런 말들이 묵연의 귀에 들려왔다.

그들이 하는 말이라곤 죄다 이런 얘기뿐이었다.

"소방, 오늘 내 눈썹 잘 그려졌는지 좀 봐 줘. 대사형이 좋아할까?"

"예뻐요, 예뻐. 내 눈 화장 너무 진한 거 아닌지 좀 봐 줘요. 대사형이 경박하다고 생각하진 않겠죠?"

"네가 이렇게 예쁜데, 대사형이 당연히 좋아하겠지. 어제 대사형이 널 여러 번 쳐다보는 걸 내가 봤다니까."

"아유, 언니도 참, 어떻게 그럴 수가 있어요. 언니가 훨씬 귀티 나는데. 대사형은 틀림없이 언니처럼 교양 있는 똑똑한 여자를 좋아할 거라니까요."

"……."

이런 비상시국에 여전히 남자에 눈이 멀어 앞뒤 안 가리는 사람들이 있다니. 묵연은 입을 삐죽 내밀고 사매에게 말했다.

"그럼 찐빵으로 하자. 사 가지고 가지, 뭐. 사매를 이런 어둠의 소굴에 두고 가는 것도 마음이 안 놓이네."

사매는 그의 표정을 보더니 가벼운 웃음을 터뜨리며 고개를 저었다.

이 술집에서 가장 맛있는 건 군침이 계속 나오는 커다란 고기 찐빵이었다. 묵연은 열 개를 사서 몽땅 사매에게 주었다. 길을 걸으며 맛있게 먹는 사매를 보자 묵연도 그제야 마음이 조금 가벼워졌다.

그러나 이 찐빵 때문에 사매가 탈이 날 줄은 예상하지 못했다.

그는 원래부터 위장이 약했다. 제때 식사를 안 한 지 너무 오래되어 속이 텅 빈 상태에서 갑자기 기름진 찐빵이 들어가니, 위가 참지 못하고 마구 꼬이는 듯 아파지기 시작한 것이다.

묵연은 이제 초만녕을 데리러 갈 수가 없게 되었다. 그는 극심한 통증에 안색이 하얗게 질리고 식은땀을 흘리는 사매를 안고 서둘러 능소각으로 돌아갔다. 그러고는 조금 전 깨끗하게 정리해 놓은 침실의 침상에 그를 눕히고 의원을 부르러 밖으로 나갔다.

그다음, 약과 따뜻한 물을 먹였다. 묵연은 침상 옆에 앉아 사매의 초췌하기 그지없는 얼굴을 바라보며 자책했다.

"아직도 아파? 내가 주물러 줄게."

사매의 목소리는 낮고 힘이 없었다.

"아니야…… 괜찮아……."

하지만 관절이 툭 튀어나온 묵연의 길고 큰 손은 이미 이불 위로 그의 배를 살살 주무르고 있었다.

묵연의 누르는 힘이 적당해서였는지, 편안해진 사매는 말없이 부드러운 손 아래서 천천히 숨을 고르다 깊은 잠에 빠져들었다.

사매가 깊이 잠든 걸 확인하고 나서야 묵연은 나갈 채비를 했다.

그러나 몸을 일으키기도 전에 사매가 그의 손을 잡았다.

묵연의 눈이 커졌다. 희미한 보랏빛이 깃든 눈동자가 어둠 속에서 옅게 반짝였다.

"사매……?"

"아파……. 가지 마……."

누워 있는 미인은 여전히 눈을 감고 있었다. 잠꼬대를 하는 것 같았다.

묵연은 그 자리에 멍하니 섰다. 사매는 한 번도 남에게 도움을 청한 적이 없었다. 늘 아무 대가 없이 도와주기만 했다. 깊은 잠결에 이렇게 묵연에게 가지 말라고 하는 것일 터였다.

그래서 그는 다시 침상 옆에 앉았다. 오매불망 그리워하던 그 얼굴을 가만히 응시하며 천천히 배를 주물러 주었다. 활짝 열린 창문 밖으로 복숭아 꽃잎이 흩날리고 있었다. 하늘은 금세 완전히 어두워졌다.

사제가 해 주는 저녁을 먹겠다고 했던 일이 생각난 건 이미 자정이 지난 후였다.

"망했다!"

묵연은 깜짝 놀라 벌떡 일어나며 계속 머리를 때렸다.

"망했어, 망했어, 망했어!"

사매는 깊이 잠들어 있었다. 묵연은 빠른 걸음으로 밖으로 나가 동굴 감옥으로 내달리려 했다. 그런데 허공에서 갑자기 남색 빛이 반짝이더니 선기 장로가 아이를 안고 나타났다. 아이는 품에 항아리를 안고 있었다. 두 사람이 허공에서 내려왔다.

"장로님!"

선기는 책망하는 눈빛으로 묵연을 쳐다보았다.

"어떻게 된 게냐? 네가 데리러 간다고 하지 않았더냐? 내가 마음이 안 놓여서 가 보지 않았다면, 옥…… 크흠, 내 제자가 날이 밝을 때까지 감옥 안에서 기다리고 있었을 게 아니냐."

"이 제자의 잘못입니다."

묵연이 고개를 숙였다. 잠시 후, 그가 얼른 고개를 들어 초만녕을 보았다.

"사제……."

선기가 초만녕을 내려놓았다. 초만녕은 항아리를 안고 조용히 묵연을 쳐다보았다.

"저녁 먹었어요?"

입을 열자마자 뱉은 첫마디가 이 말일 줄이야. 묵연이 얼떨떨하게 대답했다.

"아, 아니, 아직……."

초만녕이 다가와 항아리를 두 손으로 내밀며 차분하게 말했다.

"아직 따뜻해요. 먹어 봐요."

묵연은 우두커니 서서 한참을 미동도 하지 않았다. 그가 정신을 차렸을 때, 그는 이미 꼬마와 항아리를 같이 품에 안고 있었다.

"그래, 먹어 볼게."

이 바보 녀석은 국이 식을까 봐 겉옷을 벗어 항아리를 감싸 놓았다. 품에 안은 조그만 몸이 차가웠다.

묵연은 그의 이마에 자기 이마를 대고 가볍게 눌렀다. 두 번의 인생 동안 한 번도 입 밖으로 내 본 적 없던 진심 어린 말을 내뱉었다.

"미안해, 내가 잘못했어."

선기와 인사를 나눈 후, 둘은 숙소 안으로 들어왔다.

장포는 너무 구겨져서 다시 입을 수가 없었다. 묵연은 초만녕이 추울까 봐 작은 담요를 가지러 방으로 갔다. 초만녕은 하품을 하며 작은 항아리를 안고 나무 의자에 앉아 그릇 두 개에 국을 담을 준비를 했다. 그때, 그의 시선이 사매가 먹다 남긴 고기 찐빵에 닿았다.

"……."

초만녕은 의자에서 내려와 천천히 침실로 가서 침상에 누워 있는 미인을 아무 표정 없이 바라보았다. 화를 내지도, 무슨 말을 하지도 않았다. 그저 뼈의 틈새로 스멀스멀 새어 나오는 한기가 조금 전 따뜻했던 마음마저 꽁꽁 얼게 했을 뿐이었다.

묵연이 부엌으로 돌아왔을 때, 초만녕은 여전히 창문 옆에 있는 식탁에 앉아 있었다. 한쪽 다리는 의자 위에, 한쪽 다리는 아래로 떨군 채 팔은 아무렇게나 창틀에 올린 자세였다.

인기척이 느껴지자 그가 천천히 고개를 돌려 묵연을 한번 흘겨보았다.

"이리 와, 여우 털 담요를 가져왔어. 일단 이거 두르고 있어. 밤공기가 차니까."

초만녕은 말이 없었다.

묵연이 다가와 담요를 건넸지만, 그는 받지도 않고 고개만 저었다. 그러고는 마치 정신 수양을 하는 것처럼 눈을 감았다.

"왜? 맘에 안 들어?"

"……."

"그럼 다른 거 있나 찾아볼게."

묵연이 웃으며 초만녕의 머리를 쓰다듬었다. 다른 담요를 찾으러 가려는데, 식탁에 있던 항아리가 보이지 않았다. 순간 어리둥절해졌다.

"내 국은?"

"누가 당신 거래?"

초만녕이 드디어 입을 열었다. 목소리가 차가웠다.

"내 거지."

묵연이 입을 삐죽 내밀었다. 그는 사제가 아직도 자신에게 삐져 있다고 생각했다.

"그래, 그래. 네 거지, 네 거. 네 거 어딨는데?"

초만녕이 냉담하게 말했다.

"버렸어."

"버, 버렸다고……?"

초만녕은 그의 말을 무시하고 폴짝 뛰어내려 문을 열고 나가버렸다.

"엥? 사제? 사제 어디 가?"

묵연은 담요를 가지러 갈 새도 없었다. 살인범의 행방은 묘연했고, 바깥은 안전하지 않았다. 그는 얼른 사제를 따라 나갔다.

복숭아나무 아래, 국을 담아 온 항아리가 우두커니 놓여 있었다. 국도 여전히 담겨 있었다. 묵연은 안도의 한숨을 쉬었지만, 어쨌거나 자신이 잘못했다고 생각했다. 사제가 방금 화를 내지 않은 것도 사실은 참은 거였고, 참다가 폭발해서 성질을 부린 것도 사제의 잘못이 아니었다.

그래서 묵연은 초만녕의 옆에 다가가 앉았다.

초만녕은 복숭아나무 아래 앉아 작은 항아리를 안은 채 묵연을 거들떠보지도 않았다. 그는 혼자 뚜껑을 열고 자기 얼굴보다 큰 국자로 국을 뜨려 했다. 그러나 국자가 아예 들어가지 않자 자기도 모르게 더욱 화가 나 국자를 확 부숴 버리고는 항아리를 안고 멍하니 앉아 있었다.

묵연은 턱을 괸 채 고개를 돌리고 말했다.

"그냥 들고 마셔. 여긴 우리 둘뿐이니까 체면치레할 것도 없어."

"……."

"안 먹어? 안 먹으면 내가 먹을래. 사제가 처음으로 날 위해 끓여 준 국인데 버릴 순 없지."

그는 장난기가 발동해 배시시 웃으며 항아리를 뺏으려 했다.

뜻밖에도 초만녕이 그의 손을 찰싹 때렸다.

"꺼져."

"……."

묵연은 눈을 껌벅거렸다. 왠지 이 대화가 익숙한 느낌이었다. 하지만 이내 능글맞게 웃으며 초만녕에게 달라붙었다.

"사제, 내가 잘못했어. 화내지 마. 원래는 일찍 가서 널 데려오려고 했는데 명정 사형이 갑자기 아파서 늦었어. 일부러 기다리게 한 거 아니야."

초만녕은 여전히 고개를 숙인 채 말이 없었다.

"봐 봐, 나 지금까지 너무 바빠서 저녁도 못 먹었어. 진짜 배 고프다고."

묵연이 애처롭게 그의 소매를 잡아당겼다.

"사제, 착한 사제, 착한 우리 사제, 부탁입니다. 이 사형에게 국 한 모금만 주십시오."

"……."

초만녕이 움직였다. 항아리를 땅바닥에 내려놓고는 살짝 고개를 들고 한쪽으로 끄덕인 다음 다시 돌렸다. 묵연에게 알아서 가져가 먹으라는 뜻이었다.

묵연이 웃었다.

"고마워, 사제."

항아리에는 국이 가득 들어 있었다. 슬쩍 보기만 해도 사제는 조금만 먹고 대부분의 고기를 자신을 위해 남겨 두었다는 걸 알 수 있었다. 국물에 비해 고기가 엄청 많았다.

한참을 응시하던 묵연은 반달눈을 하고 따뜻한 목소리로 말했다.

"이게 무슨 국이야, 고기찜이지. 사제 인심도 후하지."

"……."

잡담은 더 이어지지 않았다. 묵연은 사매를 돌보느라 배가 너무 고팠다. 그리고 자신을 생각해 준 사제의 마음을 생각하니 더욱 버려서는 안 되었다. 그는 복숭아나무의 얇은 가지 두 개를 꺾은 다음, 손끝에 힘을 주어 거친 나뭇가지를 매끄럽게 만들었다. 그럴듯한 젓가락으로 닭고기 한 점을 집어 입에 넣었다.

"와, 정말 맛있다."

닭고기를 씹는 묵연의 눈앞이 김으로 뿌예졌다. 그가 웃으며 말했다.

"진짜 맛있어. 우리 사제 진짜 잘하네."

사실 국이 맛있진 않았다. 오히려 너무 짜다고 해야 맞을 터였다. 그러나 묵연은 사제의 기분을 풀어 주기 위해 열심히 씹었고, 금세 닭고기의 반을 먹어 치웠다. 초만녕은 시종일관 그를 쳐다보지도 않고 조용히 옆에 앉아만 있었다.

꿀꺽꿀꺽 국물을 마셨다. 국물은 고기보다 더 짰고, 첫맛은 심지어 쓰기까지 했다. 그래도 참을 만한 정도였다.

묵연은 다른 닭 다리 하나를 건져 입에 집어넣으려다 말고 갑자기 멈칫했다.

"닭에 다리가 몇 개지?"

당연히 대답하는 사람은 없었다.

그래서 스스로 답했다.

"두 개지."

그러고는 젓가락으로 집은 닭 다리를 쳐다보다가 자기가 방금 살을 뜯어 먹고 남은 뼈다귀를 쳐다보았다.

"……."

이 무디고 둔한 인간이 드디어 고개를 들고 어리둥절한 표정으로 초만녕에게 물었다.

"사제, 너…… 혹시……."

뒤에 남은 말은 입 밖으로 꺼낼 용기가 없었다.

너 혹시, 계속 밥도 안 먹고 날 기다린 거니.

온통 고기뿐인 게, 나 기다리다가 국물이 졸아서 고기만 남은 거구나. 난 그것도 모르고…….

난 그것도 모르고 네가 이미 먹고…… 나한테 남겨 준 건 줄 알았어……. 그리고 네 솜씨가 별로여서 맛있는 닭국을 닭고기 찜으로 만든 줄 알았어…….

묵연은 말없이 항아리를 내려놓았다.

그러나 그가 너무 늦게 깨달은 나머지 항아리 안에 남은 고기는 채 몇 점도 되지 않았다.

초만녕이 드디어 입을 열었다.

여전히 차분하고 듣기 좋은 목소리에는 어린아이의 부드러움과 낭랑함이 배어 있었다.

“돌아와서 먹을 거라고 했잖아요. 그래서 기다린 거예요.”

그는 기쁘지도 슬프지도 않은 목소리로 느릿느릿 말했다.

“안 먹을 거면 누구라도 보내서 나 혼자 바보가 되는 일은 만들지 말았어야죠. 그렇죠?”

“사제…….”

초만녕은 계속 고개를 돌린 채 그를 보지 않았다. 묵연은 그의 표정을 볼 수 없었다.

“다른 사람을 보내서 묵연이 사…… 묵연이 명정 사형과 있다고 전하면 됐잖아요. 그게 어려워요?”

“…….”

“항아리를 가져가서 국을 먹기 전에 종알종알 다른 말을 그렇게 많이 하면서, 나한테 밥 먹었냐고 한마디 물어보는 게 그게 어려워?"

"……."

"먹기 전에 항아리 안에 닭 다리가 몇 개 들었는지 확인하는 게 그게 그렇게 어렵냐고."

마지막 말은 조금 웃겼다. 미안한 마음도 있었지만 웃음을 참을 수가 없었다. 그러나 보조개가 들어가기도 전에 묵연의 표정이 굳어 버렸다.

사제가, 울고 있었다.

어른의 몸이었다면 그는 절대 이런 작은 일로 눈물을 흘리지 않았을 것이다. 그러나 사람들은 적심류가 그의 몸을 어린아이로 만들더라도 정신에는 별 영향이 없지만, 어느 정도 파급력이 있다는 것은 전혀 몰랐다. 몸이 허하고 기가 약할 때는 마음이 더 쉽게 아이처럼 변했다.

그렇게 가려진 성질은 발견하기가 매우 힘들었다. 그래서 왕부인과 탐랑 장로 모두 진맥을 할 때 알아차리지 못했다.

"나도 배고플 줄 알고, 나도 속상해할 줄 알아. 나도 사람이야……."

아이의 마음이 정신을 잠식하고 있음에도 초만녕은 여전히 그걸 억누르려 했다. 조용히 울음을 삼키는 그의 어깨가 계속 들썩거렸고, 눈물이 뚝뚝 떨어지는 두 눈은 붉게 충혈되어 있었다.

긴 세월 옥형 장로는 꾹 참아 왔다. 아무도 그를 좋아하지 않아도, 아무도 그와 함께하지 않아도, 늘 아무렇지 않은 척하며 자신을 경외하는 무리 사이를 냉담하고 고고하게 걸었던 것이다.

그런데 어린아이의 생각이 우위를 점하고 나니 그제야 마음속

이야기를 하고, 무너지고, 그렇게 오랫동안 쌓아 두었던 속상한 마음을 입 밖으로 내게 되었다.

그는 주변 사람들에게 무심했던 게 아니라, 그저 많은 일을 묵묵히 해 왔을 뿐이었다.

하지만 묵묵히 하는 것 역시 보는 사람 없고 알아주는 사람 없이 오래 지속되다 보면 고통스러운 건 마찬가지 아니겠는가.

묵연은 사제의 떨리는 어깨를 보며 마음이 아팠다. 그를 쓰다듬으려 손을 뻗었지만 손이 닿기도 전에 매몰찬 손이 날아왔다.

"사제……."

"나한테 손대지 마."

초만녕은 어른일 때나 어릴 때나 강했다. 눈물을 쓱쓱 닦고 벌떡 일어났다.

"가서 잘래. 묵연은 가서 사제나 보살펴 줘요. 멀리 꺼지라고요."

"……."

그는 너무 화가 난 나머지 사매가 묵연보다 나이가 많다는 것도 잊어버렸다.

묵연이 뭔가를 말하려고 입을 벌렸지만, 그는 손을 뿌리치고 재빨리 다른 침실로 들어가 문을 쾅 닫아 버렸다.

능소각에는 한 공간에 침실이 두 칸뿐이었다.

묵연은 원래 사매에게 한 칸을 쓰게 하고, 자신과 사제가 남은 한 칸을 쓸 생각이었다. 그러나 사제가 저렇게 화가 난 데다 문까지 잠가 버렸으니 사제의 방에 들어가긴 어려울 것 같았다.

사매의 침상은 묵연도 함부로 가서 눕기가 싫었다. 심지어 초만녕에게 한바탕 질책을 듣고 울리기까지 했으니, 머릿속이 복잡해서 애정 행각 따위를 생각할 마음의 여유도 없었다. 그래서 복숭아꽃이 흐드러지게 핀 뜰에서 초만녕이 자신을 위해 들고 온 항아리를 받쳐 든 채 멍하니 앉아 있었다. 한참이 지난 후, 그는 한숨을 쉬고 자신의 따귀를 한 대 때리며 조용히 욕했다.

"쓰레기 같은 놈."

그날 밤, 묵연은 하늘을 지붕 삼고 땅바닥을 침상 삼아 복숭아꽃이 흩날리는 바닥에 누워 아득히 높은 하늘을 올려다보았다.

사제…… 사매…… 사존…… 설몽…… 금성호의 가짜 구진, 여전히 정체를 알 수 없는 살인범…… 환각 세계의 초순 부자…….

수많은 흐릿한 그림자가 눈앞을 스쳐 갔다. 어딘가 이상하다는 느낌이 들었지만 너무 희미했고, 심지어 자신이 인식하기도 전에 사라져 버렸다.

복숭아나무가 무성하게 자란 모습은 그야말로 장관이었다.

묵연은 손을 내밀어 떨어지는 복숭아꽃을 잡아 달빛에 기대어 그 붉은색 망령을 자세히 바라보았다.

순간, 또 전생의 마지막 장면으로 돌아간 기분이었다. 자신이 미리 만들어 둔 관 안에 누워 있던 그날도 온 산이 소리 없이 떨어져 흩날리는 꽃잎으로 가득했었다.

다만 그때 떨어지던 꽃은 해당화였다.

해당화…….

전생을 통틀어 좋아한 사람은 분명 사매였는데, 어째서 죽기 직전에는 자신을 해당화 나무 아래에, 통천탑 앞에, 맨 처음 초만녕을 만났던 그곳에 묻었는지, 참 귀신이 곡할 노릇이었다.

전생에 자신이 했던 많은 일은 지금 생각해 보면 정말 충격으로 놀라 자빠질 일이었다. 다시 태어난 후로, 살아 있는 시간이 길어질수록 그렇게 잔악무도한 짓을 저질렀던 자신을 더욱 이해할 수가 없었다.

학살하고, 희롱하고, 스승을 죽이고…… 초만녕을 강요해 자신과 그런 짓거리를 하게 하고…….

묵연은 복숭아꽃을 떨구고 손으로 이마를 가리며 천천히 눈을 감았다.

– 나도 배고플 줄 알고, 나도 속상해할 줄 알아. 나도 사람이야…….

사제의 이 말이 계속 귓가에 맴돌았다. 말한 사람은 사제인데, 묵연의 머릿속에는 다른 사람의 형상이 희미하게 떠올랐다.

눈처럼 새하얀 옷을 입은 남자였다. 눈 깜짝할 사이에 흰옷은 바닥에 끌리는 여인의 붉은색 옷으로 바뀌었다. 귀신 주례 앞에서 그와 영혼결혼식을 올릴 때 입었던 것과 거의 똑같았다.

"나도 사람이다……."

나도 슬플 줄 알고, 아플 줄 안다.

묵연…….

나도 아플 줄 안다.

묵연은 순간 숨이 턱 막혀 오는 심장의 고통을 느꼈다. 무언가가 곧 튀어나올 것만 같았고, 이마에는 식은땀이 맺혔다.

그는 눈을 감고 가쁜 숨을 몰아쉬며 중얼거렸다.

"……미안해……."

누구를 향한 사과인지는 알 수 없었다. 사제, 아니면 여인의 붉은색 옷을 입고 있던 망자…….

침실에는 사매가 일어나 앉아 있었다.

그는 등불을 켜지 않고 깨끗하고 흰 맨발로 조용히 창가로 다가갔다. 창 너머 저 멀리, 꽃잎들 사이에 누워 한 손으로 항아리를 안고 있는 묵연이 보였다. 어두워지는 그의 표정은 무슨 생각을 하는지 알 수가 없었다.

다음 날 아침, 풀 위에 누워 있던 묵연이 콧날을 찡그렸다. 벌어진 콧구멍으로 신선한 공기를 가득 들이마시며 기지개를 켜는 걸로 일어날 준비를 했다.

그런데 기지개를 제대로 켜기도 전에 능소각의 적막을 가르는 비명이 들려왔다.

"아아악!"

눈을 번쩍 뜬 묵연이 후다닥 일어났다. 눈앞에 벌어진 광경을 본 그는 충격으로 입을 딱 벌린 채 아무 말도 하지 못했다!

능소각을 감시하던 우민의 정예부대 열다섯 명이 하룻밤 사이에 모두 교살당한 것이다. 살해 방법은 열여덟과 완전히 동일했다. 모두의 목에 붉은빛이 나는 버드나무 가지가 묶여 있었다.

견귀였다!

열다섯 명의 정예부대 대원은 능소각의 울창한 복숭아나무 숲에 매달려 있었다. 붉은 소매가 나부끼고 긴 장포가 땅에 닿았다. 망자의 몸은 숲속의 바람에 맞춰 천천히 흔들렸다. 마치 바람에 바싹 말린 열다섯 송이 꽃 같았다. 처연하면서도 괴상하고 음산한 아름다움이었다.

비명을 지른 사람은 아침밥을 가져온 계급이 낮은 우민이었다. 그녀는 너무 놀라 사시나무 떨듯 몸을 떨었다. 들고 있던 대나무 바구니가 바닥에 나동그라졌고, 죽과 국수와 간식거리가 사방에 뒹굴었다.

우민은 뜰 안에 서 있는 묵연을 보자 더욱 심하게 몸을 떨었다. 덜덜 떨며 손을 등 뒤로 가져가더니 뭔가를 더듬었다.

묵연은 무의식적으로 앞으로 다가가며 말했다.

"아니, 제 말 좀 들어 봐요……."

이미 늦었다. 우민은 자신의 허리에 새겨진 붕림(崩臨) 부적을 눌렀다. 붕림 주문은 우민의 가장 중요한 소환 방법이었다. 순식간에 도화원의 거의 모든 우민들이 붉은 날개를 펼치고 하늘을 빽빽하게 메우며 땅으로 내려왔다.

그들은 마주한 광경에 모두 할 말을 잃었다.

"언니!"

"언니!"

순간의 정적은 우민들의 고통스러운 비명과 울음소리로 바뀌었다. 이 엄청난 사건은 도화원의 수사들까지 불러들였다. 놀람과 의심, 분노와 통곡이 능소각 전체를 빠르게 뒤덮었다.

"묵연! 일이 이 지경이 되었는데, 아직도 할 말이 남았느냐!"

"흉악한 살인자! 제대로 미쳐 날뛰는구나!"

분노가 극에 달한 우민들이 날카롭게 소리치며 울부짖었다.

"살인자는 목숨으로 대가를 치러야 해! 저자를 죽이자! 저놈을 죽여!"

묵연은 정말 입이 백 개라도 할 말이 없었다. 그가 말했다.

"제가 살인자라면 어째서 저들을 몽땅 죽이고도 떠나지 않고 여기에 남아 있단 말입니까? 여러분들이 와서 잡아가길 기다리는 건가요?"

머리카락이 붉은 우민이 오열하며 욕했다.

"퉤! 일, 일이 이 지경이 됐는데도 네놈은 아직도 부끄러운 줄도 모르는구나!"

다른 누군가도 같이 화를 냈다.

"네가 살인자가 아니라면 어째서 그 살인자는 모든 경비를 죽여 놓고 너만 안 죽였단 말이냐?"

"옳소!"

"정말 사람 속은 알 수가 없다더니!"

"네가 살인범이 아니라면 최소한 너와 관련이 있는 자겠지! 그게 아니면 어째서 너는 살아 있단 말이냐! 말해 봐라!"

"핏값은 피로 갚아라!"

묵연은 기가 막혀서 헛웃음이 나올 지경이었다.

전생에 그가 죽인 사람은 셀 수도 없었다. 그러나 누구 하나 그에게 감히 '핏값은 피로 갚으라'고 말하지 못했다. 그런데 이번 생에서는 그가 죽이지 않았는데도 오히려 누명을 씌우고 있으니, 세상사 정말……. 그가 눈을 감고 무언가를 말하려는 찰나, 한쪽 하늘에서 붉은 노을빛 광채가 날아왔다.

우민 상선이 구름 위에서 내려와 차가운 눈빛으로 주위를 둘러보았다. 표정이 몹시 어두웠다.

"묵미우."

"상선."

우민 상선은 그를 노려보았다. 그러고는 한 구의 시체에 다가가 목에서 피로 물든 버드나무 가지를 풀었다.

"너의 무기는 어디 있지? 무기를 내게 꺼내 보여라."

"……."

"싫은 게냐?"

묵연은 한숨을 쉬었다. 그의 무기는 견귀였다. 이번 수련에서 얼마나 많은 사람이 봤는지 모른다. 열여덟 사건 때는 더 많은 사람이 보았다. 지금 소환해서 견귀와 죽은 우민들의 목에 있는 버드나무 가지를 비교한다면, 그의 죄상이 더욱 무거워지는 건 불 보듯 뻔했다. 그렇다고 소환하지 않으면 도둑이 제 발 저린 꼴이었다.

'휙' 하는 소리와 함께 강렬한 붉은빛이 그의 손바닥에 나타났다. 그의 몸속에 스며들어 있다가 점점 형태가 나타난 견귀에는 쉭쉭 터지는 붉은 광채가 흐르고 있었다.

"상선께서 보셔야겠다면 보십시오."

73장 본좌는 문맹인데, 어찌 하시려나

모두가 견귀를 주시하다가 죽은 우민의 목에 있는 붉은 버드나무 가지를 보고는 분노의 감정을 터트렸다.

"역시 네놈이구나! 열여덟이 죽었을 때랑 완전히 똑같아!"

"왜 이렇게 잔인하게 죽인 거냐?"

"저자를 죽이자!"

우민 상선은 이런저런 소란에 골치가 아픈 것 같았다. 그녀가 관자놀이를 누르며 차갑게 말했다.

"묵미우, 마지막으로 묻겠다. 네가 죽인 것이냐?"

"아닙니다."

"알았다."

우민 상선이 고개를 끄덕였다. 묵연은 그녀가 자신을 풀어 주려는 줄 알고 안도의 한숨을 쉬며 도리와 정의를 깊이 아는 그녀에게 감사의 말을 전할 준비를 하고 있었다. 그러나 우민 상선은 냉담하게 손을 내리며 차갑게 말했다.

"이자는 무수한 악행을 저질러 놓고도 여전히 교활한 궤변을 늘어놓으려 한다. 체포해라."

씻고 옷을 갖춰 입은 후 방에서 나온 사매는 열 명이 넘는 높은 계급의 우민들이 주술로 묵연을 구금하는 광경을 목격했다. 누군가가 묵연의 손목에 곤선삭[#11]을 감고 있었다.

"지금 뭐 하시는 거예요?"

사색이 된 사매가 다급히 묵연이 있는 곳으로 뛰어왔다.

"무슨 일이야?"

아무도 답해 주지 않았다. 그러나 복숭아나무 숲에서 음산하게 나부끼고 있는 시체들이 그에게 조용하고도 확실한 답을 주었다. 사매는 질겁하며 뒤로 물러나다 묵연의 가슴팍에 부딪쳤다.

"연아……."

"걱정하지 마, 침착해."

묵연은 우민 상선을 노려보며 낮은 목소리로 사매에게 말했다.

"백부님과 선기 장로님을 불러 줘."

이런 상황에서는 우민들이 이성을 잃어버릴지도 모를 일이었다. 그들이 다짜고짜 묵연을 죽이겠다고 덤벼들면 지금의 실력으로는 아예 승산이 없었다. 최대한 빨리 설정옹과 선기가 나서 주어야 했다.

사매가 떠난 후, 묵연은 외로이 서서 분노로 일그러진 얼굴들을 하나하나 무거운 눈빛으로 훑어보았다.

"퉤!"

#11 곤선삭 捆仙索. 선인도 잡을 수 있는 밧줄 형태의 법보

별안간 사람들 사이에서 침이 날아왔다. 묵연은 몸을 틀어 순간적으로 피했지만, 그에게 침을 뱉은 우민이 너무 가까이 있어서 흩어지는 침방울까지 피하지는 못했다.

천천히 고개를 돌린 그의 눈이 빨간 두 눈과 마주쳤다.

"이렇게 많은 사람을 죽여 놓고도 지원군을 요청해? 내가 지금 당장 네놈의 목숨을 거둬 주겠다!"

우민의 손바닥에서 사나운 불길이 일더니 곧장 묵연을 향해 돌진했다!

묵연이 뒤로 물러났다. 세찬 열기의 화염이 그의 구레나룻을 태우고 그의 뒤에 있던 복숭아나무를 박살 냈다. 순식간에 굵은 나무의 허리가 불에 타 끊어졌다.

쿠르릉…….

나무가 쓰러지고 꽃잎이 눈송이처럼 흩날렸다.

묵연은 쓰러진 나무를 바라보다 다시 그 우민을 향해 말했다.

"다시 한번 말하는데, 저는 살인을 하지 않았습니다. 열흘 후 적자환이 만들어집니다. 원수를 갚고 싶다면 그때 갚아도 늦지 않아요."

"열흘? 열흘 뒤면 도화원에 있는 사람들 모조리 네놈 손에 죽어 나간 이후겠구나!"

우민이 격노했다.

"우리 언니의 목숨값을 받아야겠다!"

그녀는 또다시 묵연을 향해 돌진했다.

묵연이 다시 한번 공격을 피했다. 그의 시선은 옆에서 수수방관하고 있는 우민 상선에게 향했다. 그녀는 눈곱만큼도 자신을 도와줄 마음이 없어 보였다. 묵연은 커다란 원망이 마음속에서 끓어오르는 걸 느꼈다. 그가 큰 소리로 포효했다.

"야! 이 새 대가리야! 네 똘마니들 좀 어떻게 해 봐!"

"……."

"빌어먹을."

묵연은 미동도 하지 않는 그녀를 보며 참지 못하고 욕을 내뱉었다.

"이 결정적인 순간에 모른 체하다니, 내가 불에 타 죽는 꼴을 보고 싶은 거냐? 당신네 새 같은 놈들한테 옳고 그름을 따질 능력 따윈 없다는 걸 진작 알았다면 내가 이 거지 같은 도화원인지 뭔지에 수련하러 오지 않았을 텐데! 거기다 터무니없는 누명까지 쓰게 되다니!"

이 말을 들은 상선이 희미하게 동요했다. 그녀가 소매를 들어 휘둘렀다. 오색 비단이 스치는 것 같더니, '촥' 하는 소리가 매섭고도 정확하게 들렸다.

묵연의 뺨을 후려친 것이다.

우민은 평범한 사람과 비슷해 보이지만 사고방식은 달랐다.

수진계에서는 종족의 수장은 물론이거니와 조그만 무술 도장의 우두머리조차 확실한 근거가 없는 상태에서 함부로 결론을 내리지 않았다. 그러나 반은 짐승의 혈통을 이어받은 우민은 강한 짐승의 습성이 뼛속까지 배어 있었다.

상선의 검은 머리카락이 붉게 변했다. 한 올 한 올이 마치 끓어오르는 열기를 발산하는 것 같았다. 아름다운 눈을 부릅뜬 그녀가 음산한 목소리로 말했다.

"네 스승이 누구냐? 제자를 이렇게 상스럽게 가르치다니! 입을 적당히 놀려라!"

그녀가 이렇게 말하자 다른 우민들도 앞다투어 크게 소리를 질렀다. 살기가 가득한 주홍색 눈들이 묵연에게 바짝 다가갔다.

휙!

불꽃이 이는 주황색 화살촉이 허공을 가르며 묵연의 명치를 향해 돌진했다.

묵연은 여유를 부릴 틈이 없었다. 불꽃이 흐르는 견귀를 털어서 펼치며 몸을 피했지만, 알고 보니 화살촉은 장안법을 쓴 것이었다. 그가 몸을 피해 공격을 막았을 때 가족을 잃은 우민이 검을 뽑아 들었다. 검광은 흐르는 물처럼 묵연의 뒤에서 날아왔다!

앞에는 화살촉이, 뒤에는 장검이 있었다. 빠져나가기란 불가능했다.

묵연은 이 반인반수들이 결국 자신을 죽이려 한다는 걸 깨달았다. 그는 마음을 다잡고 초만녕이 저번에 썼던 천문의 초식을 떠올렸다. 손과 손목을 들고…….

허공을 갈랐던 견귀가 다시 팽팽히 잡아당겨졌다. 핏빛 붉은색의 버드나무 가지가 희미한 그림자를 그리며 순식간에 강력한 기류를 만들었다. 그러자 버드나무 가지에 달린 잎들이 금세 예리한 칼로 변해 주위의 공기와 사물을 모조리 빨아들이고, 갈기갈기 찢어 버렸다.

초만녕의 필살기 중 하나였다.

"풍!"

버드나무 가지는 마치 풍차의 날개처럼 영력으로 주변의 모든 것을 빨아들였다.

회오리에 빨려 들어간 것은 무엇이든 가루가 되었다. 회오리에 휘말려 들어간 것은 무엇이든 부스러기조차 남지 않았다.

"악!"

검을 들었던 우민이 비명을 질렀다. 그 전에 날아온 화살촉은 진작 견귀에 의해 으스러졌고, 그녀의 장검도 묵연과 너무 가까웠던 탓에 바람의 소용돌이에 빨려 들어갔다.

챙!

금속이 부러지는 날카로운 소리가 귓전을 때렸다. 미처 반응하기도 전에 그녀 역시 '풍'의 주홍색 소용돌이 속으로 빨려 들어갔다. 그녀가 소리 질렀다.

"놔줘! 이 미친놈아! 야, 이 정신병자야!"

자기 종족이 곤경에 빠진 걸 보자 우민 상선이 벌컥 화를 내더니 붉은 옷을 펄럭이며 날아올랐다.

그녀의 손에는 순결한 붉은 수정이 들려 있었다. 그녀가 팔을 휘둘러 수정에 영력을 불어넣자, 갑자기 도화원에 구름과 바람이 몰려오고 초목이 엎드렸다.

화봉(火鳳)의 환상이 그녀의 감화에 맞춰 희미하게 그녀 뒤에 나타났다. 상선의 두 눈은 핏방울이 떨어질 것처럼 새빨갰고, 아름답던 얼굴은 일그러지기까지 했다.

그녀가 분노하며 말했다.

"짐승 같은 놈. 멈추지 않겠다 이건가?"

"봉황의 환상까지 불러내신 마당에 제가 지금 멈추면 죽는 것과 마찬가지 아닙니까?"

묵연의 얼굴은 화봉의 거대한 그림자에 가려져 그림자가 드리웠다 걷혔다 했다.

“상선께서 멈추시면 저도 즉각 멈추지요!”

“네놈은…….”

우민 상선이 천천히 공중으로 날아올랐다.

“나에게…….”

그녀는 한 글자씩 힘주어 말하며 시뻘건 눈으로 묵연을 사납게 노려보았다.

“요구할, 자격이, 없다!”

그녀의 말이 끝나자마자, 공중에서 천지를 뒤흔드는 소리가 폭발했다. 봉황의 환상이 맑고 길게 울며 선회하더니 묵연을 향해 곧장 급강하했다!

펑!

또다시 쿵, 소리가 났다. 조금 전보다 훨씬 더 무시무시한 소리였다. 마치 긴 잠에서 깨어난 창룡(蒼龍)이 저 깊은 곳에서부터 암석을 부수며 솟아 나오려 하는 것 같았다.

금빛 광채와 화봉이 맹렬하게 부딪치자 끔찍한 바람의 진동이 겹겹이 일어났다. 실력이 보잘것없는 평범한 우민들은 너나 할 것 없이 비명을 지르며 폭풍에 뒤집혀 나동그라졌다. 입에서 피를 토하며 수십 척 먼 곳으로 나가떨어진 우민도 있었다.

능소각은 눈 깜짝할 사이에 엄청난 광풍으로 폐허가 되었고, 뜰에 심어 놓은 나무들 역시 모조리 쓰러졌다!

먼지와 연기가 흩어질 때쯤, 길고 가녀린 익숙한 뒷모습이 허공에 나타나 묵연의 앞을 가로막았다.

"사, 사존……?"

그 사람은 눈송이 같은 흰옷을 입고 넓은 소매를 바람에 펄럭이며, 소리가 나는 쪽으로 맑고 깨끗한 얼굴을 반쯤 돌렸다. 그의 시선이 바닥에 무릎 꿇고 있는 묵연을 쓸고 지나갔다.

초만녕의 목소리는 마치 한여름의 옛 우물 속 맑은 물처럼 낮고 차가웠다.

"다친 데가 있느냐?"

눈이 휘둥그레진 묵연은 한참을 아무 말도 못 하고 멍하니 입만 벌리고 있었다.

"……."

초만녕이 그를 아래위로 훑어보며 큰 상처가 없는 것을 확인하고는 고개를 돌려 우민에게 말했다.

"방금, 스승이 누구냐고 묻지 않았습니까?"

그는 자신의 무시무시하고도 강력한 영력을 낮추면서 천천히 공중에서 땅으로 내려왔다.

심지어 많은 말을 하기도 싫다는 듯 차갑고 간결하게 말했다.

"사생지전의 초만녕, 많은 가르침 부탁드립니다."

"뭐, 뭐라?"

미간을 찌푸린 초만녕의 눈빛은 마치 물속으로 가라앉은 차가운 옥 같았다.

듣기엔 예의를 차린 것 같은 이 말이 새 같은 놈들의 귀에 들릴 리가 없었다. 차라리 잘된 일이었다. 그의 인내심도 이제 한계에 도달했기 때문이다.

"제가 바로 이 사람의 스승입니다."

그가 잠시 뜸을 들이고 말했다.

"제 제자를 다치게 하기 전에 제 허락은 받았는지요?"

우민 상선은 상선의 대접을 받긴 했지만, 고귀한 혈통 때문이지 진정한 선인과는 거리가 멀었다. 초만녕의 일격에 봉황의 환상이 산산조각 난 것은 물론, 자신의 팔마저 천문에 긁혀 상처를 입었다. 상처를 막고 있는 그녀의 손가락 사이로 진득한 검은색 피가 계속 새어 나왔다. 표정이 몹시 어두웠다.

"네, 네놈이 일개 속인 주제에 감히 이런 무엄한 짓을 하다니! 그리고 누가 네놈을 마음대로 도화원에 들여보내 주었느냐! 어떻게 들어온 거야!"

그녀는 이성을 잃은 것 같았다.

"하늘 높은 줄 모르고 날뛰는……."

촤악!

천문이 초만녕의 명령에 따라 곧바로 그녀의 얼굴을 후려쳤다. 터진 입가에서 피가 줄줄 흘러내렸다.

"하늘 높은 줄 모르고 날뛰는 무엇?"

초만녕이 냉소를 지었다. 그는 방금 버드나무 가지를 휘두르느라 헝클어진 소매를 잘 편 다음, 한 손으로 묵연의 옷깃을 잡고 일으켜 세웠다. 그러나 시선은 우민 상선에게 고정되어 있었다.

"말하라. 내가 하늘 높은 줄 모르고 날뛰는 무엇이냐?"

"네, 네가 감히 이런 짓을 하다니, 네……."

"내가 못 할 건 무엇인가."

초만녕이 냉담하게 그녀를 쳐다보았다.

"내가 감히 해서는 안 될 것이 있느냐?"

잠시 후, 그가 옆에 있던 묵연을 잡았다.

"이자는 내 사람이니 내가 데려가겠다."

묵연은 여전히 천신처럼 하늘에서 갑자기 내려온 초만녕 때문에 놀란 가슴을 진정하지 못하고 있었다. 그런 데다 '이자는 내 사람이니'라는 말에 충격으로 완전히 가루가 될 지경이었다.

"사, 사존……."

"그 주둥아리 닥쳐라."

초만녕은 여전히 표정이 없었지만 묵연은 그의 눈에 서린 노여움을 똑똑히 볼 수 있었다.

"일을 잘 처리하진 못하고 오히려 망치다니, 정말 성가시게 하는군."

초만녕은 묵연의 뒤통수를 한 대 갈긴 후, 그를 데리고 공중으로 날아올라 곧장 수십 척 바깥으로 벗어났다. 묵연이 정신을 차렸을 때는 이미 도화원 밖의 황량한 교외에 도착한 후였다.

"사존! 사제가 아직 저기에 있어요!"

초조해하는 그를 초만녕이 흘겨보며 냉담하게 말했다.

"사제? 하씨 성을 가진 개 말이냐?"

"네, 네. 아직 능소각에 있을 텐데, 제가 가서 구해 줘야……."

초만녕이 손을 들어 그의 말을 끊었다.

"내가 일찌감치 주술을 써서 그를 선기가 있는 곳에 데려다 놓았다. 걱정할 필요 없다."

묵연은 그제야 안도의 한숨을 쉬고는 까만 눈동자를 빛내며 초만녕을 바라보았다.

"사존은 어떻게…… 오셨어요?"

사실 초만녕은 바깥의 시끄러운 소리에 잠에서 깼다가 상황이 위급한 것을 보고 탐랑이 준 단약을 삼켜 일시적으로 원래의 몸을 회복한 것이었다. 그러나 지금은 묵연에게 설명할 만한 상황이 아니었으므로 그냥 차갑게 말했다.

"내가 오면 안 되는 것이냐."

그러고는 손가락을 들어 금색 해당화 한 송이를 모았다.

"서쪽 갈대발 너머 만개한 꽃이 지더니, 밤사이 분 봄바람이 전당강에 이르렀네."

초만녕은 속눈썹을 아래로 내리깔고 이제 막 꽃봉오리를 피우려고 하는 해당화를 가볍게 후 불었다. 순간, 꽃봉오리가 활짝 피어나 휘황찬란한 빛을 비추었다. 초만녕이 길고 창백한 손가락으로 꽃을 살짝 튕기며 작게 말했다.

"가서 살펴봐."

해당화는 즉시 바람을 타고 멀리 날아가 금세 숲속으로 사라졌다.

묵연이 호기심 어린 말투로 물었다.

"사존, 이건 어떤 법술인지요?"

"꽃을 버리는 법술."

"네?"

"꽃을 버리는 법술."

초만녕의 표정은 엄숙했다. 전혀 농담 같지 않았다.

"원래는 이름이 없다. 네가 물어봐서 지금 지은 이름이다."

"……."

사람이 아무리 게을러도 그렇지, 이건 아니지 않나?

"네 일은 존주께서 이미 말씀해 주셨다."

초만녕은 해당화가 날아간 쪽을 바라보았다. 목소리는 늘 그랬듯, 아름다운 옥처럼 맑고 차가웠다.

"이 일과 그때 금성호 사건은 분명 동일 인물의 소행이다. 도화원 안에 이미 진롱기국을 깔아 놓았을지도 모른다."

"그게 가능한가요?"

묵연은 놀랐다.

진롱기국은 전생에 그가 최상의 경지에 올랐던 술법이었다. 열여덟 사건 이후, 묵연은 이 주술의 흔적이 느껴지는지를 확인해 보려 했었다. 이 금지된 술법은 항상 살인의 피비린내가 동반되었기 때문에 일단 발동하면 살인은 필연적이었다. 그래서 이유 없이 강렬하게 느껴지는 원한을 찾아 자세히 알아보기만 하면, 주변에 누군가 진롱기국을 깔아 놓았다는 것을 알 수 있었다. 만약 그 미지의 인물이 또 이 금지된 술법을 사용한다면, 그가 최고의 경지에 다다른 것이 아닌 한 묵연이 알아채지 못할 이유도 없었다.

초만녕이 의심의 눈초리로 자신을 훑어보자 묵연이 허둥지둥 설명했다.

"제 말은…… 그러니까 도화원 안에 있는 사람들은 대부분 반(半)신선인데, 어떻게 아무도 모르게 금지된 술법을 걸어 놓을 수 있냐는 뜻이에요."

초만녕이 고개를 저으며 말했다.

"그때 금성호에서도 그 미지의 인물은 모든 상고 시대의 영수를 조종했다. 상고 시대 영수의 전력은 신수와 비교할 바가 못

되지만 산선(散仙)과는 막상막하지. 그때 그가 금성호를 통제할 수 있었으니까 지금 도화원에서도 같은 수법을 쓰고 있을 가능성이 아주 높아."

"그렇군요……."

"그래."

묵연이 고개를 들어 쑥스러운 미소를 짓자 보조개가 깊게 패었다.

"사존, 그런데 막상막하가 무슨 뜻인가요?"

"……."

74장 본좌는 그놈을 또 마주쳤다

초만녕은 원래 차근차근 타일러 가며 가르치는 스승이 아니었고, 묵연도 글을 깨우치는 대여섯 살 어린아이가 아니었다. 그래서 초만녕은 이런 농담 섞인 질문은 언제나 무시한 채 눈을 내리깔고 대답하지 않았다.

그가 보냈던 해당화에는 질풍(疾風) 주술도 걸려 있어 도화원 전체를 아주 빠르게 순찰했다. 얼마 지나지 않아 금색 부적 한 장이 하늘에서 내려와 그의 손에 떨어졌다.

"시조심연?"

시조심연이란 매일 황금 올빼미가 나오면 수사들이 쫓아가서 털을 뽑는 곳이었다. 우민이 이르길, 심연의 밑은 끝도 없는 화염이며, 옛날부터 심연에 살던 올빼미 외에 누구든 발을 헛디뎌 떨어지게 되면 흔적도 없이 녹아내린다고 했다.

초만녕은 발자국을 감춰 우민이 알아차릴 수 없게 하려고 자신과 묵연 위에 결계를 쳤다.

두 사람은 시조심연에 도착했다. 바닥이 보이지 않을 만큼 깊은 곳에서 이상야릇한 붉은빛이 나오고 있었다. 절벽에는 기괴한 새 수천수만 마리가 빽빽하게 들어앉아 있었는데, 모두 깊은 잠에 빠져 머리를 날개에 파묻은 자세였다. 멀리서 보면 무수하게 찍혀 있는 작은 점들 같았다.

초만녕은 심연 안에 진룡기국이 설치되어 있다면, 우민이 말하는 불길이니 발을 헛디뎌 떨어지자마자 흔적도 없이 녹는다느니 하는 말은 전부 지어낸 것이라고 말했다.

"하지만 저 아래의 불에 사람이 타 죽지 않는다는 걸 어떻게 확신하죠?"

묵연이 깊은 곳에 웅크리고 있는 어두운 빛을 주시하며 중얼거렸다.

"아무리 봐도 다 진짜 같은데."

"일단 아무거나 떨어뜨려 봐야지."

"그럼 제가 토끼를 하나 잡아 올게요."

"그럴 필요 없다."

초만녕이 몸을 일으켜 날았다. 흰옷이 펄럭이는 찰나의 순간, 이미 근처 숲속까지 날아간 그는 얼마 지나지 않아 마치 구천의 적선[#12]처럼 원래 있던 자리로 돌아왔다. 손에는 복숭아꽃이 들려 있었다.

묵연도 깨달았다. 복숭아꽃은 토끼보다 훨씬 약했다. 복숭아꽃이 이른바 '화염'을 견딜 수 있다면 산 사람이 들어가도 당연

#12 **적선** 벌을 받아 인간 세상에 쫓겨 내려온 선인

히 위험하지 않다는 뜻일 터였다.

초만녕이 손가락 끝으로 나뭇가지를 잡고 속으로 주술을 외웠다. 복숭아꽃에서 빛이 나는 순간, 부드럽게 반짝이는 푸른빛이 주위를 감쌌다. 그가 심연을 가리키며 조용히 말했다.

"가거라."

복숭아꽃이 천천히 떨어졌다. 한 척, 두 척…… 열 척, 백 척.

꽃이 시야에서 사라진 지 오래였지만 초만녕은 자신이 걸어놓은 주술로 복숭아꽃의 상태를 느낄 수 있었다. 그가 두 눈을 감았다. 잠시 후 속눈썹이 떨리더니, 다시 눈을 떴다.

"복숭아꽃은 무사하다. 괜찮아."

초만녕이 이렇게 확인을 했으니 더 말할 것도 없었다. 묵연은 즉시 그와 함께 시조심연 안으로 몸을 날렸다. 두 사람 모두 몸놀림이 나쁘지 않아 순조롭게 한 번에 밑바닥까지 도달했다. 심연의 가장 깊은 곳을 마주한 묵연은 마음의 준비를 했음에도 여전히 오한이 들었다.

그는 심연에서 나오던 붉은빛의 정체를 알게 되었다.

심연 안에는 수천 개의 나무 선반이 빽빽하게 들어차 있었는데, 모든 선반에는 우민이 하나씩 매달려 있었다. 우민들은 모두 발가벗겨진 상태였고, 아름다운 몸은 피투성이였다. 그들의 입에는 모두 시뻘건 빛을 내뿜는 능지과(凌遲果)가 쑤셔 넣어져 있었다. 수천 개의 붉은빛이 모여 있으니, 위에서 내려다보면 이것이 심연 밑바닥의 화염이라고 생각할 법도 했다.

초만녕의 표정이 매우 어두워졌다. 박식한 그는 이 붉은색 과일이 바로 수진계 사람들이 말만 꺼내도 사색이 된다는 금지된 과일이라는 걸 알아차렸다. 임종을 맞은 사람의 입에 이 과일을 물려 놓으면 마지막 숨이 삼백육십오 일 동안 연장된다.

바꿔 말하면, 마지막 찰나의 순간 해탈을 할 수 있었던 사람이 너무나 긴 죽음을 겪어야 한다는 뜻이었다. 눈 한 번 깜박이면 멈추어야 할 심장이 끊임없는 고통을 겪는다고 해서 '능지'라고 불렸다.

묵연은 빽빽이 들어찬 우민의 산 송장들을 응시하며 중얼거렸다.

"……쇄혼진[#13]이군."

죽어 가는 산 사람을 인간 기둥으로 만들어 원한을 거기에 묶어 두니, 설사 진롱기국에 수천수만의 혼령이 갇힌다 해도 아주 작은 기운조차 빠져나가지 못했던 것이다.

그가 아무리 찾아보려 해도 진롱기국의 금지된 술법에 대한 원한을 전혀 느낄 수 없었던 이유가 여기에 있었다.

묵연은 절로 소름이 끼쳤다. 저번에 본 금성호의 가짜 구진과 도화원의 배후 세력이 동일 인물인 건가?

금성호에서의 일을 되짚어 보면 가짜 구진은 진롱기국을 사용해 수중 괴물을 간단히 조종하는 수준이었다. 수박 겉핥기식으로 배웠을 터였다. 그러나 도화원 바깥에 깔린 가짜 우민은 머리가 나쁜 건 진신과 다를 바 없었지만, 우민의 법술도 쓸 줄 알았다. 이 금지된 술법의 수준은 중상급 정도라고 할 수 있었다. 설마 가짜 구진의 실력이 이렇게 빨리 는 건가?

초만녕이 쇄혼진의 정중앙에 가서 섰다. 그곳에는 수정으로

#13 **쇄혼진** 鎖魂陣, 영혼을 가둬 놓는 곳

만든 돌기둥이 우뚝 서 있었다.

돌기둥에도 우민 하나가 묶여 있었는데, 그 우민은 이미 죽었고 입 속에 들어 있는 능지과도 쪼그라든 지 오래였다. 몸도 부패가 시작되었지만, 그녀가 두르고 있는 금색 실로 수놓인 봉황 장포와 이마에 새겨진 별 모양의 각인이 그녀의 생전 신분을 짐작케 했다.

"이 사람은……."

묵연이 놀라 소리쳤다.

"이 사람이 진짜 우민 상선이네요!"

"맞다."

초만녕이 눈앞에 펼쳐진 수많은 인간 기둥들을 바라보며 얇은 입술을 움직였다.

"이 쇄혼진에 잡혀 온 우민은 최소 800에서 천 명은 될 것이다. 우민 상선이 살아 있었다면 이렇게 피 맺힌 깊은 원한을 어찌 가만두고 볼 수 있었겠느냐. 어쩐지 아까 내가 밖에서 그 상선과 처음 인사를 나누었을 때 그녀의 실력은 채접진의 귀신 주례보다도 못한 것 같았다. 내 추측이 틀리지 않았다면…… 도화원의 우민은 이미 멸족했고, 바깥의 저것들은 전부 진롱기국으로 조종하는 산 송장일 것이다."

"!"

역시 그랬다! 초만녕의 생각이 그의 생각과 일치했다! 묵연은 깜짝 놀라며 몸을 돌려 돌아가려고 했다. 초만녕이 넓은 소매를 펄럭이며 그를 막아섰다.

"어딜 가느냐?"

"이 일을 백부님께 알려야지요. 사실이라면 너무 위험하잖아요."

"경거망동하지 말거라."

초만녕이 고개를 저으며 말을 이었다.

"지금 사람들은 어두운 곳에 있고, 나는 밝은 곳에 있다. 도화원 안에 수사가 저렇게 많은데, 우리는 그중 누가 배후 인물인지 모른다. 경솔한 행동은 일을 더 복잡하게 만들 뿐이야."

"헤헤. 오랜만이네요, 초 종사님은 여전히 신중하십니다."

농이 섞인 가벼운 웃음소리가 허공에서 들려오는데, 마치 천둥이 시조심연을 뒤흔드는 것 같았다. 두 사람은 사색이 되어 고개를 들었다. 피투성이가 된 어린 우민이 절벽에 튀어나온 나뭇가지 위에 앉아 두 다리를 흔들고 있었다. 그들의 시선을 느끼자 죽은 그 아이는 고개를 갸우뚱하더니 피눈물을 흘리며 눈알을 되록되록 굴렸다. 입가에 선명한 미소가 나타났다.

묵연이 놀라 외쳤다.

"진롱기국!"

초만녕이 나지막이 내뱉었다.

"또 흰 돌이군."

"헤헤헤. 맞아, 흰 돌이네."

그 우민 아이가 음산하게 손뼉을 치며 말했다.

"내가 진짜 몸으로 여길 지키는 줄 알았나? 나도 바보는 아니라서 말이야."

묵연이 말했다.

"네놈이 금성호의 가짜 구진이구나! 이 미치광이가 지금 무슨 짓을 꾸미고 있는 거야!"

“헤헤, 네깟 게 뭐라고. 인제 기본기나 배우는 애송이 주제에 나한테 물을 자격이나 있느냐? 네 스승보고 물어보라고 해라.”

“저놈이!”

초만녕이 넓은 소매를 가볍게 휘두르더니 얇고 긴 손가락을 뻗어 화가 머리끝까지 난 묵연을 눌렀다. 그가 눈을 들고 차가운 목소리로 물었다.

“도대체 무슨 계획이냐?”

우민이 두 다리를 흔들었다. 분명 이미 죽은 자였으나 금지된 술법의 조종을 받아 실에 매달린 나무 인형처럼 온갖 몸짓을 했다.

“내 계획, 사실 별거 없어.”

초만녕의 목소리가 더욱 차가워졌다.

“그렇다면 왜 자꾸 내 제자의 목숨을 빼앗으려 하느냐?”

“사실 별거 아니긴 하지만, 마침 네 어린 제자의 영핵으로 완성을 하면 될 것 같아서.”

아이가 배시시 웃었다.

“탓하려면 네 제자의 기가 막히게 훌륭한 영핵을 탓하라고. 심지어 초 종사 당신의 영핵보다도 훨씬 훌륭해. 금성호에서부터 이미 알아봤지. 그가 더없이 빼어난 목령의 정화인 것을 말이야. 그걸 알아보지 못했다면 난 여전히 종사 당신을 더 염두에 두었을 텐데.”

그의 말은 너무 끈적끈적했다. 앳된 목소리와 섞인 성인의 말투는 묵연의 속을 뒤집어 놓았다. 그가 혐오와 분노에 찬 목소리로 소리쳤다.

“내가 진짜 운이 더럽게도 없어서 네놈에게 잡히면, 젠장 그럼 나는 바로 이 영핵을 깨부술 거다. 내 몸의 털끝 하나 건드릴 생각 마라!"

"나도 널 건드릴 생각은 없어요."

아이는 여전히 사람을 단단히 열받게 하는 달콤한 말투로 말했다.

"내가 네놈을 따라간 건 어쩔 수 없는 거였지. 세상의 모든 남자는 미인을 좋아하는데, 너보단 네 스승이 훨씬 아름답잖아. 내가 건드리고 싶은 사람은 네 스승이란다."

"네 이놈!"

묵연은 온몸의 피가 거꾸로 솟는 것 같았다.

"얼굴도 못 내밀고 종일 흰 돌로 꼭두각시놀이나 하는 괴물 주제에, 네놈이 우리 사존을 건드릴 자격이나 되는 줄 알아!"

아이는 상대하기도 귀찮다는 듯 그를 흘겨보더니 고개를 돌려 초만녕을 응시했다.

"초 종사. 금성호에서 말했지, 더는 추적하지 말라고 말이야. 그런데 종사가 이렇게 말을 안 들으면 내가 마음이 아프지."

"이 일을 알아 버린 이상 네놈이 이제 묵연을 건드리지 않는다고 해도 나는 끝까지 추적할 거다. 절대 그냥 두지 않겠다."

"풉, 그렇게 말할 줄 알았지."

아이는 잠시 침묵하다 웃으며 말했다.

"어찌 된 게 너희 대종사란 사람들은 하나같이 앞뒤가 꽉 막혔을까? ……좋아, 초 종사가 내 말을 안 듣겠다면 어디 한번 해봐. 사실 나도 종사의 천문이 대단한지, 아니면 내 금지된 술법이 대단한지 궁금하거든."

초만녕이 사나운 눈썹을 더욱 추켜세우며 싸늘하게 말했다.

"진정 이렇게까지 무고한 사람들을 죽여야 했느냐?"

"천하의 모든 인간은 회남의 탱자 열매와도 같지."

"무슨 뜻이지?"

"시잖아."

아이가 킥킥 웃었다.

"셔도 너무 셔. 여기에 있는 썩은 인간들은 하나하나가 다 너무 셔서 날 짜증 나게 해. 완전히 밟아서 납작하게 만들지 못하는 게 한이다."

"……."

아이의 말을 들은 초만녕의 목소리에는 살기가 가득 담겼다.

"정말 구제불능이군."

"그래? 나는 초 종사가 구제 불능인 것 같은데. 애초부터 각자의 뜻이 다른데, 굳이 이렇게 얽힐 필요가 있나."

아이가 머리를 흔들며 말을 이었다.

"종사는 지금 나랑 바둑을 두고 있는 거야. 금성호에선 종사가 이겼다 치고. 이번 도화원의 판은 말이야, 종사가 이미 시조심연을 찾아냈고 내 흰 돌도 발견해 버렸네. 나는 쥐꼬리만 한 재주마저 바닥났고 네 옆의 제자도 얻지 못했으니, 이번 판도 종사가 이긴 거군."

그가 뜸을 들이며 눈으로 미소를 지었다. 분명 웃고 있는데도 더 많은 피가 끈적하게 흘러내렸다.

"어디 한번 제자를 잘 지켜 보라지. 종사가 당장은 제자를 보호할 수 있겠지만, 평생토록 보호할 수 있을지 알고 싶군."

"……."

"시조심연의 비밀에 대해서는 두 분 다 어디다 떠벌리지 않는 게 좋을 거야."

아이의 손에는 어느샌가 황금색과 붉은색이 교차하는 깃털이 들려 있었다.

묵연이 놀라며 말했다.

"이건 도화원에서 화폐로 쓰는 금색 깃털이잖아?"

"그렇지."

아이가 미소를 지으며 말을 이었다.

"이 금색 깃털은 도화원 어디서든지 구할 수 있어. 만약 두 사람이 비밀을 묻은 채 알아서 떠나면 도화원에 있는 모든 사람은 안전할 거야. 하지만 말을 듣지 않고 내 행적을 까발리면 이 깃털에 우민의 원한을 불어넣을 거야. 물론 수사들의 목숨을 어쩌진 못하겠지만 수련의 경지를 반 정도는 거뜬히 날려 버릴 수 있지."

묵연이 분노하며 소리쳤다.

"처음부터 다 생각해 놓았던 거군!"

아이는 그 반응에 의아하다는 듯 말했다.

"그렇지 않으면? 사람들이 다 너처럼 멍청하고 포악한 줄 알았어?"

"……!"

정, 정말 미치도록 열받는다! 묵연도 자신이 일을 조리 있게 하지 못한다는 건 인정했다. 복잡하게 머리를 쓰거나 계산하는 이치를 잘 모르기도 했다. 그러나 저 짐승만도 못한 놈이 당당하게 저런 말을 하다니, 당장이라도 견귀를 소환해 저놈의 얼굴을 갈겨 버리고 싶었다. 진정한 멍청함과 포악함이 무엇인지 똑똑히 보여 주기 위해서 말이다.

"초 종사, 말할지 말지는 이미 종사가 더 잘 알겠지. 저들은 진상을 알게 되더라도 지금 수련의 경지를 잃게 되면 초 종사가 악귀를 무찌르고 도를 지킨다 한들 고마워하지 않을 거야."

초만녕이 냉담하게 말했다.

"아까 엿들어서 알겠지만 나는 지금 저들을 놀라게 하지 않을 거다."

"지금? 하하, 나중에는 얘기할 작정인가 보군. 하지만 나중에는 말해 봤자 아무 소용이 없어."

아이가 배시시 웃으며 말했다.

"지금 이 수사들이 가고 나면 도화원도 금성호와 마찬가지로 완전히 쓸어버릴 거야. 죽은 자는 말이 없는데 그때 가서 누가 종사를 믿겠나."

초만녕의 눈빛이 얼음처럼 차가웠다.

"이런 짓거리를 하면서 무슨 염치로 묵연에게 포악하고 어리석다 하는 게냐."

아이는 초만녕의 조롱에도 전혀 개의치 않고 몸을 일으켜 제자리에서 몇 바퀴를 돌았다. 그러자 발밑에서 불길이 화악 일어나 천천히 아이의 몸을 태웠다.

"당신이 나를 붙잡으면 그때 이 말을 다시 하도록 해. 초 종사, 나는 당신을 군자라고 생각해. 오늘 마지막으로 일러두는데, 더는 끼어들지 마. 내 말을 안 들으면 우리는…… 언젠가는 다시 만나게 되어 있어…….”

쿠르릉 소리와 함께 불꽃이 공중으로 날아올라 터졌다.

꼭두각시 역할을 하던 우민 아이는 완전히 타 버렸고, 공중에서 깨끗하고 영롱한 흰색 바둑돌이 떨어져 바닥에서 데굴데굴 구르다 멈췄다.

한동안 적막이 감돌았다.

“…….”

묵연도 그 배후에 있던 미지의 인물이 그냥 하는 말은 아니라고 생각했지만 이대로 끝내기엔 영 찝찝했다. 그가 물었다.

“사존, 정말 이렇게 그냥 갑니까? 다른 방도가 없을까요?”

“지금으로선 신중해야 한다. 일단은 도화원을 떠나자.”

표정이 어두운 초만녕이 음울하게 말했다.

“저렇게 치밀하게 쇄혼진을 만든 것도, 남들이 그가 진롱기국을 조종한다는 걸 알지 못하게 하려는 목적일 거야. 당장은 사람들이 다 알아챌 정도로 일을 키우지도 않겠다는 뜻이지. 존주께는 내가 전음으로 설몽과 사매를 데리고 빨리 떠날 방법을 마련하시라고 해야겠다. 괜히 경솔한 행동을 하지 않도록. 그리고 너는…….”

초만녕이 잠시 뜸을 들이다 말을 이었다.

“금성호와 도화원에서 벌어진 일은 모두 너를 겨냥한 것이었다. 이번에는 너에게 죄를 뒤집어씌울 계획이었지. 네가 고립무원의 상황에 놓이길 바라면서 말이야. 이 일은 잠시 신경 쓰지 말거라. 존주께서 문파의 수장이시니, 존주가 나서서 중재하시는 게 가장 좋아.”

"그럼 전 무얼 하면 되나요?"

묵연이 말했다.

"그렇다고 남에게 일을 다 떠맡기고 전 아무것도 안 할 순 없잖아요."

"지금 와서 호기 부린다고 무슨 소용이 있겠느냐? 미지의 인물이 원하는 목표는 명확해. 금성호의 신목이 쓰러진 후 그는 계속 신목을 대체할 정화의 영체를 찾아다녔다. 너는 목령의 정화이니 가장 적합했겠지. 하지만 계속 너를 손에 넣지 못하면 차선책을 찾아 나설 거다. 또 다른 뛰어난 영체를 찾는 거지."

초만녕이 잠시 멈췄다가 다시 말했다.

"영체가 그의 손에 들어가면 또 한 번 피바람이 불 거야. 무조건 그를 막아야 한다."

"그게 맞긴 하지만, 사존, 정화의 영체가 그렇게 쉽게 찾아지는 것도 아니지 않나요. 대체자를 찾고 싶다면 반드시……."

묵연이 말을 하다 말고 갑자기 고개를 들었다. 그러고는 비단처럼 부드럽고 까만 눈으로 초만녕을 바라보다가 한참이 지난 후 말했다.

"그 짐승이 누가 정화의 영체인지 알아내려면 문파마다 찾아가서 조사를 해야 하잖아요. 하지만 수사들은 아무 이유 없이 자신의 영근[#14]을 내보이지 않고요. 무기나 정련석을 고를 때만 영근을 드러내죠. 그러니까 영체를 알아내는 가장 간단한 방법은 무기와 영석을 파는 거예요. 앞으로 며칠 동안 각 산의 문 앞에서 열릴 무기 시장만 잘 살피면 그 짐승 같은 놈의 행적을 파

#14 영근 靈根. 신선 수련자로서의 천부적 소질과 법술 수행 시의 오행 상성

악할 수 있겠죠."

말을 마친 그는 생각에 잠긴 듯 자신을 응시하는 초만녕을 보자 또 괜히 마음이 켕겼다.

"에…… 그냥 추측이에요."

"네 추측이 아주 그럴듯하구나."

초만녕은 천천히 말했다. 잠시 후, 그는 묵연이 너무 많은 것을 알고 있는 것 같은 느낌에 눈을 가늘게 뜨고 물었다.

"묵연. 혹시 나에게 숨기는 게 있느냐?"

"제, 제가 어떻게 사존을 속이겠습니까."

말은 그렇게 했지만, 묵연은 등골이 오싹해졌다. 초만녕의 유리 같은 눈동자는 마치 자신의 다시 태어난 몸뚱이를 지나 그 안에 웅크리고 있는 진짜 영혼을 꿰뚫어 보는 것 같았다.

다행히도 초만녕은 더는 말하지 않고 침묵했다.

그가 눈을 내리깔며 조용히 말했다.

"오늘부터 너는 나와 함께 각 문파를 몰래 살피러 간다. 사생지전에는 한동안 돌아가지 않는다."

75장 본좌는 참으로 민망하다

초만녕과 묵연은 도화원을 떠나 크고 작은 문파의 시장이 언제 열리는지 수소문했다. 며칠 길을 달렸으니 오늘 밤은 작은 마을의 객잔에 묵기로 했다.

도화원을 빠져나온 이후 오랜만에 얻은 휴식 시간이었다. 묵연은 일찌감치 자기 방으로 들어갔고, 초만녕은 탁자에 앉아 초를 밝힌 다음 따뜻한 노란색 빛무리 속에서 손에 든 도자기 병을 자세히 살피고 있었다.

그 백옥 자기 병 안에는 서른 개가 넘는 금빛 찬란한 단약이 들어 있었다.

선기가 왔을 때 그에게 이 약을 주었기에 망정이지, 그렇지 않았으면 어떤 신분으로 묵연과 마주했을지 모를 일이었다.

– 탐랑이 새로 정제한 약입니다. 서른 개 정도 들었을 거예요.

도화원의 산굴에서 선기는 초만녕에게 이렇게 말했다.

– 그가 전적을 찾아보고 배합을 조금 바꿨어요. 한 알만 먹어도 일주일 동안 원래 모습을 유지할 수 있으니, 오래 쓸 수 있을 겁니다. 넣어 두세요.

– 탐랑에게 고맙다고 전해 주십시오.

– 고마워할 필요 없습니다.

선기가 손을 내저으며 웃었다.

– 탐랑이 보기엔 무뚝뚝해 보여도, 속으로 옥형의 병세를 얼마나 신경 쓰는지 모릅니다. 아, 옥형에게 꼭 전해 달라고 했는데, 이 약은 약효가 불안정해서 너무 기뻐하거나 너무 슬퍼하면 안 됩니다. 약효가 금방 사라질 수 있어요. 절대 잊으면 안 됩니다.

선기의 말을 생각하느라 잠시 정신을 놓은 사이, 누가 객잔의 문을 두드리는 소리가 났다. 초만녕은 얼른 병을 집어넣고 청자로에서 타는 훈향을 끈 다음 천천히 말했다.

"들어오너라."

방금 목욕을 마친 묵연이 마로 된 얇은 욕의(浴衣)를 입고 흑옥 같은 긴 머리카락의 물기를 털며 초만녕의 방으로 들어왔다.

"……."

초만녕은 헛기침을 했다. 다행히 표정은 여전히 차분했다.

"무슨 일이냐?"

"제 방이 좀 마음에 안 들어서요. 사존, 저 여기 바닥에 이불 깔고 자면 안 되나요?"

묵연이 모호하게 얼버무렸다. 눈치 빠른 초만녕이 그의 수상쩍음을 알아채고 물었다.

"뭐가 마음에 안 드는 게냐?"

"그, 그냥…… 마음에 안 듭니다."

묵연은 몰래 초만녕을 흘끔 쳐다보며 중얼거렸다.

"방음이 너무 안 돼요."

초만녕은 천성이 고결한 사람이라 아무리 생각해도 묵연이 뭘 말하는지 알 수가 없었다. 그는 겉옷을 걸치고 맨발로 묵연의 방으로 향했다. 묵연도 그를 막을 방법이 없어 그저 뒤를 좇아갈 수밖에 없었다.

"좀 낡긴 했지만 잠을 못 잘 정도는 아닌 것 같다만."

초만녕은 방 안에 서서 죽 훑어본 후 질책하듯 말했다.

"왜 그렇게 까다로운 게냐?"

말이 끝나기가 무섭게 옆방에서 격렬하게 부딪치는 소리가 났다. 무거운 물건이 바닥에 떨어지는 소리 같았다.

듣기가 민망해진 묵연은 상황이 더 역겨워지기 전에 얼른 초만녕의 소매를 잡아당기며 애원했다.

"사존, 얼른 가요."

초만녕이 미간을 찌푸렸다.

"왜 그러느냐? 뭐가 문제냐?"

묵연이 입을 벌렸으나, 그가 적당한 말을 찾기도 전에 옆방에서 애교 섞인 웃음소리가 들려왔다.

"상 공자님도 정말 못 말려. 왜 이렇게 절 괴롭히는 거예요. 앗, 하, 하지 마세…… 아!"

"헤헤, 이쁜 것. 네 젖가슴에 있는 모란이 아주 예쁘구나. 향기가 나나 안 나나, 내가 한번 맡아 보자."

벽이 어찌나 얇던지 옆방에서 옷이 바스락거리는 소리까지 똑똑하게 들렸다. 남자의 굵고 거친 숨소리와 여자의 달콤한 콧소리가 섞이니 정말 더 듣기가 힘들 지경이었다.

한참이 지나서야 상황을 파악한 초만녕의 아름다운 두 눈이 휘둥그레졌다. 새하얀 얼굴도 즉시 달아오르더니, 벌게진 얼굴은 푸르게, 마지막에는 시퍼렇게 변했다.

"수치도 모르는 것들!"

그는 욕을 내뱉으며 소매를 휘적거리며 가 버렸다.

"풉."

묵연은 참지 못하고 그의 뒤에서 조용히 웃음을 터뜨렸다. 다행히 초만녕은 너무 당황하고 민망한 나머지 같은 쪽의 팔과 다리를 동시에 움직이며 뻣뻣하게 걷느라 묵연의 웃음소리를 듣지 못했다.

방으로 돌아온 초만녕은 말없이 차 한 잔을 다 마신 후에야 겨우 차분해진 시늉이나마 할 수 있게 되었다. 그가 묵연을 향해 고개를 끄덕였다.

"저런 더럽고 지저분한 말은 수행에 좋지 않다. 오늘은 여기서 자거라."

"아. 네."

사실 묵연은 초만녕이 도화원에 갑자기 나타나서는 추호도 자신을 의심하지 않았을 뿐 아니라 백방으로 자신을 보호하던 모습을 보며 놀랍고도 기뻤다. 그래서 지금 이렇게 긴장이 풀어지니 기분이 좋은 것은 물론이며 촛불 아래 비치는 사존의 맑고 차가운 얼굴이 사랑스러워 보이기까지 했다.

묵연은 배시시 웃으며 책상다리를 한 채 바닥에 앉아 턱을 괴고 초만녕을 올려다보았다.

"……뭘 보느냐?"

"사존을 오랫동안 뵙지 못했잖아요. 많이 보고 싶어서요."

소년의 목소리에는 웃음이, 눈빛에는 따뜻함이 배어 있었다.

자세히 보니까, 초만녕…… 하 사제랑 너무 닮았잖아.

초만녕이 눈을 부릅떴다.

"날 볼 시간이 있으면 가서 네 머리나 말려라. 그렇게 축축해서 잠을 어찌 잔단 말이냐."

"수건을 저쪽 방에 두고 왔네요."

묵연이 웃으며 말했다.

"사존이 좀 도와주시겠어요?"

"……."

예전에 설몽이 부상을 당해 며칠 동안 팔을 쓰지 못했던 적이 있었다. 그때 그가 머리를 감고 나면 언제나 사존이 수건으로 머리를 말려 주었다. 사존은 머리를 아주 빨리 말릴 수 있었는데, 영력을 잘 다스려 손에 쥔 수건을 빨리 건조시켰기 때문이다.

초만녕은 팔다리가 멀쩡한 묵연을 내려다보고는 차갑게 말했다.

"병에 걸리지도, 아프지도 않은데 내가 왜 널 도와야 하느냐?"

그러면서도 결국 그에게 이리 오라는 손짓을 했다.

깊은 밤의 따뜻한 촛불이 준수하기 그지없는 묵연의 싱그러운 얼굴을 비췄다.

묵연이 침상에 앉았다. 환생한 지 일 년이 되어 가는 이때, 소년의 키가 쑥쑥 자라고 있었다. 몇 달 동안 그는 자기도 모르는 사이에 키가 훌쩍 자라 있었다. 이제는 초만녕과도 거의 차이가 나지 않았다.

이 높이에서는 초만녕도 그의 머리를 말리기가 여간 불편한 게 아니었다. 그래서 묵연은 두 손으로 뒤를 지탱하며 높이를 낮췄고, 초만녕은 침상 옆에 서서 못마땅한 표정으로 그의 머리카락을 부드럽게 비볐다.

묵연은 만족스러운 듯 하품을 하며, 눈을 가늘게 뜨고 이 얻기 힘든 평화로운 시간을 만끽했다.

바깥에서는 이따금 개구리의 울음소리가 들렸다.

"사존."

"음."

"그거 아세요? 제가 우민의 환각 세계 안에서 이백 년 전의 임안으로 돌아갔는데, 거기서 초순이라는 사람을 만났어요."

머리를 말리는 손은 멈출 줄을 몰랐다.

"내가 그걸 어찌 아느냐."

묵연이 코를 문지르며 웃었다.

"그 사람이 사존과 정말 닮았더라고요."

"……천하에 비슷하게 생긴 사람투성이인데, 뭐가 그리 신기하다는 게야."

"그 정도가 아니에요."

묵연이 진지하게 말을 이었다.

"그 사람은 사존과 거의 같은 틀에서 찍어 낸 정도였다니까요. 사존, 혹시 그 사람 사존의 조상님이 아닐까요?"

초만녕이 냉랭하게 말했다.

"그럴 수도 있겠지. 하나 이미 이백 년 전의 일이라 하지 않았느냐. 확인할 길이 없지."

"아들도 있었어요."

묵연은 계속 혼자 말했다.

"아들은 또 하 사제와 닮았어요. 저는 이게 너무나 신기했어요. 사존, 하 사제가 혹시 사존의 잃어버린 가족은 아닐까요?"

"나는 가족이 없다."

"그러니까 잃어버린 가족이라고요……."

묵연이 중얼거렸다. 초만녕에게 바짝 다가간 상태라, 마음을 편안하게 하는 해당화의 은은한 향기도 맡을 수 있을 정도였다.

향기로워. 전생에서나 이번 생에서나 초만녕의 몸에서 나는 향기는 그의 심신을 안정시켰다. 전생에서는 그가 피비린내 나는 폭풍우를 뚫고 돌아오면 사존의 목에 얼굴을 묻었을 때만이 사람의 숨결을 느낄 수 있었다.

자신이 인정하든 하지 않든, 묵연은 이미 초만녕의 체취에 중독되어 버렸다. 끊으려야 끊을 수가 없었다.

그는 눈을 감고 이 익숙한 고요함 속에서 천천히 의식을 놓았다. 시간도 세월도 모호해졌다.

전생에서 사람을 죽이고 아무도 없는 무산전으로 돌아왔을 때, 온몸이 비에 젖어 있었다. 죄업이 그렇게 무거웠는데도 마치 비에 쫄딱 젖어 돌아갈 곳이 없는 버려진 개 같았다.

그때 그는 초만녕의 허리를 안고, 얼굴을 초만녕의 배에 묻고, 초만녕에게 자신의 머리칼을 쓰다듬어 달라고 했다. 그래야만 그의 미쳐 날뛰는 가슴을 겨우 진정할 수 있었다.

그런 오래된 꿈은 인제 모두 지나간 일이 되어 아득히 멀어지고 없었다.

그런데 막상 눈을 감으면 어제의 일처럼 생생했다.

초만녕은 계속 중얼거리던 녀석이 조용해지자 아래를 내려다보았다. 희미한 촛불에 비친 고요한 얼굴이 눈에 들어왔다.

얼굴에는 아직 자라는 아이의 티가 남아 있었다. 하지만 이목구비가 자리를 잡아 윤곽이 또렷해진 얼굴은 참으로 준수했다. 구름이 피어오르고 노을빛이 비치는 가운데 은은하게 보이는 꽃봉오리처럼, 젊은이만의 싱그러움과 생기가 가득했다.

초만녕의 손이 잠시 멈췄다. 심장 박동이 조금 빨라진 것 같았다.

귀신이 곡할 노릇이었다. 그가 조용히 이름을 불렀다.

"묵연."

"으음……."

의식이 흐려진 묵연도 몽롱하게 대답했다. 피곤했는지 전생에서처럼 얼굴을 초만녕의 허리춤에 가져다 댔다.

"……."

두근, 두근, 두근.

빨라진 심장 박동이 마치 전장의 북소리처럼 울렸다. 현기증이 나는 것 같았다.

초만녕은 입술을 오므리며 어찌할 바를 몰랐다. 계속 묵연의 머리카락을 털며 마지막 물기까지 다 말리는 수밖에 없었다.

그렇게 한참이 지나고 그가 수건을 내던졌다. 그러고는 묵연의 이마에 흐트러진 머리카락 몇 가닥을 옆으로 쓸어 주며 조용히 말했다.

"다 됐다. 가서 자거라."

묵연이 눈을 떴다. 희미한 보랏빛이 스민 까만 눈동자가 잠시 흐릿하더니 점점 또렷해졌다.

정신을 차린 묵연은 자신이 습관적으로 초만녕의 허리에 기댔고, 그런데도 초만녕이 자신을 밀어내지 않은 게 너무 놀라워 눈을 크게 뜬 채 멍하니 앉아 있었다. 마치 멍청한 개 같았다.

초만녕은 안 그래도 어색했는데 그의 이런 모습을 보니 오히려 터지는 웃음을 참을 수가 없었다.

비록 희미하고 옅은 웃음이었지만 웃은 건 웃은 거였다. 묵연은 그의 미소를 보자 자기도 모르게 눈이 더 커졌다. 그는 똑바로 앉아 약간 헝클어진 머리를 하고선 느닷없이 진지한 어조로 말했다.

"사존, 사존 몸에서 향기가 나요. 아주 좋은 향이요."

"……."

잠시 후, 그가 뭔가를 열심히 생각해 내려는 듯 미간을 찌푸렸다. 그러다 생각이 났는지 놀란 표정으로 중얼거렸다.

"정말 이상하네. 하 사제의 몸에서도…… 같은 향기가 났는데?"

초만녕의 표정이 돌연 굳었다.

그는 묵연이 다른 생각을 하기 전에 수건을 묵연의 머리에 던졌다. 그러고는 침상 밑으로 묵연을 밀어 떨어뜨리며 차갑게 말했다.

"피곤하구나. 내려가서 잠이나 자거라."

느닷없이 침상 밑으로 나동그라진 묵연은 바닥에 반듯이 누워 한참을 멍하니 있었다. 그러다 벌떡 일어나 앉아 코를 문지르다가 화도 내지 않고 얌전히 몸을 일으켜 요를 깔았다.

76장 본좌의 사존이 악몽을 꾸다

그날 밤, 초만녕과 묵연은 같은 방에서 잤다. 묵연은 원래 단순한 사람이라 바닥에 눕자마자 잠이 들었지만, 초만녕은 왠지 모르게 마음이 어지러워 한참을 뒤척이다 겨우 잠이 들었다.

눈을 감고 있으니 귓가에서 거센 눈보라가 윙윙 불어 대는 소리가 나는 것 같았다.

초만녕이 눈을 뜨자 눈밭에 무릎 꿇고 있는 자신의 모습이 보였다.

……꿈인가?

그러나 꿈이라기엔 너무 생생했다. 언젠가 와 본 적이 있는 곳 같았다.

엄동설한의 계절이었다. 잿빛 하늘에는 구름이 층층이 덮여 있고, 먼 산에서는 시리게 검푸른 빛이 흘러와 대지의 폐부를 찔렀다. 발목까지 눈이 쌓여 있었고 날씨가 너무 추워 두꺼운 겉옷을 두르고 있는데도 뼛속까지 파고드는 한기를 막을 수는 없었다.

초만녕은 고개를 숙여 하늘색 가죽옷을 내려다보았다. 정교한 권초문[#15]이 은색 실로 수가 놓여 있었다. 그는 이 장포가 왠지 익숙하게 느껴졌지만, 그 익숙함도 금방 사라져 더는 느낄 수 없게 되었다.

"……."

자신이 왜 이런 고통스러운 꿈을 꾸는 건지 알 수가 없었다. 일어나려 했지만 몸이 자신의 것이 아닌 것 같았다. 그는 가만히 바닥에 무릎을 꿇고 눈이 어깨 가득 쌓일 때까지 꼼짝하지 않았다. 속눈썹에도 얼음꽃이 맺히기 시작했지만, 여전히 움직일 생각이 없어 보였다.

"초 종사님, 날이 저물었습니다. 오늘 밤 폐하께선 종사님을 안 만나 주실 것 같으니 그만 돌아가시지요."

부들부들 떨리는 나이 든 목소리가 뒤에서 들렸다.

꿈속의 자신은 고개를 돌리지 않았다. 발소리가 뒤에서 들려왔다. 누군가 저벅저벅 눈을 밟으며 그의 옆에 와서 우산을 펼쳐 들었다.

초만녕은 자신의 목소리를 들었다.

"유공, 감사합니다. 연세도 많으신데 먼저 정자로 가서 쉬시지요. 전 아직 견딜 만합니다."

"종사님……."

나이 든 목소리는 뭔가를 더 말하려는 것 같았지만, 초만녕이

#15 권초문 卷草紋. 잎이 둥글게 말린 식물 줄기가 물결 모양의 곡선을 이룬 장식 무늬

먼저 말했다.

"돌아가십시오."

노쇠한 목소리는 한숨을 내쉬며 무거운 발걸음을 터벅터벅 내딛다가, 다시 돌아와 초만녕의 옆에서 우산을 받쳐 들었다.

"늙은 종은 종사님 곁을 지키겠습니다."

초만녕은 꿈속의 자신이 천천히 눈을 감고 침묵하는 것을 느낄 수 있었다.

생각할수록 이상했다. 정말이지 터무니없는 꿈이었다. 자신과 그 늙은이의 대화를 도통 알아들을 수가 없었던 것이다.

'폐하'니, '유공'이니 하는 말들은 그에게 익숙한 수진계가 아니라 궁 안에서 쓰는 말 같았다.

그는 이 몸을 통해 감긴 눈꺼풀 안에 펼쳐진 꿈속 광경을 보려고 애썼다. 사생지전인 것 같았으나 지금과는 다른 모습이었다.

건물의 모양은 지금과 거의 비슷했지만, 사치스러운 장식품들이 많았다. 뜰의 사방에 있는 회랑에는 별이 수놓인 보라색 막이 드리워져 있고, 상서로운 동물들이 구슬을 물고 있는 모양의 팔각 풍경도 달려 있었다. 바람이 불 때마다 뎅그렁 뎅그렁 하며 가볍게 흩어지는 풍경 소리는 태곳적 대자연의 원기를 실어 오는 것만 같았다.

그는 정전(正殿)을 마주한 채 무릎 꿇고 있었다. 정전 앞에는 호위병들이 늘어서 있었는데, 역시 그가 한 번도 본 적 없는 복장이어서 어느 문파인지 알 수가 없었다.

하늘이 점점 어두워졌다. 옆문으로 머리를 높게 틀어 올린 궁녀들이 줄지어 나왔다. 궁녀들은 가녀린 손으로 궁의 복도 양쪽에 있는 청동 등잔에 불을 지폈다. 받침대가 사람 키만 한 등잔은 아홉 단으로 나뉘어 있었는데, 단마다 뻗어 나간 구리 해당화 등잔이 49개였다. 해당화의 꽃술에서는 등불이 환하게 타올랐다. 사방으로 퍼져 나가는 불빛은 마치 하늘의 은하수가 반짝반짝 빛나듯 정전 앞을 환하게 밝혔다.

등불을 밝힌 후 가장 직책이 높은 대궁녀가 초만녕을 흘겨보더니 괴상야릇한 냉소를 지으며 말했다.

"이렇게 추운 밤에 비참한 꼬락서니를 누구에게 보여 주려 하십니까? 폐하와 마마는 지금 즐거운 시간을 보내고 계시니, 여기서 아무리 오래 무릎 꿇고 계신다 한들 종사를 동정하는 사람은 없을 겁니다."

어찌 이리 무례할 수가!

지금까지 살면서 그에게 이런 식으로 말하는 사람은 없었다. 화가 치밀었다. 그러나 정작 입을 열자 목소리는 그대로였지만, 생각과는 다른 말이 튀어나왔다.

"내가 이번에 온 것은 절대 그의 고아한 흥취를 방해하려는 것이 아니오. 그저 상의드릴 일이 있어 온 것이니, 대궁녀께서 그에게 좀 전해 주시오."

"종사가 뭐길래 제가 대신 전해야 합니까?"

대궁녀가 경멸의 어조로 말했다.

"폐하와 마마께서 정을 나누고 계시는데 누가 감히 방해를 한단 말입니까? 폐하를 뵙고 싶으면 계속 그렇게 계시지요. 내일 폐하께서 일어나시면 종사를 볼 마음이 생길지도 모르니 말입니다. 흥."

초만녕의 뒤에 있던 늙은 종이 더는 듣기 힘들었는지 떨리는 목소리로 말했다.

"마마께서 전하의 총애를 받기로서니, 대궁녀마저 지금 누구와 말을 하는지 잊었단 말입니까? 언사가 어찌 그리 경망스러울 수 있는 겁니까?"

"내가 말하고 있는 게 누구냐고? 이 사생지전에서 폐하가 가장 싫어하는 사람이 저자라는 걸 모르는 이도 있단 말이냐? 저자와 얘기하는 데 무슨 존중이 필요하단 말인가! 이 늙은이가 어디서 감히 날 가르치려 드는 게냐!"

대궁녀는 눈을 부릅뜨며 화를 냈다.

"여봐라!"

"지금 뭐 하는 겁니까!"

백발의 늙은이가 자기도 모르게 앞으로 나와 허리를 구부린 채 초만녕의 앞을 막아섰다.

대궁녀가 그를 노려보며 말했다.

"바깥의 화로 두 개를 꺼라."

"예!"

즉시 누군가 와서 정원 안의 화로에 물을 끼얹어 불을 껐다.

초만녕은 궁녀가 입은 거칠어도 멍청하진 않다고 생각했다. 그녀는 이 엄동설한에 상대방과 직접 싸울 필요가 전혀 없었다. 화로 두 개만 끄면 이 뜰은 얼음 굴처럼 변할 테니, 아무리 기골이 장대한 사람이라도 자정을 넘기지 못할 터였다.

밤이 더욱 깊어졌다. 궁전 안에서는 연회가 무르익고 있었다. 음악과 노래와 춤이 멈출 줄 모르고 이어졌다.

초만녕은 여전히 무릎을 꿇은 채였다. 다리는 이미 감각이 없어진 지 오래였다.

"종사님…… 돌아가시지요……."

늙은 종의 목소리는 거의 울음에 가까웠다.

"돌아가시지요, 건강을 생각하셔야지요. 폐하를 잘 아시지 않습니까. 종사님께서 동상에 걸린다 한들 의관을 보내지도 않으실 겁니다. 종사님 스스로 몸을 챙기셔야 합니다."

초만녕이 작게 말했다.

"껍데기만 남은 몸뚱이니 챙길 가치도 없습니다. 그가 곤륜 답설궁으로 출병하는 것만 막을 수 있다면, 죽어도 여한이 없습니다."

"종사님! 도, 도대체 무엇 때문에 이러시는 겁니까……."

꿈속의 초만녕은 이미 극도로 쇠약한 상태였다. 그는 기침을 몇 번 했으나 눈빛만은 여전히 또렷했다.

"그가 오늘날 이렇게 된 것은 모두 제 잘못입니다. 전…… 콜록, 콜록."

말을 미처 끝맺지 못하고 보는 이의 심장이 오그라드는 극심한 기침이 이어졌다. 초만녕이 소매로 입을 가렸다. 목구멍에서 비릿한 단맛이 났다. 그가 소매를 내리자 손이 온통 피투성이였다.

"초 종사님!"

"나는……."

초만녕은 더 말하려 했지만 눈앞이 까매졌다. 그는 더 버티지 못하고 눈이 쌓인 바닥에 털썩 쓰러졌다.

귓가에 어지러운 소리가 들렸다. 갑자기 병사와 군마가 날뛰는 것 같기도 했고, 겹겹이 쳐진 가림막 너머로 사나운 파도가 치는 것 같기도 해서 주변의 소란이 명확히 들리지 않았다.

늙은 종이 어쩔 줄 모르며 소리치는 몇 마디만 희미하게 들릴 뿐이었다.

"폐하! 폐하! 간청드리옵니다……."

늙은 종이 애원했다.

"초 종사, 초 종사가 위독합니다. 한 번만 초 종사를 만나 주시면, 이 늙은 종은 죽어도 여한이……."

사방이 서서히 분주해졌다. 발소리가 많아지고, 등불이 환하게 켜졌다.

북소리와 여자들의 간드러진 노랫소리가 순간 멈췄다. 궁전의 문이 열린 듯 짙은 향기가 실내의 온기를 휘감고 확 밀려 나왔다. 초만녕은 누군가 자신을 안아 들고 따뜻한 전당 안으로 가는 걸 느꼈다. 그러고는 커다란 손으로 자신의 이마를 쓰다듬고 짚어 보더니, 별안간 가시에라도 찔린 것처럼 얼른 거둬들였다.

곧이어 익숙한, 낮은 남자의 목소리가 위협적으로 으르렁거렸다.

"왜 본좌에게 알리지 않았지?"

아무도 대답하지 않았다.

갑자기 그 남자의 분노가 폭발했다. '쿵' 소리와 함께 무거운 물건들이 와장창 깨지는 것 같았다. 그는 화를 주체하지 못하고 소리를 질렀다. 마치 몸속에 천둥 번개가 들어 있는 듯했다.

"지금 반역하는 것이냐? 이 사람은 홍련수사의 주인이자 본좌의 사존이다! 이 사람이 여기 와서 무릎을 꿇고 있는데 어째서 아무도 본좌에게 알리지 않은 것이냐? 왜 알리지 않은 것이야!"

누군가 털썩 무릎을 꿇더니 온몸을 벌벌 떨었다. 조금 전 거들먹거리던 그 대궁녀였다.

"소인 죽을죄를 지었습니다. 폐하께서 마마와 즐거운 시간을 보내시는 것 같아 감히 말씀드릴 수가 없었사옵니다……."

그 남자는 빠른 걸음으로 몇 번을 왔다 갔다 했다. 그러나 화가 사그라지기는커녕 오히려 증폭되는 것 같았다. 그의 금색 테두리가 둘려진 검은 장포가 바닥에 끌리는 모습은 마치 바람에 움직이는 흑운을 연상케 했다. 흑운이 멈추자 그의 목소리는 완전히 뒤틀려 있었다.

"그는 몸이 약하고 추위를 많이 탄다. 너는 나에게 보고하지 않았고, 그를 눈밭에 기다리게 했고, 심지어…… 심지어 뜰 안의 화로까지 꺼 버렸군……."

남자의 목소리는 주체할 수 없는 화로 덜덜 떨렸다. 그가 깊은 숨을 내쉬자 목구멍에서 위압감 있는 한마디가 흘러나왔다.

소리가 크진 않았지만 살의가 담겨 있어 절로 소름이 돋았다.

"넌 그를 죽이고 싶었던 게야."

대궁녀는 깜짝 놀라 아연실색하며 머리를 바닥에 찧었다. 이마가 시퍼렇게 변했고, 떨리는 입술에선 날카로운 목소리가 나왔다.

"아닙니다! 아니옵니다! 소인 어찌 그런 마음을 품을 수 있단 말입니까! 폐하! 억울하옵니다!"

"끌고 가라. 선악대에서 극형에 처해라."

"폐하! 폐하!"

날카로운 목소리는 핏빛 손톱으로 귓바퀴를 긁는 것 같았다. 꿈은 그녀의 처참한 비명과 함께 어지럽게 흔들리고 흩어지더니 주변의 광경도 눈처럼 흩날리며 무너져 내렸다.

"본좌는 전심전력을 다해서 겨우 저승의 관문 밖에서 그를 데려왔다. 본좌 외에는 그 누구도 그의 털끝 하나 건드릴 수 없어……."

쉰 목소리는 몹시도 낮고 차가웠다. 극한의 차가움은 오히려 잔인한 광기를 만들어 냈다.

초만녕은 그가 가까이 다가와 자신의 앞에 멈춰 선 것을 느낄 수 있었다.

한쪽 손이 자신의 턱을 움켜쥐었다.

초만녕은 겨우 눈을 떠 그 사람의 얼굴을 보려고 애썼다. 눈부신 빛무리 사이로 희미하게 얼굴이 보였다. 까맣고 진한 눈썹, 오뚝한 콧날, 그리고 촛불에 어렴풋이 비치는 흑비단처럼 까만 눈동자에 스며 있는 자줏빛.

"……묵연?"

"사존!"

별안간 목소리가 또렷하게 들렸다.

초만녕은 눈을 번쩍 떴다. 그는 여전히 객잔의 방 안에 누워 있었고, 하늘은 아직 어두웠다. 외로운 등불 하나가 등잔 위에서 흔들렸다.

묵연이 침상 옆에 앉아 한 손으로 그의 이마를, 다른 한 손으로 침상을 짚고 걱정스러운 얼굴로 그를 보고 있었다.

"어떻게 된……."

잠시 어리둥절했다. 방금 그 꿈이 너무 생생해서 한동안 제대로 정신을 차릴 수가 없었다.

"악몽을 꾸셨나 봐요. 계속 몸을 떠시더라고요."

묵연이 얇은 이불을 끌어당겨 덮어 주었다.

"추워하시는 것 같아서 열이 있나 걱정했는데, 다행히 그렇진 않네요."

초만녕은 고개를 돌려 살짝 열려 있는 창을 바라보았다. 하늘은 여전히 무거운 어둠이 깔려 있었다. 아직 깊은 밤이었다.

"꿈을 꿨는데, 꿈에서 큰 눈이 내렸다."

그는 그렇게 중얼거리고 입을 다물었다.

초만녕이 일어나 앉았다. 그는 얼굴을 손에 묻고 침묵하다가 한숨을 내쉬며 말했다.

"아무래도 너무 피곤했던 것 같구나."

"제가 생강차 좀 끓여 올게요."

묵연이 창백한 그의 얼굴을 걱정스럽게 바라보았다.

"사존, 안색이 너무 안 좋으세요."

"……."

대답 없는 초만녕을 보며 묵연은 탄식했다. 그러고는 자기도 모르게 습관적으로 자신의 이마를 식은땀 맺힌 그의 이마에 갖다 댔다.

"대답 안 하시니 드시고 싶은 걸로 알게요."

초만녕은 갑작스러운 친밀함에 조금 놀라 무의식적으로 몸을 뒤로 기댔다.

"……그래."

잠이 덜 깬 묵연도 헷갈렸는지 전생에서와 마찬가지로 자연스럽게 그의 머리카락을 쓰다듬고 나서야 겉옷을 두르고 아래층 주방으로 내려갔다. 잠시 후, 그가 나무 쟁반을 들고 올라왔다.

묵연은 원래 그렇게 착한 사람이 아니었다. 그런데 초만녕이 도화원으로 달려와 그를 구했고, 그를 완벽하게 지켰다. 자신이 과거에 초만녕을 얼마나 미워했든지 간에, 지금 이 순간만큼은 초만녕이 고마웠다.

쟁반에는 김이 모락모락 나는 생강차와 흑설탕이 든 조그만 병이 놓여 있었다. 그는 초만녕이 기침을 유발하는 매운맛을 싫어하고 단것을 좋아한다는 걸 기억하고 있었다.

생강차 외에도 그는 주방에 얘기해 하얀 찐빵을 얻었다. 찐빵을 얇게 썰어 우유에 적신 다음 기름에 튀기고, 거기에 설탕을 뿌리니 간단하고도 맛있는 간식이 되었다.

초만녕이 생강차를 들고 천천히 마셨다. 얼굴에 점점 혈색이 돌기 시작했다. 그는 백자처럼 하얀 손가락으로 우유 향이 나는 찐빵을 들고 한참을 살피다 물었다.

"이게 무엇이냐?"

"아무렇게나 만든 거라, 아직 이름이 없어요."

묵연이 머리를 긁적였다.

"한번 드셔 보세요, 단거예요."

초만녕은 튀긴 것도 싫어했고 기름진 것은 혐오했다. 그러나 '단거'라는 말을 듣고 또 한참을 주저하다 입으로 가져가 한 입 베어 물었다.

"음……."

"맛있어요?"
묵연이 조심스레 물었다.
초만녕은 그를 쳐다보기만 할 뿐 말이 없었다. 그리고 또 하나를 집어 생강차와 함께 천천히 먹었다.
차 한 주전자와 간식 한 접시가 금세 사라졌다. 무서운 꿈도 따스함 속에 연기처럼 사라졌다. 초만녕은 하품을 하며 다시 침상에 누웠다.
"자야겠다."
"잠시만요."
묵연이 얼른 손을 들어 초만녕의 입가를 닦아 주었다.
"찐빵 부스러기요."
"……."
활짝 웃는 청년의 모습을 보니, 초만녕은 자기도 모르게 귀가 달아올랐다. 그래서 고개를 돌리며 '그래'라고 한마디하고 더는 그를 쳐다보지 않았다.
쟁반을 주방에 돌려주러 간 묵연이 돌아왔을 때, 초만녕은 벽 쪽으로 몸을 돌리고 자고 있었다. 정말 잠이 들었는지는 알 수 없었다.
묵연이 다가가 얇은 가림막을 살며시 내리던 그때, 갑자기 초만녕이 말했다.
"밤공기가 차니 바닥에서 자지 말거라."
"그럼……."
초만녕은 긴 속눈썹을 아래로 내리깔았다. 그에게 옆에 누우라고 말하고 싶었다. 그러나 '옆에 누워 자거라'라는 말은 아무리 해도 입 밖으로 나오지 않았고 애꿎은 귀만 뜨겁게 달아오를 뿐이었다.

그를 아끼는 마음 때문에 그를 바닥에 자게 두고 싶지 않았다. 그를 좋아하는 마음에 그가 방에서 나가게 두고 싶지 않았다.

그러나 초만녕은 뻔뻔하지 못했다. 말을 하더라도 상대가 거절할 게 분명했고, 그렇게 되면 자신은 체면도 진심도 완전히 구겨질 게 뻔했다. 상상만으로도 끔찍했다.

그냥 하사역의 몸일 때가 좋았다. 아이의 모습으로는 마음대로 해도 되었으니 말이다.

하지만 오늘 묵연이 자신을 대하는 모습은 마음에 들었다. 심지어 자신이 생강차를 마실 때 흑설탕 넣는 걸 좋아한다는 것까지 기억하고 있었다. 그렇다면 사실 묵연도 자신을 어느 정도는 신경 쓰고 있다고 생각해도 되지 않을까…….

여기까지 생각이 미치자 초만녕은 참을 수 없이 가슴이 뜨거워졌다. 머리가 혼란스러워지자 속에 있던 말이 튀어나왔다.

"올라와서 자거라."

"그럼 옆방이 조용해졌는지 보고, 소리가 안 나면 제 방으로 가서 잘게요."

두 사람은 거의 동시에 입을 열었다. 묵연은 말을 다 하고 나서야 초만녕의 말을 이해했다. 그의 눈이 커졌다.

"그게 가장 좋고."

초만녕은 거의 생각도 하지 않고 허락했다. 바로 전에 했던 말을 급히 덮어 버리려는 것 같았다.

"가거라."

"사존……."

"피곤하구나, 가서 자거라."

"……알겠습니다. 얼른 쉬세요."

청년이 가고, 방문이 '끼익' 열렸다가 닫혔다.

초만녕은 아득한 어둠 속에서 눈을 떴다. 심장이 쿵쾅거리고, 손바닥은 땀으로 흥건했다. 방금 자신이 부린 추태에 민망함을 감출 수 없었다.

혼자 있는 시간이 길어지면 타인의 소소한 관심도 너무 소중해진다는 말이 사실인가?

정말 바보 같군.

그는 괴로움에 몸을 뒤척이다 얼굴을 베개에 묻고는 깊은 자기혐오에 빠졌다. 묵연이 좋아하는 사람은 사명정이고, 자신과는 거리가 있는 스승과 제자일 뿐이라는 걸 잘 알고 있었다. 하지만…….

꿈속의 그 사람이 다시 그의 눈앞에 또렷하게 나타나는 것 같았다.

완전히 똑같이 생겼다. 다만 지금의 묵연보다는 나이가 좀 들어 보였다.

자신을 바라보는 표정은 고약하게 비뚤어지고 광적이었다. 눈동자는 너무 깊어서 똑바로 들여다볼 수도 없었다.

'끼익' 문이 다시 열렸다.

초만녕은 순간 굳어 버렸다. 끝까지 당겨진 활시위처럼 등이 딱딱하게 굳었다.

누군가가 침상 옆으로 다가와 한참을 조용히 서 있었다. 이윽고, 그 사람이 침상에 앉는 걸 느낄 수 있었다. 그의 옷에서만 나는 특유의 냄새가 풍겼기 때문이다.

"사존, 주무세요?"

아무도 답하지 않았다.

묵연은 혼잣말을 이어 갔다. 마치 일상적인 말을 이어 가듯 목소리가 평온했다.

"옆방은 아직도 시끄러워요."

그가 가볍게 웃고는 고개를 받친 채 초만녕의 옆에 모로 누웠다. 시선이 딱 봐도 뻣뻣하게 굳어 보이는 스승의 등을 스쳤다.

"아까 저보고 올라와서 자라고 하신 거, 지금도 유효해요?"

"……."

"사존은 언제나 대답하는 걸 싫어하시죠. 대답 안 하시면, 이번에도 사존이 원하시는 걸로 알게요."

"……흥."

침상의 저 안쪽에서 말 한마디 없이 울린 콧소리에 묵연은 반달눈을 떴다. 자줏빛이 깃든 까만 눈동자에 웃음기가 잔뜩 스몄다.

사매를 아끼는 게 일종의 습관이라면, 사존을 놀리는 건 아무리 해도 질리지 않는 장난이었다.

초만녕에 대한 감정은 묵연 자신조차 한 번도 제대로 정의를 내려 본 적이 없었다. 그저 때때로 이 사람을 보면 마음 한쪽이 간질간질했다. 송곳니를 드러낸 채 흉악한 표정으로 확 깨물어서 그를 울리거나 혹은 웃기고 싶었다. 대부분은 그저 묵연 혼자만의 망상일 뿐이었지만 말이다.

그러나 얼음처럼 차가운 얼굴에 아주 약간의 변화라도 생기면, 그것은 자신에 의한 것이었다. 묵연은 그럴 때마다 엄청난 흥분과 희열을 느꼈다.

"사존."

"왜."

"아니에요. 그냥 불러 봤어요."

"……."

"사존."

"할 말이 있으면 하고, 없으면 꺼져라."

"하하하."

묵연이 웃었다. 갑자기 뭔가 생각났는지, 농담 반 진담 반으로 물었다.

"제가 방금 생각해 봤는데요, 하 사제와 사존이 너무 닮은 것 같아서요. 사존, 사제 혹시 사존 아들 아니에요?"

"……."

초만녕은 저녁 내내 심한 감정의 기복을 겪어 우울한 상태였다. 그런데 갑자기 묵연이 이런 식으로 재미를 보려 하니 자기도 모르게 화가 났다.

"푭. 그냥 장난 한번 쳐 본 거예요. 굳이 대답 안 하셔도……."

"맞아."

초만녕이 차갑게 대답했다.

"내 아들이다."

묵연은 여전히 빙그레 웃고 있었다.

"아, 거봐요. 아들이었구나……. 잠깐! 아들이라고요?"

벼락이라도 맞은 것처럼 묵연의 눈이 휘둥그레지고 입은 믿을 수 없다는 듯 딱 벌어졌다.

"아아아아아들이요?"

"그래."

초만녕은 아예 몸을 돌려 묵연을 똑바로 바라보았다. 진지하고 엄숙한 표정에는 거짓이 없어 보였다.

오늘 밤은 잘못한 일이 너무 많아 의심을 살 것만 같았다. 묵연이 이걸로 장난을 치는 거라면, 자신도 이를 이용해 못되게 굴고 싶었다. 어쨌든 자신이 묵연을 좋아한다는 걸 그가 알아서는 안 되니 말이다.

그렇게 생각하며 초만녕은 냉담하게 방금 자신의 떨어진 체면을 주워 담아 삼엄하게 말했다.

"하 사제는 내 사생아다. 그 아이는 아무것도 몰라. 지금 아는 사람은 너와 나뿐이다. 만에 하나 다른 사람이 알게 되면 네 목숨은 그날로 내 손에 끝날 테니 그리 알거라."

"……."

77장 본좌의 사존은 연기 천재

초만녕을 손바닥 들여다보듯 훤히 알지 못했다면, 그의 진지한 모습에 묵연도 하마터면 그 터무니없는 말을 믿었을지도 모른다.

하사역이 초만녕의 아들이라고?

장난하나, 지금? 정말 나를 바보로 아는 거야?

그러나 스승의 체면을 무시하기란 쉬운 일이 아니었다. 그래서 앞으로는 초만녕의 연기에 맞장구를 쳐 주기로 했다. '세상에나', '그런 거였군요', '사존이 그렇게 방탕한 남자인 줄은 몰랐네요'와 같은 반응을 보였다.

비록 초만녕이 뭘 하려는 건지는 알 수 없었지만, 그래도 꽤 재미있는 경험인 건 확실했다.

묵연은 하루가 멀다 하고 그를 놀렸다. 낮에 찻집에서 요기할 때였다. 그가 턱을 괴고 있다가 눈을 크게 뜨며 말했다.

"사존, 사존."

초만녕이 양선차[#16]를 한 모금 마시고 눈을 들어 무표정으로 그를 쳐다보았다.

"왜?"

"사존은 왜 하 사제와 아는 척을 안 하세요?"

초만녕이 말했다.

"아는 척을 안 하는 게 아니라, 인연이 아니었던 것뿐이다."

"그럼 그 인연은 언제 닿게 되나요?"

"그 아이의 운명에 달렸겠지."

묵연은 그의 심오한 표정을 보며 웃음을 참느라 근육이 아플 지경이었지만, 그래도 가엾다는 표정을 지어야 했다.

"하 사제 정말 불쌍하네요."

나란히 말을 타고 길을 재촉할 때였다. 묵연이 버드나무 가지 하나를 꺾어서는 한참을 장난치고 두드리다가, 무료해지자 또 초만녕을 불렀다.

"사존, 사존."

"무슨 일이냐?"

"은밀하게 여쭤볼 게 있어요."

묵연이 빙그레 웃으며 말했다.

"사존의 사모님은…… 어떤 분이세요? 아름다우시죠?"

초만녕은 사레가 들릴 뻔했지만, 얼른 헛기침을 해 아닌 척했다.

"그런대로 괜찮다."

"에이, 그런대로 괜찮다고요?"

#16 양선차 陽羨茶. 장쑤성에서 유명한 녹차의 일종

묵연이 놀라며 말했다.

"사존이 반할 정도의 분이라면 당연히 경국지색의 미인인 줄 알았는데요."

"……."

묵연은 고삐를 틀어 자신의 흑마를 초만녕의 백마에 가까이 붙이고는 음흉하게 물었다.

"사모님과는 지금도 왕래가 있으신가요?"

"……무슨 왕래?"

초만녕이 차갑게 그를 흘겨보며 입을 다물었다가 쌀쌀맞게 말했다.

"이미 죽었다."

말 두 마디로 자신의 아내를 죽여 버리다니? 묵연은 침을 삼키다 사레가 들릴 뻔했다.

"죽, 죽었다고요? ……어떻게 돌아가셨는데요?"

초만녕의 얼굴에는 아무 표정이 없었다.

"난산이었다."

"……."

푸하하하하하!

상황이 허락했다면, 묵연은 아마 웃다가 말에서 굴러떨어졌을 것이다.

이렇게나 재밌는 이야깃거리를 묵연이 쉽게 지나칠 리가 없었다. 다음 날 길을 떠나기 전, 그는 신선한 앵두 한 자루를 씻어 전대에 넣어 놓았다. 길을 가다 초만녕에게 앵두를 꺼내 주며 또 질문을 했다.

"사존, 사모님이 누구였는지 저도 알면 안 되나요? 성함이 어떻게 되세요?"

초만녕은 설탕에 절인 앵두를 무표정하게 집어 먹다가 차갑게 말했다.

"이미 죽은 지가 오랜데 이름은 알아서 뭐 하려고."

묵연은 가르침을 잘 받아들이고 기억한다는 듯이 연기했다.

"존주께서는 부모에게 효도하고 형에겐 공손해야 한다고 가르치셨어요. 사모님께서 비록 미인박명 하셨지만, 제자로서 마땅히 그 존함을 기억해 동지와 청명에 제사를 올려야 하니까요."

초만녕은 계속 앵두를 먹으며 담담하게 말했다.

"그럴 필요 없다. 평범한 속인이 아니라 향불 냄새도 싫어했다."

묵연은 입을 비죽거리며 몰래 눈을 치켜뜨고는 속으로 생각했다.

'어차피 당장 마누라의 인생 얘기도 못 만들어 내면서, 저렇게 진지한 얼굴로 마누라가 세속을 초월했다고 말하다니.'

그러나 얼굴은 여전히 미소를 짓고 있었다.

"사모님이 세속을 초월하셨다면 당연히 수련하시던 분이셨겠네요?"

초만녕은 뜸을 들이다 눈처럼 하얀 손가락으로 또 앵두를 집어 천천히 씹고 나서야 대답했다.

"그래."

묵연이 호기심에 가득 찬 눈을 깜박거렸다.

"그럼 어느 문파에 계셨나요?"

초만녕은 하사역의 나이를 계산해 보았다. 그때쯤이면 자신이 아직 임기에 있을 때였다. 그가 전혀 흔들림 없이 말했다.

"유풍문."

"아……."

묵연이 눈썹을 추켜세웠다. 이건 초만녕에게 기회를 줘 버린 것과 다름없었다. 유풍문은 대대로 남제자만을 중시했다. 여제자라고 무술 수업에서 홀대받는 건 아니었지만 존재감을 드러낼 기회는 전혀 없었고, 외출하거나 일을 해도 절대 이름을 남기는 일이 없었다. 그래서 유풍문의 여수사들은 실력이 좋아도 강호에서는 그저 '유풍문의 여수사'로만 알려질 뿐, 각자의 이름이나 생애를 아는 사람은 없었다. 이로써 초만녕이 지어낸 이야기는 진위를 파악할 길이 없어진 것이다.

그렇다고 묵연이 쉽게 포기할 사람은 아니었다. 다시 한번 정신을 가다듬고 끈기 있게 물었다.

"그럼 사존과 사모님은 언제, 어떻게 만나신 거예요?"

"그건……."

초만녕은 바로 지어내지 못하고 머뭇거렸다. 그의 시선이 묵연의 맑고 반짝거리는 눈과 마주쳤다. 순간, 자신이 굳이 묵연의 질문에 다 대답할 필요가 없다는 걸 깨달은 초만녕은 곧바로 입을 오므리며 넓은 소매를 휙 젖혔다. 그러고는 차가운 목소리로 말했다.

"스승의 사적인 일을 왜 그리 자세히 묻는 게냐?"

그는 고삐로 말을 채찍질하며 흰옷을 펄럭이며 달렸다. 묵연이 저 뒤로 멀어졌다.

두 사람은 바깥에서 열흘 이상을 돌아다녔다. 한 번에 몇 개의 작은 선문들을 돌았고, 시장에서 무기와 영석을 파는 좌판 일대를 일일이 살펴보았지만 이렇다 할 단서를 찾지는 못했다.

어느 날 초만녕은 평소와 같이 해당화로 서신을 보내 설정옹과 소식을 주고받은 후, 묵연과 함께 객잔을 나섰다. 고월야 문하에 속한 시장에 가서 상황을 알아보기 위해서였다.

고월야는 천하제일의 약학 문파이자, 설몽의 생모인 왕 부인이 속해 있던 문파였다.

이 선문은 '임령서(霖鈴嶼)'라 불리는 섬 위에 있었는데, 사실 임령서는 진짜 섬이 아니라 거대한 현무의 등이었다. 그 현무의 수명은 수백만 년으로, 고월야의 시조 장로와 피로 계약을 맺었다. 그래서 고월야를 등에 업고 드넓은 바다를 떠다녔고, 특유의 선기로 온갖 꽃과 나무를 촉촉하게 적셨다.

고월야의 제자들은 신비로웠고 세상일에 관심이 없었다. 문파 자체가 외부 세계와 별로 교류를 하지 않았다. 그저 매달 초하루와 보름날, 현무가 선문을 양주 해안까지 데려다주면 다른 문파의 사람들이 와서 약재를 사곤 했다. 어떤 상인들은 고월야 사람들에게 무기나 영석, 혹은 섬 위에서 살 수 없는 상품들을 팔기도 했다.

그러나 임령서에서 가장 유명한 건 고월야가 아니라 '헌원각(軒轅閣)'이었다. 고월야 문하에 속한 헌원각은 수진계에서도 명성이 자자한 상단이었다.

이 상단은 달마다 두 번 문을 열어 고월야에서 최고급으로 치는 약재와 진귀한 보석을 팔았다. 상품은 항상 수진계에서 금지된 것들이었지만, 고월야와 적이 되길 원하는 사람은 아무도 없었다. 수진계에 있는 영약의 반 이상은 모두 이 문파에서 생산된 것이었으니, 어떻게 보면 고월야의 실력이 현재 최고 문파인 '유풍문'보다 못하다고 할 수도 없었다.

"보는 눈이 많으니, 삿갓을 쓰도록 해라."

임령서로 오는 사람이 점점 많아지자 초만녕은 자신의 삿갓을 푹 눌러쓰면서 묵연에게도 말했다.

헌원각은 존경의 표시라며 경매장에 큰 문파를 위한 별실을 마련했지만, 사실 이곳은 장물을 처분하고 검은 거래가 이루어지는 교역장이었다. 그래서 대부분의 상황에서 수사들은 진짜 모습을 내보이지 않았으며, 사람들에게 진실을 들키거나 까닭없이 목숨을 잃게 될까 봐 두려워했다.

묵연과 초만녕은 헌원각으로 들어갔다. 건물은 세 층으로 나뉘어 있었는데, 1층의 중앙에는 꽃잎이 아홉 장인 백옥의 연화대가 우뚝 솟아 있고 절대 파괴할 수 없는 아홉 겹의 보호 결계가 쳐져 있었다. 그날 나올 물건을 전시하는 공간이었다.

연화대를 중심으로 동서남북 사방에는 황단 나무로 만든 긴 의자 수백 개가 놓여 있었다. 가장 평범한 좌석이었다.

2층은 방으로 분리된 별실이었다. 모든 방의 앞쪽에는 녹나무로 만든 커다란 금색 창이 있고, 창문 앞에는 얇은 가림막이 드리워져 있었다. 그 가림막은 은월사(銀月紗)로 만들어져 있어, 안에서는 밖이 분명히 보이지만 밖에서는 절대 안을 들여다볼 수 없기 때문에 고객의 비밀을 완벽히 지켜 주었다. 다만 가격이 너무 비쌌다. 한 시진에 9천 금이었다.

사람과 부대끼는 것을 싫어하는 초만녕은 설정옹이 보내온 엽자금을 쓰는 데 일말의 주저함도 없었다.

헌원각에서 손님을 모시는 하인들은 모두 각주와 생사의 계약을 맺고 있어 손님의 일은 절대 말할 수 없었다. 그런데도 초만녕은 마음이 놓이지 않아 위치가 가장 좋은 별실을 달라고 한 다음, 설지냉향(雪地冷香) 차 두 주전자, 신선한 과일 여덟 개와 설탕에 절인 과일 여덟 개, 떡 네 개와 과자 네 개를 가져오라고 한 후에야 하인을 물러가게 했다.

방 안에는 그와 묵연 두 사람만 남았다. 초만녕은 손을 들어 삿갓을 벗고 창가에 서서 떼 지어 움직이는 사람들의 무리를 내려다보았다.

"존주께서 말씀하시길, 이번에 헌원각에서 판매할 무기 이름이 '귀래'라고 하더군."

"귀래요?"

묵연이 고개를 저었다.

"처음 듣는 무기네요."

"신무다."

묵연은 깜짝 놀랐다.

"신무요? 하지만 금성호에서 이미……."

"무슨 말인지 안다. 하지만 이 귀래는 만신령(萬神嶺)의 이름 없는 무덤에서 발견된 것이야. 아마 주인이 죽은 후 물려줄 후손이 없어 같이 묻힌 거겠지."

"……그런 거군요."

그러나 신무는 이름을 지어 준 사람만 주인으로 섬겼다. 이름을 지어 준 주인이 죽으면 신무는 그 후손을 주인으로 섬겼다. 다른 사람은 신무를 손에 넣더라도 그 힘의 만분의 일도 발휘하기 힘들었다. 묵연은 이런 무기는 사 봤자 큰 의미가 없다고 생각했다.

초만녕이 묵연의 생각을 간파하고 말했다.

"신무가 주인으로 인정하지 않으면 진정한 힘을 발휘할 수 없는 것은 맞다. 그래도 평범한 무기보다 몇 배는 강해. 사람들은 아마 떼를 지어 달려들 거다."

묵연은 확실히 이해했다.

"사존의 의도가 무엇인지 이제 알겠어요. 보통 사람은 일생에 한 번 보기도 힘든 게 신무잖아요. '귀래'가 이름 없는 무덤에서 발견된 데다 아주 오래전에 사용되었다고 하니, 다들 자신의 영력을 사용해 시험해 보려 하겠죠. 혹시나 자신이 원래 주인의 후손이지나 않을까 하고요. 시험해 보는 건 돈 드는 일도 아니니까요."

"바로 그거다."

묵연이 곰곰이 생각하다 말했다.

"신무는 보기 힘든 물건인데, 하필 이럴 때 주인 없는 신무가 경매에 나왔네요. 아무리 봐도 가짜 구진의 계략인 것 같아요. 고급 모조품으로 사람들을 속여 영력을 쓰게 하면 그들 중에 자신이 찾는 정화의 영체가 있는지 쉽게 알 수 있겠죠."

초만녕은 느릿느릿 푹신한 의자에 앉아 설지냉향을 한 잔 따른 다음 천천히 마셨다. 그가 1층의 구름 같은 군중을 내려다보며 조용히 말했다.

"그래, 맞다. 신무의 진위와 상관없이 가짜 구진이 만들어 놓은 판인지를 확인해 볼 필요가 있어."

말을 마치자마자 1층이 소란스러워졌다.

아래를 내려다보던 초만녕과 묵연은 깜짝 놀랐다.

헌원각의 황금빛 문이 활짝 열리고, 삿갓으로 얼굴을 가린 수사들 가운데 머리에 옥관을 두른 준수한 소년들이 남색 옷을 펄럭이며 두 줄로 들어왔다. 맨 앞에 선 남자는 키가 크고 호리호리했으며 용모가 아름다웠다. 암시장을 돌아다니면서도 얼굴을 전혀 가리지 않았다.

묵연이 놀라며 말했다.

"엽망석?"

78장 본좌의 전처가…… 나타났다

그 사람은 바로 얼마 전 도화원에서 묵연과 같은 곳에 묵었던 겸손한 군자 엽망석이었다.

오늘 그는 유풍문의 은사로 수를 놓은 남색 장포를 두르고 머리에는 감청색 머리띠를, 허리에는 보석을 입에 물고 있는 상서로운 짐승이 수놓인 향낭을 찼다. 군장을 풀어서인지 뛰어난 기상이 여전하면서도 우아한 기품이 풍겼다.

헌원각의 대총관이 고개 숙여 그를 맞이하며 말했다.

"엽 선군."

엽망석이 고개를 끄덕이며 말했다.

"아버지의 명을 받들어 경매에 참여하고자 왔소. 총관께서는 나를 위층으로 안내해 주시오."

"각주께서도 선군이 오신 걸 알고 계십니다. 유풍문의 별실은 일찌감치 준비해 놓았습지요. 지금 올라가시지요."

엽망석이 열 명이 넘는 유풍문의 제자들을 데리고 올라가자, 1층 대청에서 얼굴을 가리고 있던 사람들이 수군거렸다.

"유풍문에서 오늘도 왔네?"

"저 선군은 누구야? 예전엔 한 번도 본 적이 없는데……."

묵연은 생각했다. 당신들이 못 봤다면 당연히 못 본 이유가 있겠지. 그러면서도 궁금증을 참기가 힘들었는지, 엽망석의 뒷모습이 모퉁이에서 사라질 때까지 쳐다보다가 그제야 초만녕에게 물었다.

"사존, 예전에 유풍문에 계셨을 때도 엽 선군을 알고 계셨어요?"

"아니."

초만녕이 미간을 약간 찌푸리며 말을 이었다.

"그런데 항상 어딘가 낯익다고는 생각했다……."

그는 뜸을 들이다 눈을 감고 생각에 잠기더니, 다시 고개를 저었다.

"생각이 안 나."

묵연이 머리를 긁적이며 말했다.

"엽 선군과는 얼마 전 도화원에서 같은 곳을 썼어요. 실력이 나쁘지 않더라고요. 유풍문을 대표해 경매하러 온 거라면 문파 내 지위도 어느 정도 있는 것 같은데, 정말 모르세요?"

"유풍문에는 72개의 성이 있고 다들 뿔뿔이 흩어져 있어. 나는 어디 다니는 걸 싫어하고 문파 안의 일도 알고 싶지 않았다. 그러니 그를 모르는 것도 이상한 게 아니지."

두 사람이 대화를 나누고 있는데, 3층 유풍문 별실에 노란 촛불이 켜졌다. 엽망석 일행이 별실에 들어가 자리를 잡은 모양이었다. 헌원각에서 가장 높은 3층은 큰 문파를 위한 곳이었지만, 평소에는 사용할 일이 거의 없었다. 그래서 사람들은 너나 할 것 없이 올려다보며 신기하게 여겼다.

유풍문이 공개적으로 참여하게 되면서 이번 경매에 대한 사람들의 기대가 한껏 올라갔다. 차 한 잔의 풍경 너머, 중앙의 백옥 연화대에서 갑자기 눈부신 광채가 빛나더니 헌원각의 둥근 천장에서부터 휘황찬란한 붉은 주단이 내려왔다. 눈처럼 하얀 옷을 입고 열한두 살 정도 되어 보이는 맨발의 고운 소녀가 매듭을 잡아당기며 공중에서 내려오고 있었다. 그녀는 얼음처럼 차가운 백옥 연화대 위에 금세 내려앉았다.

"선군 여러분, 많이 기다리셨습니다. 저는 헌원각의 이(二)각주입니다."

어여쁜 소녀가 간드러지게 웃으며 말했다.

"많은 선군의 관심에 힘입어 도처에서 이번 경매에 참석하러 와 주셨습니다. 헌원각은 늘 그랬듯이 훌륭하고도 진귀한 물건으로 여러분께 보답하도록 하겠습니다."

귀가 밝은 묵연은 1층에서 말하는 사람들의 얘기를 들었다.

"헌원각의 이각주가 머리에 피도 안 마른 어린 여자아이였단 말입니까?"

"아이고, 정말 모르는 소리 하네. 저 '어린 여자아이'가 몇 살인지나 아나?"

"열? 열다섯? 어쨌거나 스물은 안 됐을 것 아니오."

"에이, 놀라지 말게. 백 살도 넘었단 말이야. 아우가 증조할머니라고 불러야 할 판에 무슨 어린 여자아이라니."

"뭐라고요? 유 형 지금 나 놀리는 거죠? 저렇게 어린 게 어떻게 백 살이 넘었을 수가 있어요!"

"여긴 고월야야. 천하제일의 약학 문파에 불가능이란 없어. 영원한 젊음을 유지하는 단약 정도야 식은 죽 먹기 아니겠나."

"와……."

낮은 목소리로 놀라는 사람은 이곳이 처음일 터였다. 얘기를 듣고 나자 잔뜩 흥분해서는 목을 길게 빼고 자꾸만 자신의 몸에 차고 있는 주머니를 만지작거렸다. 헌원각에서 도대체 어떤 영약과 진귀한 물건을 경매에 내놓을지 궁금해 죽을 지경인 것처럼 보였다.

이각주도 손님들을 실망시키지 않았다. 그녀가 손가락을 튕기자, 그 소리에 석연(石蓮)의 가운데가 벌어지면서 꽃술 모양의 작은 탁자가 천천히 올라왔다. 그 위에는 우단[#17]으로 만들어진 손바닥만 한 함 다섯 개가 놓여 있었다. 함은 전부 활짝 열려 있었고, 그 안에 진주모(珍珠母)의 광택이 흐르는 단약이 보였다.

곧바로 누군가 웃는 소리가 들렸다.

"저거 치정환(癡情丸) 아니야? 신기할 게 뭐가 있다고?"

"그러니까 말이야. 처음 내놓는 게 진귀한 보물까지는 아니더라도 치정환으로 구색을 갖추려고 하면 안 되지."

1층에서 투덜거리는 소리가 들려와도 이각주는 화를 내기는커녕 오히려 눈웃음을 치며 낭랑한 목소리로 말했다.

"역시 보는 눈이 있으시네요. 이건 치정환이 맞습니다. 아시다시피 치정환은 정제하기가 어렵긴 해도 그렇게 보기 힘든 물

#17 우단 羽緞, 벨벳

건은 아닙니다. 저희 헌원각이 흔한 물건으로 손님을 우롱해서는 안 될 일이지요."

그녀가 함 하나를 들어 손바닥 위에 놓고 뚜껑을 찰칵 닫았다.

사람들은 어느 정도 거리를 두고 제각각 떨어져 있었지만 모두 영경(靈鏡)을 가지고 있어 보물의 세세한 부분까지 자세히 살펴볼 수 있었다. 이때, 사람들의 시선은 모두 함 뚜껑의 뱀 모양 문장에 집중되었다.

"한린성수(寒鱗星手)?"

누군가 '헉' 숨을 들이켰다.

이각주가 웃으며 말했다.

"맞습니다. 이 다섯 함의 치정환은 모두 저희 문파의 장로이신 한린성수의 연단로에서 만들어진 것입니다. 보통의 치정환은 사람의 마음을 꾀어 약을 먹은 사람으로 하여금 자신을 맹목적으로 사랑하게 만들지만, 약효가 반년밖에 지속되지 않고 해독약도 쉽게 만들 수 있죠. 그러나 이 다섯 알은……."

그녀는 가늘고 여린 손가락으로 함을 들어 올리며 신중하게 말했다.

"십 년은 거뜬히 유지되고, 어떤 약으로도 해독할 수 없습니다."

"뭐라고?"

"세상에나, 그게 어떻게 가능해……."

"한린성수는 정말 무서운 사람이군……."

이각주는 아래의 소란이 잠잠해지길 기다렸다가 다시 미소를 지으며 말했다.

"이 치정환과 보통의 치정환을 구분하기 위해 한린성수는 이

다섯 알의 단약에 '종정환'[#18]이라는 이름을 붙였습니다. 한 알을 사서 물에 녹인 다음 마시게 하면, 십 년 동안은 상대방의 열렬한 사랑을 받을 수 있을 겁니다. 절대 변함이 없죠."

한 여수사가 아래쪽에서 큰 소리로 물었다.

"이 약을 먹으면 정말 해독할 수 있는 약이 없나요? 만약 십 년이 안 되었는데 내가 그를 좋아하지 않게 되면, 계속 저를 옭아매게 될 거 아닙니까?"

사람들이 웃기 시작했다. 이각주도 예의를 갖춰 웃다가 말했다.

"정확한 지적입니다. 그래서 헌원각이 이 자리에서 여러분께 말씀드립니다. 종정환은 이 세상의 그 어떤 약으로도 해독할 수가 없습니다. 십 년을 꽉 채우거나, 아니면 죽음으로 깨트리는 것 말고는 답이 없습니다. 정말 간절히 사랑함에도 불구하고 얻을 수 없는 사랑이 아니라면 약을 먹이지 않는 게 현명한 방법이겠죠."

소개가 끝나자 경매가 시작되었다. 아래층의 여기저기서 가격을 부르는 사람들 대부분이 여수사인 것을 보고 묵연은 말문이 막혔다.

"정말 무시무시하네요."

"그러게 말이다. 이런 식으로 돈을 주고 산 감정에 무슨 낭만이 있다고."

초만녕의 대답을 들은 묵연이 고개를 돌려 그를 이리저리 쳐다보다가 웃으며 말했다.

"사존도 조심하셔야 하겠어요. 이렇게 잘생기셨으니 말이에

#18 종정환 鍾情丸, 사랑에 빠지는 약

요. 여기에 사생지전의 여수사가 약을 사서 사존이 마시는 물에 몰래 타기라도 하면 어찌합니까. 사존이 자기를 사랑하게 만들려고 말이죠. 하지만 사존께는 이미 사모님이 계시니 다른 사람을 마음에 품으면 안 되겠네요."

"……."

그를 놀리는 묵연의 말에 초만녕은 화를 내고 싶었지만 처음으로 자신이 잘생겼다고 하는 묵연의 말을 듣자 막상 화를 내기도 애매했다. 그래서 그냥 입술을 굳게 다물고 고개를 돌린 채 그를 상대하지 않았다.

"하지만 정말 저 약을 먹일 정도면 상대방을 죽도록 사랑해서 그런 거 아닐까요."

묵연이 중얼거렸다. 그는 다섯 개의 단약 함이 금방 팔리는 걸 보고는 한숨을 쉬며 고개를 저었다.

"정말 안타깝네요."

초만녕은 눈처럼 하얀 벽을 바라보다 차분하게 말했다.

"정말 상대방을 좋아한다면 어찌 저런 약을 먹일 수가 있겠느냐. 넌 아직 어려서 이해하지 못할 게다."

내가 아직 어리다고?

묵연이 고개를 갸우뚱하며 보조개가 깊게 파이도록 미소 지었다.

"저는 이해하지 못하는데, 사존은 이해하셨어요? 그럼 저에게 사모님 얘길 더 해 주시는 건 어떠세요?"

"꺼져라."

"하하하하하."

웃고 떠드는 사이, 두 번째 물건이 전시대 위에 올려졌다.

"맥향로(貘香露)입니다."

이각주가 낭랑한 목소리로 소개했다.

"이 역시 한린성수의 연단로에서 나온 것으로 한린성수가 가장 최근에 만든 약입니다. 고월야의 초대 제자 모두 사용해 보았는데, 약효가 아주 뛰어났습니다."

이름 모를 수사 갑은 교양이 있었다.

"묵[#19]향로?"

수사 을은 배가 좀 고팠다.

"마[#20]향로?

수사 병은 음흉했다.

"모[#21]향로?"

잠시 생각에 빠진 초만녕의 눈꺼풀이 살짝 떨리더니 전시대 위에 올려진 다섯 개의 자기 병을 바라보았다.

"맥향로라……. 꿈을 먹는 맥인가?"

이각주는 사람들의 입맛을 떨어뜨릴 의도는 없었지만, 사람들이 잘 이해하지 못하는 걸 보자 즉시 웃으며 설명을 덧붙였다.

"이름이 맥향로인 이유는 약재 중에 기이한 짐승이라 불리는 꿈을 먹는 맥의 발가락 피가 들어 있기 때문입니다. 차에 한 방울만 떨어뜨려 마셔도 칠 일 동안 매일 좋은 꿈을 꿀 수 있지요. 평범한 수사에게는 큰 의미가 없을 수도 있겠지만, 심법이나 수련 경지의 영향을 받아 계속 악몽을 꾸거나 불면증에 시달리는

#19 묵 墨, 먹, 중국어 발음이 '맥貘'과 같은 '모'이다.
#20 마 饝, 찐빵, 중국어 발음이 '맥貘'과 같은 '모'이다.
#21 모 摸, 더듬다, 중국어 발음이 '맥貘'과 같은 '모'이다.

선군도 있으실 겁니다. 그런 상황이 지속되면 주화입마의 가능성이 커지게 되니, 이 맥향로가 탁월한 선택이 될 수 있답니다."

이 말을 들은 초만녕은 문득 얼마 전 꾸었던 생생한 꿈이 떠올랐다. 악몽이라고까진 할 수 없었지만, 그를 다소 불안하게 한 건 확실했다…….

이각주는 여전히 자신의 약을 열심히 선전하고 있었다.

"게다가 이 맥향로는 영기를 조절해서 수행을 도울 수도 있지요."

초만녕은 여전히 깊은 생각에 잠긴 채 꼼짝도 하지 않았다.

"만약 집에 수련 중인 아이가 있다면, 맥향로는 아이들에게도 아주 좋습니다. 한린성수께서는 수련하는 어린 제자를 위해 구매할 스승과 부모가 있으리라 예상하시고 특별히 이 다섯 병의 맥향로를 다섯 가지 맛으로 만드셨어요. 빨간 병은 여지 맛, 노란 병은 감귤 맛, 흰 병은 우유 맛, 자주색 병은 포도 맛, 검은 병은 오디 맛입니다. 천연의 단맛이기 때문에 평범한 사탕보다 백배는 맛이 좋답니다. 한 번만 마셔도 온종일 입 안에 맛이 남아 있어요. 정말 달콤하죠."

이각주의 말이 끝나자마자 2층 별실에서 은색 쪽지가 떨어졌다.

2층과 3층은 거리가 멀어 가격을 부르기가 불편했기 때문에 다들 은색 쪽지에 가격을 써서 밑으로 던졌는데, 모든 쪽지에는 주술이 걸려 있어 정확하게 각주 앞으로 날아갈 수 있었다.

이각주가 날아온 쪽지를 움켜쥐고 내용을 살펴보았다.

같은 시각, 별실에서는 초만녕이 다 쓴 붓을 아무렇게나 놔두고 여유롭게 차를 마셨고, 묵연은 그 모습을 옆에서 보면서 입을 비죽 내밀었다.

아래에서 이각주의 목소리가 울렸다.

"2층 '천(天)' 별실에서 50만 금을 부르셨네요. 다른 가격 있습니까?"

말이 떨어지기가 무섭게 사방이 소란스러워졌다.

맥향로가 좋은 물건이긴 해도 조금 전의 종정환보다 주목받지 못했던 게 사실이었다. 종정환 다섯 함을 모두 합해도 30만 금이었는데 이 다섯 병의 이슬이 50만이라니, 지나치게 높은 가격이었다.

"분명 어느 소공자의 부모가 사는 걸 거야."

누군가 중얼거렸다.

"수련하는 어느 부잣집 도련님한테 사 주는 게 틀림없어."

주화입마의 고통을 겪을 대로 겪어 본 어느 수사가 마음을 굳게 먹었다.

"다섯 병 모두 합쳐 55만에 사겠소."

"맥향로, 지금 가격은 55만입니다. 더 없으……."

이각주의 말이 끝나기도 전에 공중에서 또 은색 쪽지가 천천히 떨어졌다. 마찬가지로 2층 천 별실에서 떨어뜨린 것이었다. 가격을 본 그녀의 눈이 휘둥그레졌다.

"여러분, 죄송합니다. 제가 조금 전에 착오가 있었습니다. 정정합니다. 조금 전 2층의 손님께서 말씀하신 가격은 한 병에 50만이라는 뜻이었다고 합니다. 즉, 합계 250만입니다……."

바보가 아니고서야 이 가격을 듣고도 초만녕의 경쟁 상대로 나설 사람은 없었다. 하인이 맥향로 다섯 병을 가지고 들어오는 것을 보며 묵연은 영 기분이 별로였다.

250만이라…….

초만녕이 산 군것질거리가…….

묵연의 이상야릇한 시선을 느낀 초만녕이 담담한 표정으로 물었다.

"왜 그러느냐?"

"아하하. 아무것도 아닙니다. 그저 사존이 이런 물건을 좋아하실 줄 몰랐을 뿐이에요."

"애들이나 먹는 걸 내가 왜 좋아하겠느냐."

초만녕이 태연하게 말했다.

"하사역에게 줄 것이다."

"……."

거짓말.

묵연은 미간을 찌푸렸다. 언제까지 연기하나 두고 보자.

판매할 물건이 하나씩 하나씩 등장했다. 뒤에 공개된 물건들도 평소에 보기 힘든 영약이나 보석이었지만 묵연과 초만녕에겐 큰 가치가 없었다. 두 사람은 차를 마시며 신무 '귀래'가 나오길 기다렸다.

창가에 기댄 묵연은 검은색 장포로 그의 힘 있고 날렵한 허리를 싸매고 있었다. 어깨는 더 넓고 다리는 더 길어 보였다. 그가 아래쪽의 시끌벅적한 모습을 내려다보다가 다시 고개를 들어 위층에 있는 유풍문의 별실을 올려다보았다.

"맞다, 사존. 도화원에서의 일은 백부님이 어떻게 처리하신 거예요? 아직 제게 자세히 얘기를 안 해 주셨어요."

"처리했다고 할 수도 없다. 일을 키워선 안 돼. 도화원에 있는 자들이 눈치챌 수도 있으니까. 존주께서도 진상이 크게 알려져선 안 된다고 생각하고 계신다. 하지만 우민과 반목하셨기 때문에 사매와 설몽을 데리고 사생지전으로 돌아가신 거지. 그때 논쟁이 꽤 심각했다. 몇몇 문파의 제자들은 직접 그 모습을 목격했고, 도화원에 대한 신뢰를 잃고 떠났지. 엽망석도 그중 한 명일 거야."

초만녕은 계화꽃떡 하나를 다 먹고 또 손을 뻗어 두 번째 떡을 집었다.

"존주께서 대외적으로는 네가 사고를 쳐 사생지전에서 칩거하며 반성하는 중이라고 말하고 계신다. 그러면 한동안 너의 행적을 덮을 수 있으니까."

묵연이 머리를 긁적거렸다.

"듣기만 해도 복잡하네요. 백부님 정말 힘드시겠어요……."

그렇게 중얼거리고 있는데, 아홉 겹의 연화대 위 헌원각의 각주가 갑자기 확음술로 목소리를 가다듬었다. 곤륜산에 옥구슬이 굴러가는 듯한 목소리가 순식간에 구석구석으로 퍼졌다.

"다음 물건은 정말 보기 힘든 진귀한 보물입니다. 헌원각의 삼 년 경매 도감에서도 10위 안에 드는 것이죠."

이 말 한마디에 사방이 정적에 휩싸였다.

잠시 후, 펄펄 끓는 기름에 물을 뿌린 듯 장내가 왁자지껄해졌다. 모든 사람들이 눈을 반짝거리며 서로 귀에 대고 수군거리기 바빴다.

헌원각이 삼 년 동안 판매한 물건 중에서 열 가지 안에 든다면 얼마나 귀한 보물일까? 이런 물건은 많은 사람의 경우 사고 안 사고를 떠나 평생 한 번 직접 보는 것만으로도 큰 행운이라고 할 수 있었다. 손님들은 점점 흥분했고, 긴장된 공기는 거의 손에 잡힐 듯 생생했다.

아래쪽 사람들은 고개를 쭉 빼고 간절히 기다렸고, 별실에 있는 사람들 역시 눈을 내리깔고 연화대에 시선을 고정했다.

묵연이 조용히 물었다.

"신무 귀래일까요?"

초만녕은 대답하지 않았다.

석대의 가운데가 다시 한번 열리고, 헌원각 이각주의 낭랑한 목소리가 사방에 울려 퍼졌다.

"다음 보물을 봐 주세요. 접골미인석(蝶骨美人席)입니다."

"뭐라고?"

놀란 묵연이 갑자기 창살을 움켜잡았다.

"신무가 아니야?"

초만녕도 이런 상황은 예상하지 못했다. 그가 얼른 몸을 일으켜 묵연의 옆으로 가서 함께 아래를 내려다보았다. 연화대 중앙에서 돌침상 하나가 천천히 올라왔다. 침상 위에는 손목 굵기의 감금용 쇠사슬 여덟 개가 계속 발버둥 치는 생물을 묶어 두고 있었다. 그러나 그 생물은 담요로 덮여 있어 정체가 무엇인지 알 수 없었다.

그런데도 한껏 달아오른 분위기를 어찌하지는 못했다.

'접골미인석'은 외관과는 상관없이 이름만으로도 장내를 휘어잡았다.

전설에 의하면 혼돈의 시기, 하늘과 땅이 아직 나뉘지 않았을 때, 마족과 인간이 수진 대륙에서 함께 살았다. 그때 '접골족'이라는 마족이 있었는데, 무예가 뛰어나진 않았지만 몸속에 거대한 영기를 지니고 있었다. 그래서 접골족의 피와 살을 생으로 먹거나 접골족과 동침을 하면 수련의 경지가 크게 오를 수 있었다. 영근이 없는 사람은 순식간에 기본기를 쌓을 수 있었고, 영근이 있는 사람은 곧장 종사의 단계까지 올라갈 수도 있었다. 바로 그런 이유로 마족이 전쟁에서 패한 후 접골족 역시 처참하게 멸족했다. 잡혀가서 동침만을 위한 노예가 되거나, 피와 살을 얻으려는 사람들에 의해 살해당하고 만 것이다.

진정한 순수 혈통의 접골족은 사라진 지 오래였다. 접골족의 피가 흐르는 후손이 간혹 있긴 했지만, 대부분은 피와 살에 아무 효능이 없었고 보통의 수사와 다를 바가 없었다. 그러나 극소수에게서는 순수 혈통의 모습이 나타나기도 했다. 그들의 피와 살은 혼돈의 시기를 살던 선조들만큼 강력하진 않아도 여전히 수사들의 수련 경지를 대폭 올려 줄 수 있었다.

이런 사람들을 '접골미인석'이라고 불렀다. '석(席)'이라는 글자에는 두 가지 의미가 있었다.

하나는 침상. 다른 하나는 연회석.

그들을 침상에 눕혀 잠자리를 가질 수도 있고, 날것으로 먹어치울 수도 있다는 뜻이었다. 둘 중 어떤 용도로 그들을 사용할지는 사는 사람에게 달려 있었다.

접골족의 순수 혈통에 가까운 사람이 나타났지만, 수진계는 그들을 '사람'으로 대우해 주지 않았다. 보통 사람과 다를 바가 없는데도 결국은 개인의 사사로운 욕심 때문에 그들을 '상품'으로 정의했다. 그래서 접골미인석을 사고파는 행위는 무시무시했지만, 그 어떤 금기에도 위반되거나 어긋나지 않았다.

초만녕처럼 고결한 종사만이 일그러진 표정을 지을 뿐이었다.

"이 접골미인석은 고월야가 얻은 게 아니고, 위탁 판매를 하는 것입니다. 따라서 헌원각은 거래가의 3할을 수수료로 취하게 됩니다. 선군들께서는 가격을 부르실 때 계산을 잘 하셔서 하실 수 있는 만큼만 진행해 주시기 바랍니다."

이각주가 말을 마친 후 손가락을 튕기자 침상을 덮고 있던 담요가 스르르 벗겨졌다.

장내가 쥐 죽은 듯 조용해졌다.

모든 사람의 시선이 돌침상 위 쇠사슬에 묶여 있는 몸에 집중되었다. 그렇게 큰 헌원각에서 숨소리와 심장 뛰는 소리까지 들릴 정도였다.

몸매가 아름답고 피부는 눈처럼 새하얀 묘령의 소녀였다. 비단결 같은 긴 머리칼을 풀어 헤친 채, 발가벗겨진 몸에는 투명하고 얇은 천 하나만 덮여 있었다. 풍만하고 윤기가 흐르는 몸이 가늘게 떨리고 있었다. 이제 막 쌓이기 시작한 눈처럼, 물이 스며든 지옥[#22]처럼 부드러운 광택을 발산했다.

여덟 개의 쇠사슬은 그녀의 가녀린 몸을 단단히 묶고 있어 그녀가 발버둥 칠 때마다 뎅그렁뎅그렁 소리가 났는데, 그게 오히려 남자의 욕망을 자극했다. 경험이 많은 풍류 인사들도 그녀가 천하에 보기 힘든 아름다운 여인임을 주저 없이 인정했다.

"최고급 상품입니다. 마침 십 대를 보내고 있는 암컷 접골미인석이죠."

이각주가 아름다운 미소를 지으며 다가가 쇠사슬 하나를 풀었다. 그 소녀가 반항하기 전에 번개처럼 빠르게 그녀의 손목을

#22 지옥 脂玉. 기름 덩이처럼 빛이 나고 윤택이 있는 흰 옥

움켜잡고 공중으로 들어 올렸다.

“한린성수가 만든 호궁사(護宮砂)가 여러분께 정확히 보여 드릴 것입니다. 아직 처녀라는 사실을요.”

소녀의 입에는 흰 천이 묶여 있어 웅웅거리는 안타까운 소리 외에는 아무 말도 뱉지 못했다. 뚝뚝 떨어지는 황금색의 굵은 눈물방울이 그녀가 접골족의 순수 혈통에 가깝다는 걸 똑똑히 보여 주고 있었다.

누군가는 깜짝 놀라 숨을 멈추었고, 누군가는 갈망의 침을 꼴깍 삼켰다. 이 순간만큼은 헌원각을 가득 메운 사람들이 수사가 아니라 탐욕스럽게 먹잇감을 주시하며 침을 흘리는 배고픈 늑대들처럼 보였다.

‘팍’ 소리가 들렸다.

초만녕은 맑고 차가운 시선을 거두어들여 묵연에게로 옮겼다.

안색이 창백해진 묵연이 창틀의 한쪽을 부러질 만큼 꽉 움켜잡고 있었다. 손톱이 나무를 파고들 만큼 거센 힘이었다.

“왜 그러느냐?”

“아…… 아무것도 아니에요.”

묵연이 심호흡을 하며 겨우 평정을 되찾았다. 그가 초만녕을 향해 고개를 저었다.

“이렇게 산 사람을 사고파는 건…… 너무 역겹네요.”

그는 솔직하게 말하지 않았다.

그리고 곁눈질로 접골미인석을 다시 쳐다보았다.

저 여자는 그가 전생에 입신의 경지에 올라 스스로 황제라 칭한 후 맞아들인 수진계 최고의 미인…… 송추동이었다!

79장 본좌의 불귀

아래쪽에서 접골미인석으로 충격에 빠진 그때, 3층 유풍문의 별실에서는 호리호리한 엽망석이 미간을 잔뜩 찌푸린 채 오동나무 꽃이 음각으로 새겨진 난간 옆에 서 있었다. 입술을 얇게 꽉 다물고 있는 모습이었다.

"엽 공자님, 서 장로님이 사라고 한 건 신무입니다. 접골미인석에 가격을 부르시면 돈이 부족할지도 모르는데……."

"괜찮아. 내가 내면 되지."

엽망석의 의지가 이렇게 강하니 다들 서로 눈치만 볼 뿐 아무 대꾸도 하지 못했다.

헌원각의 이각주가 맑은 목소리로 말했다.

"접골미인석은 천만 금부터 시작하겠습니다. 선군 여러분께서는 값을 불러 주시지요."

"1,100만."

"1,200만."

1층이 점점 더 시끄러워지면서 가격도 빠르게 치솟았다.

"1,900만!"

"2,500만!"

순식간에 2,500만까지 올라가자, 적잖은 수사들이 아쉬움에 탄식하다 고개를 저으며 자리에 앉았다. 이때 2층의 몇몇 별실에서 은색 쪽지가 하나둘 현원각 각주 앞에 떨어졌다. 그녀는 재빨리 하나씩 잡아 차례로 손가락 사이에 끼우고는, 쥘부채를 펴는 것처럼 가격이 쓰인 쪽지를 펼쳤다.

"현재 가장 높은 가격입니다."

이각주가 또렷한 목소리로 말했다.

"첫 번째 현(玄) 별실에서 3,500만을 제시했습니다."

"3,500만?"

사람들이 모두 헉하고 놀라며 고개를 돌려 2층의 현 별실을 올려다보았다. 그러나 몽롱한 등불과 나부끼는 은사만 보일 뿐, 안에 있는 사람이 누구인지는 전혀 보이지 않았다.

"3,500만이면 선도[#23]에서 궁전을 하나 사고도 남겠는데."

"누가 낸 거야. 터무니없는 가격이잖아……."

"이렇게 돈이 많다면 분명 10대 문파의 사람일 텐데, 어느 문파일까?"

초만녕은 눈을 감았다. 가격을 듣고는 묵연에게 물었다.

"돈은 충분히 가져왔느냐."

"아니요!"

#23 선도 仙島. 신선이 사는 섬

이곳에서 송추동을 맞닥뜨리게 될 거라고는 전혀 예상하지 못한 묵연은 경악을 금치 못했다. 그는 초만녕이 자신의 이름을 부르자 그제야 퍼뜩 정신이 들어 예민하게 말했다.

"뭐 하시려고요?"

"저 여인을 사겠다."

눈이 휘둥그레진 묵연이 연신 손을 내저었다.

"안 돼요, 안 돼. 애물단지가 될 거예요. 사서 어디에 두려고요? 앞으로 어디 갈 때마다 말 한 필을 더 빌려야 하고, 잘 때마다 방 하나가 더 필요할 텐데. 안 돼요, 안 사요."

"누가 저 여자를 데려간다고 했느냐? 사서 바로 풀어 줄 것이다."

초만녕이 눈을 뜨고 담담한 표정으로 손을 내밀었다.

"돈 이리 줘 봐."

묵연이 돈주머니를 가렸다.

"어, 없어요!"

"돌아가면 갚으마."

"이건 신무를 살 돈이에요!"

"견귀가 있지 않으냐? 신무는 사서 뭐 하게? 돈 줘 봐!"

"……."

묵연은 정말 머리가 아팠다. 송추동은 전생에서 그가 처음 봤을 때 이미 유풍문의 제자였다. 당시 묵연이 성안의 주민들을 모조리 학살할 때, 그녀가 사매와 닮았다는 이유로 마음이 흔들려 목숨을 살려 주었다. 그 후 그녀의 온순하고 사랑스러운 성격 역시 사매와 비슷하여 그녀를 황후에 봉했던 것이다.

그러나 그 일은 묵연이 가장 후회하는 결정으로 남았다.

겉보기엔 차가워도 마음이 여린 초만녕이 그녀를 사겠다고 했지만, 묵연은 어떻게 해도 동의할 수가 없었다. 4천만 금이 아니라 동전 네 개에 판다고 해도 묵연은 살 마음이 없었다.

안 돼! 나한테 4천만 금을 준다고 해도 안 가져!

두 사람이 티격태격하는 동안 3층에서 쪽지 하나가 떨어졌다. 이번엔 금색이었다.

최고가 쪽지다!

헌원각에서 가격이 가장 높은 쪽지는 바로 이 금색 쪽지였다. 액수를 쓸 필요가 없는 이 쪽지는 한 장이 5천만 금에 해당했다. 이 가격이 일단 나오면 경쟁할 사람이 거의 없었다. 그래서 '최고가 쪽지'라고 불렸다.

모두가 깜짝 놀라 아수라장이 되었다.

"유풍문이다!"

"유풍문에서 최고가 쪽지가 나왔다!"

초만녕도 필사적으로 돈주머니를 사수하는 묵연을 상대할 마음이 더는 없었다. 그래서 고개를 돌려 밖을 바라보았다. 그가 있는 곳에서는 3층의 첫 번째 별실이 아주 잘 보였다. 엽망석은 숨기는 걸 싫어하는 사람이라, 일찌감치 헌원각이 손님의 비밀을 지키는 데 쓰는 은월사를 한데 묶어 놓고 뒷짐을 진 채 조각 난간 옆에 서 있었다.

그의 표정은 엄숙했다. 준수한 얼굴에는 불필요한 표정이 없었다. 아수라장이 된 1층을 보며 어이가 없다는 듯 몸을 돌려 별실의 안쪽으로 들어갔다.

묵연이 안도의 한숨을 쉬며 초만녕에게 말했다.

"사존이 안심하셔도 되겠네요. 엽 공자와 도화원에서 함께 지내 봐서 아는데 착하고 선한 사람이에요. 접골미인석이 엽 공자에게 팔렸으니 양심 없는 짓은 하지 않을 거예요."

3층 유풍문의 별실 안에서는 엽망석이 금색 꽃과 은색 잎이 수놓인 비단이 깔린 탁자 옆에 앉아 향기로운 차를 마시고 있었다. 차를 다 마시고 나자 밖에서 문 두드리는 소리가 났다.

엽망석의 목소리는 온화하고 차분했다.

"들어오시오."

"엽 선군, 접골미인석을 가져왔습니다. 한번 보시지요."

"고맙소. 가 보시오."

헌원각의 시녀가 물러가자 방 안은 적막에 휩싸였다. 접골미인석은 손발이 주술에 의해 묶인 채 바닥에 꿇어앉았다. 두려운 눈빛으로 오들오들 떠는 그녀의 요염한 눈매는, 너무 서글피 운 나머지 온통 붉게 물들어 있어 보는 사람의 마음을 아프게 했다.

그러나 그녀를 바라보는 엽망석의 눈빛은 청렴하고 투명하여 다른 잡념이 전혀 없었다. 그가 손을 들어 주술을 풀었다.

"바닥이 찹니다. 많이 놀랐을 텐데 앉아서 따뜻한 차라도 드시지요."

"……."

접골미인석은 바들바들 떨며 유리처럼 맑은 눈을 크게 떴다. 여전히 몸을 잔뜩 웅크린 채 두려움에 말도 하지 못했고, 움직이는 건 더더욱 하지 못했다.

엽망석은 탄식하며 옆의 시종에게 삿갓을 가져오게 한 후 그녀에게 건넸다.

"걱정할 필요 없습니다. 제가 낭자를 산 건 수련을 하기 위함이 아닙니다. 이 옷부터 입으세요. 얘기할 게 있으면 조금 이따 합시다."

"당신은…… 당신은……."

여전히 꼼짝도 하지 못하고 두려움에 질려 고개만 겨우 드는 그녀의 모습이 안타까워, 엽망석은 쓴웃음을 지으며 고개를 저었다. 그러고는 한쪽 무릎을 구부려 그녀와 눈높이를 맞추었다.

"저는 엽망석이라고 합니다. 낭자의 존함을 여쭤봐도 될까요?"

"제…… 제 성은 송씨입니다."

그녀가 주저하며 엽망석을 바라보았다. 몽롱한 눈동자에 서글픔이 서려 있었다.

"소녀 송추동이라 합니다. 감사합니다, 엽 공자님……."

아래층에서는 묵연이 홀로 생각에 잠겨 있었다.

전생에서 송추동을 봤을 때 그녀는 유풍문의 제자였다. 생각해 보니 바로 이때 헌원각의 경매에서 엽망석이 구해 온 사람이었던 것이다.

접골미인석은 사람다운 대접을 받지 못했다. 하지만 어느 큰 선문의 문하로 들어가 제자가 되기만 하면 이야기가 달라졌다.

묵연은 속으로 깊은 한숨을 쉬었다. 엽망석에 대해 잘 아는 건 아니지만 그는 청렴하고, 당시 천하에서 초만녕 외에 가장 뛰어난 인물이었다는 건 알고 있었다. 묵연이 유풍문 일흔두 곳의 성을 도륙할 때 엽망석과 대결을 한 적이 한 번 있었는데, 그 때 그 엄청난 검술과 하늘을 찌를 듯한 기세는 정말이지 잊기 힘든 기억이었다.

위풍당당했던 72개 성 대부분은 묵연에게 식은 죽 먹기였다. 이름만 쓸데없이 길고 위세가 대단했던 유풍문의 성주들은 그에게는 보잘것없는 지푸라기에 불과했다.

오로지 엽망석, 오직 엽망석이 지키는 일곱 성만 묵연의 끈질긴 공격에도 쉽게 함락되지 않았다. 마지막 해자가 파괴되고 피와 먼지를 뒤집어쓴 채 시체 산 위에 무릎을 꿇었어도, 그의 눈빛만은 청렴했고 뜻을 잃지 않은 모습이었다.

그때는 유풍문의 남궁 장문인마저 달아났다. 많은 사람이 머리를 조아리며 용서를 구하고 묵연에게 목숨만은 살려 달라 애원했다.

그러나 엽망석은 미간을 찌푸린 채 눈을 감고 있었다. 냉혹한 표정에는 변함이 없었다.

묵연은 지금도 자신이 그를 죽이기 전 일부러 그에게 했던 질문을 기억했다.

– 항복할 텐가?
– 하지 않는다.

묵연은 용과 봉황이 새겨진 유풍문 존주의 순금 교의[#24]에 앉아 웃음을 터뜨렸다. 속눈썹이 미세하게 떨렸다. 그의 시선이

#24 **교의** 의자의 일종

빽빽하게 들어찬 사람들을 훑었다. 평범한 제자들은 말할 것도 없고, 예닐곱 명의 성주와 열 명이 넘는 호법[#25] 수호자들 역시 땅바닥에 잔뜩 웅크린 채 벌벌 떨고 있었다.

갈까마귀가 울부짖으며 잿빛 하늘을 선회했다. 핏빛 깃발이 펄럭거렸다. 묵연이 손을 들며 말했다.

– 다 죽여라.

엽망석은 죽기 직전 한마디를 남겼다.

– 밝은 유풍의 72개 성에, 진정한 사내대장부는 하나도 없구나.

하늘이 핏빛으로 물들었다.

묵연은 새로 얻은 미인 송추동을 품에 안고 있었다. 절세가인은 눈앞에서 벌어지는 아수라의 지옥과 같은 광경을 보며 몸서리쳤다.

– 괜찮아, 무서워하지 마. 무서워할 필요 없다. 앞으로 너는 이 본좌와 함께할 것이야.

묵연이 그녀의 머리카락을 쓸어 넘기며 미소 지었다.

– 이리 와. 다시 한번 말해 봐. 이름이 뭐라고? 원래 유풍문

#25 **호법** 문파의 규율과 법을 보호하고 지키는 사람

에서 뭘 했었다고? 조금 전에 들었는데 기억이 잘 안 나네.
– 소녀…… 송추동이라 하옵니다.

그녀가 두려워하며 말했다.

– 원래…… 원래 엽망석 문하의…… 시녀였습니다…….

엽망석 문하의 시녀. 그때 그녀는 묵연에게 이렇게 대답했었다.
그러나 접골미인석인 송추동이 무슨 계기로 유풍문의 문하에 들어갔는지, 또 어떻게 엽망석의 시녀가 되었는지 묵연은 알지 못했다. 바로 오늘, 다시 태어나 헌원각에 와서야 모든 것을 깨달았다. 사실은 엽망석이 돈을 뿌려 탐욕스러운 자들의 소굴에서 그녀를 구해 준 것이었다.
하지만 분명했다. 묵연이 마침내 엽망석을 무너뜨릴 수 있었던 가장 큰 이유는 사실 송추동의 밀고 덕분이었다는 것을.
생각이 여기에 미치자 묵연은 자기도 모르게 미간을 찌푸렸다. 송추동에 대한 혐오가 더욱 커졌다. 당시에는 아마 귀신에 홀린 나머지 이 여자가 사매와 비슷하다고 착각한 것이리라.
“오늘 경매의 마지막 물건은 주인이 없는 신무입니다.”
이각주의 흥미진진한 말이 묵연의 생각을 끊었다.
“이 신무도 고월야의 것이 아니고, 위탁 판매입니다.”
모든 경매의 마지막 보물에 대해서는 행사가 시작되기 전부터 어느 정도 소문이 돌기 마련이었다. 그래서 조금 전의 ‘접골미인석’ 때의 격한 반응에 비해, 1층의 수사들은 시험해 보고 싶은 마음이 굴뚝같으면서도 훨씬 침착해진 모습이었다.

백옥 연화가 다시 열리고, 일월산하(日月山河) 문양이 수놓인 비단 함이 올려진 석대가 천천히 모습을 드러냈다.

비단 함은 좁고 길었으며, 표면에는 자수가 매우 정교하게 수놓아져 있었다. 그쪽 분야를 잘 아는 사람들은 금사로 수놓인 비단 함이 고소(姑蘇)에서 가장 유명한 자수 공방 함운각(銜雲閣)의 것임을 금세 알아보았다. 신무는 제쳐 두고 비단 함만 해도 이미 100금 이상의 가치가 있었다.

"이 신무는 군산(君山)의 주인 없는 무덤이 모여 있는 공동묘지에서 발견되었습니다. 선대 주인은 이미 죽었고, 저희 헌원각이 확인한 바에 따르면 신무는 아직 새로운 주인이 없는 상태입니다."

이각주가 뜸을 들인 후 말을 이어 갔다.

"아시다시피 모든 신무의 몸에는 명문이 새겨져 있습니다. 그러나 이 신무의 주인은 죽은 지 너무 오래되어 신무에 새겨진 문자가 닳아 없어졌고, 유일하게 알아볼 수 있는 글자는 '귀(歸)' 자 하나뿐입니다."

누군가 중얼거렸다.

"말이 너무 많네. 빨리 함부터 열지 않고."

"아이고, 됐어요. 적응되면 괜찮아요. 헌원각은 매번 이렇게 하잖아요. 쓸데없는 말부터 일단 늘어놓고 물건을 공개하는데요, 뭘."

"그렇긴 하지."

이 말을 들은 묵연은 참 우습다고 생각했다. 초만녕에게 몇 마디 하고 싶어서 고개를 돌렸는데, 그는 미간을 잔뜩 찌푸린 채 차가운 옥 같은 긴 손가락으로 관자놀이를 짚고 있었다. 안색이 백지장처럼 하얬다. 묵연이 깜짝 놀라 황급히 물었다.

"사존, 왜 그러세요?"

"갑자기…… 좀 불편하구나."

"어떻게 불편하세요? 추우세요?"

묵연이 얼른 그의 이마를 짚었다.

"열은 없는데."

"……."

초만녕은 말없이 고개를 저었다. 지친 기색이 역력했다.

묵연은 어찌해야 좋을지 알 수가 없었다.

"차 좀 따라 드릴게요."

뜨거운 차를 한 잔 가득 따르면서 묵연은 고민 끝에 조금 전에 사들인 맥향로를 조금 넣었다.

한린성수가 만든 약은 천하에 명성이 자자했다. 맥향로를 탄 차를 다 마신 초만녕은 정말 상태가 좀 나아졌다. 어쨌든 안색이 아까만큼 나쁘진 않았다. 그는 고개를 들어 경매가 진행되고 있는 아래쪽을 다시 내려다보았다. 묵연은 옆에서 찻잔을 정리한 뒤에 또 차 한 잔을 따라 주었다.

"헌원각은 이 신무의 진짜 이름을 알지 못합니다만, 기회와 인연이 이렇게 딱 맞아떨어져 세상으로 돌아왔고 새겨진 글자가 '귀'자인 만큼, 돌아왔다는 뜻의 '귀래'라는 이름을 붙였습니다."

결국 성격 급한 사람이 참지 못하고 1층에서 소리쳤다.

"각주, 말씀이 너무 깁니다. 감칠맛도 적당해야 할 것 아니오.

빨리 함부터 열어 신무를 좀 보게 해 주시오."
헌원각의 이각주가 미소를 지어 보였다.
"선군, 조급해 마세요. 수진계의 규칙에 따라 원래 주인이 죽으면 신무는 혈연관계를 따라 그 후손의 소유가 됩니다. '귀래'는 버려진 무덤에서 발견되었기 때문에 헌원각은 원래 주인이 누군지 모릅니다. 함이 열리면 영력을 발산해 보시지요. 신무와 서로 빛을 비추며 교감하면 원래 주인의 후손으로 인정됩니다. 그렇게 되면 가격을 부를 필요 없이 '귀래'는 그분의 소유가 되는 것이죠."
"하하하. 천하에 그런 우연이 있을까."
장내의 수사들이 다 같이 웃음을 터뜨렸다.
"그러게요. 거의 불가능하겠는데요."
"그래도 아예 시도조차 안 하는 것보다, 운을 시험해 보는 것도 괜찮잖아요."
이각주는 활짝 웃으며 무대 아래 사람들을 쳐다봤다. 그러고는 낭랑한 목소리로 말했다.
"그럼요. 운을 시험해 보는 건 좋은 일이죠. 다들 집중해 주세요. 이제 뚜껑을 열겠습니다."
그녀가 손가락을 튕기자 고월야의 제자 두 명이 양쪽에서 즉시 올라왔다. 열대여섯 살의 소녀들이 하늘하늘한 몸짓으로 연화대에 날아올라 길고 가녀린 손가락을 함 위에 올려놓았다. 그러고는 각자 하나씩 들고 있던 정교하고 아름다운 수정 열쇠를 조심스럽게 함의 열쇠 구멍에 집어넣었다.
찰칵, 찰칵 하는 두 번의 소리와 함께 자물쇠가 열렸다.

자물쇠를 여는 장면을 보며 묵연은 문득 금성호에서 자신이 '견귀'를 얻었던 모습을 떠올렸다. 분명 '자신이 세상에서 가장 사랑하는 사람'만이 장상사를 열 수 있다고 했는데, 어째서 그 비단 함이 결국 초만녕의 손에서 열렸는지 아직도 의문이었다.

주위 사람들이 숨을 죽인 채 정신을 집중했다. 삿갓 아래 숨은 수많은 눈이 모두 그 길고 좁은 함을 주시하고 있었다. 금사로 수놓인 뚜껑이 천천히 열리자 긴장된 분위기는 마치 잔뜩 당겨진 활시위처럼 최고조에 달했다. 수천 명이 모인 장내는 머리카락 떨어지는 소리마저 들릴 만큼 고요했다.

모든 사람이 서서히 드러나는 오래된 칼날에 눈동자를 고정했다. 탐욕스러운 눈빛으로, 혹은 호기심 어린 눈빛으로, 혹은 감상하는 눈빛으로…….

신무가 등장한 순간, 눈이 휘둥그레진 묵연의 얼굴이 백지장처럼 하얘졌다.

그는 이미 두 번의 인생을 살았다. 전생에서 두 개의 신무를 가졌고, 열 명이 넘는 신무의 주인과 겨뤄 보았다. 이번 헌원각 경매에서 어떤 물건을 본들 조금의 동요도 없을 거라 생각했다.

그러나 그의 착각이었다.

"신무 귀래입니다."

이각주가 낭랑한 목소리로 적막을 깼다.

"맥도[#26]의 형태이며 길이가 4척, 폭이 3촌[#27]입니다. 칼집은 없고, 전체적으로 검고 짙으며 빛을 비춰도 반사광이 없습니다."

묵연의 손가락이 약하게 떨렸다. 그의 입에서는 자기도 모르

#26 맥도 陌刀. 고대 중국에서 쓰던 긴 칼의 한 종류
#27 촌 寸 1촌은 1척의 10분의 1

게 두 글자가 튀어나왔다.

"불귀[#28]……."

불귀…….

푸른 들판과 붉은 다리는 우리가 이별하던 그해의 모습 그대로인데, 일 년이 지나도 그대는 돌아오지 않는구나.[#29]

– 묵연, 신무를 얻어 놓고 왜 나더러 영식(靈識)을 봉인하라고 하면서 이름을 짓지 않는 것이냐?

– 사존, 이 제자가 학식이 부족합니다. 이름은 딱 한 번만 지을 수 있잖아요. 듣기에 좋지 않은 이름을 지었다가 계속 마음이 불편할까 걱정돼서 그럽니다.

– 연아, 네 맥도는 어째서 아직도 이름이 없는 거야? 계속 '칼'아, '칼'아, 하고 부를 순 없잖아.

– 괜찮아, 천천히 생각하지 뭐. 명색이 신무인데, 세상에서 가장 듣기 좋은 이름을 지어 줘야 하지 않겠어? 하하하.

그 후, 사매가 죽었다.

묵연은 초만녕에게 봉인을 열어 달라고 한 뒤 자신의 신무에 '명정'이라는 이름을 붙이고 싶었다.

그러나 그때, 초만녕은 자신이 귀계와 사투를 벌이고 있어 영력의 손실이 크기 때문에 칼에 걸려 있는 주술을 풀 여력이 없

#28 불귀 不歸, '돌아오지 않는다'는 뜻

#29 푸른 들판과 붉은 다리는 우리가 이별하던 그해의 모습 그대로인데, 일 년이 지나도 그대는 돌아오지 않는구나. 작가 주: 진관秦觀의 시 〈강성자 · 서성양류롱춘유江城子 · 西城楊柳弄春柔〉에서 인용

다고 했다. 그렇게 어영부영 시간이 흘렀다.

그 뒤, 묵연은 초만녕과 완전히 갈라섰다. 그는 더는 초만녕에게 봉인을 해제해 달라고 말하고 싶지 않았다. 그래서 피로 물든 맥도를 그 오랜 시간 동안 임기응변으로 다루면서 이름을 지어 주지 못했다. 그러나 그건 이미 중요하지 않았다. 천하에 묵미우를 모르는 사람이 없었으며, 그의 손에 피를 실컷 마신 아수라의 칼이 있다는 걸 모르는 사람도 없었다.

마침내,

초만녕도 죽었다.

그와 함께 묵연의 칼을 십여 년간 묶어 두었던 이름을 지을 수 없는 주술도 사라졌다.

그날 밤 묵연은 이화백주를 진탕 마시고 취한 상태로 차가운 도신을 어루만졌다. 즐거움인지 슬픔인지 알 수 없었다. 그는 칼날을 튕기며 그 안에서 울리는 북과 나팔 소리를 들었다. 해당화는 얼음처럼 차가웠다. 그는 무산전의 지붕 위에 누워 하하, 통쾌하게 웃었다. 통쾌함은 광기로 변했다.

그날 밤 자신이 눈물을 흘렸는지 기억나지 않지만, 아침에 눈을 떠 보니 이름 없이 십 년을 지내 온 맥도에 또렷한 글자가 새겨져 있었다.

[불귀]

그대는 돌아오지 않는다.

다시는 돌아오지 않는다.

그런데 전생에 그와 함께 전장을 누비며 악마가 된 무기가, 어째서 환생 후의 세계에 나타났으며 어째서 헌원각의 경매장에 나타난 것인가?

묵연이 더 생각하기도 전에 장내에 있던 수천 명의 수사가 다들 자신의 영류를 발산하며 앞다투어 불귀와 교감을 시도했다.

"……."

하지만 소용없는 일이었다. 신무가 불귀라면, 묵연이 여기 있는 한 그가 아닌 세상 그 누구도 이 맥도를 움직일 수 없었다.

그러나 맥도의 등장이 줄곧 배후에 숨어 있는 그 짐승과 무슨 관련이 있단 말인가? 관련이 있다면, 지금 불귀를 내보였으니 묵연과 초만녕이 그의 행적을 쫓고 있다는 걸 분명히 알고 있다는 얘기가 된다. 그렇다면 그의 목적은 절대 정화의 영체를 찾는 게 아닐 터였다.

그럼 도대체 무슨 속셈인가?

그리고 이 불귀가 과연 진짜일까? 아니면 금성호의 그 모조품들처럼 미끼에 불과한 건가?

이러한 의문을 품은 채 묵연은 살며시 영류를 흘려보냈다.

만약 불귀가 모조품이 아니라면 분명 자신과 이어질 터였다. 그러나 그 호응이 너무 뚜렷해서도 안 되었다. 다른 사람에게 발각될 수도 있기 때문이다. 아주 조금이면 되는데…….

그가 희미한 영력을 흘려보낸 그때, 갑자기 등 뒤에서 약한 신음이 들렸다.

"……사존?"

초만녕이 미간을 잔뜩 찌푸린 채 시퍼런 입술을 하고 탁자 옆에 쓰러져 있었다. 그의 흰색 장포가 연기처럼 바닥을 덮고 있었다. 그의 총명하고 아름다운 얼굴은 눈보다 더 창백했다. 속눈썹을 내리깔고 두 눈을 꽉 감은 모습은 병세가 위중해 보였다. 그의 의식이 혼미해졌다.

전혀 예상치 못한 일에 묵연은 몹시 놀라 귀래를 시험해 보려던 영력을 얼른 집어넣었다. 그러고는 초만녕에게 뛰어가 그를 안아 들었다.

"사존, 왜 이러세요?"

80장 본좌는 믿을 수 없구나

임령서의 응향 객잔 밖, 화려한 차림새를 한 여주인의 희고 보드라운 팔목에는 팔찌가 짤랑거렸고, 허리는 수양버들처럼 여리여리했다. 그녀는 문간방 밖에 기대어 앉아 살무사 쓸개를 넣어 볶은 해바라기씨를 까먹고 있었다.

헌원각의 경매가 있을 때면 그녀의 객잔에 묵는 사람이 가장 많았다. 그녀는 아름답고 똑똑한 데다 붙임성까지 좋아서, 흰자와 검은자가 또렷하게 나뉜 예쁜 눈을 빙글 돌리면 손님이 원하는 것을 맞힐 수 있기 때문이었다.

해가 중천에 떠 있을 때였다. 정오가 지나고, 여주인은 입 안 가득 든 해바라기씨 껍질을 뱉으며 한 시진 뒤면 경매가 끝나겠다고 생각했다. 임령서는 숙박료가 비싸서 수사들이 오래 머물지 않았기에 오늘 숙박료는 많이 벌지 못할 것이다. 하지만 상관없다. 선군이나 대협들은 항상 저녁을 먹은 뒤 출발했기 때문에 밥값은 좀 벌 수 있으니까.

여주인은 치마에 묻은 껍질 부스러기를 털어 낸 후 고개를 돌려 객잔 안에 있던 일꾼에게 소리쳤다.

“이복아, 1층 탁자랑 의자 좀 다시 닦고, 어머니가 볶은 해바라기씨를 한 바구니 꺼내 와서 탁자마다 한 접시씩 올려 둬. 저녁 장사할 준비 하자.”

“그럽죠. 지금 바로 가지고 오겠습니다.”

일꾼이 바쁘게 뛰어갔다.

여주인은 만족스러운 미소를 지었다. 일광욕도 충분히 했고 해바라기씨도 다 먹었으니 가게로 돌아가 감독할 생각을 하던 중, 문득 길 끝에 바람처럼 빠르게 다가오는 검고 흰 형체가 보였다. 가만히 보니 빼어난 용모의 흑의를 입은 선군이 품에 사람을 안고 있었다. 그는 몹시 초조한 모습으로 그녀의 객잔으로 뛰어 들어왔다.

“여기 묵겠다. 방 내놔, 방, 방!”

“…….”

그가 너무 급작스럽게 나타난 데다 행동까지 수상해 보여서였을까. 객잔의 심부름꾼은 놀라서 입을 떡 벌리고 한참을 멍하니 있었다.

묵연이 화를 내며 말했다.

“여기 묵겠다고! 귀먹었어? 주인장 어디 있어!”

“어머, 선군.”

뒤에서 젊은 여자 목소리가 들려왔다. 웃음기 3할과 미안함 7할이 담긴, 화를 낼 수 없게 만드는 목소리였다. 묵연이 몸을 획 돌리자, 미소를 띠고 있는 아름다운 여주인이 보였다.

"송구합니다. 대접이 변변치 않았네요. 새로 온 심부름꾼이라 그래요. 절 찾으셨다고요. 제가 주인입니다."

묵연은 새까만 눈썹을 추켜세우며 다급하게 말했다.

"방!"

여주인은 재빨리 티 안 나게 그를 훑었다. 삿갓을 쓰고 있는 것을 보니 그는 헌원각 경매인 헌원회에 참석하고 온 선군 같았다. 다만 길을 서둘러 오느라 모자가 벗겨져서 앳된 소년티가 묻어 있는 준수한 얼굴이 드러나 있었다. 하지만 중요한 건 그게 아니었다. 가장 중요한 것은 그의 팔목에 달려 있는 현무 상이 수놓인 비단 주머니였는데, 바로 헌원각이 상품을 판 뒤 물건을 담는 용도로 손님에게 선물하는 건곤낭이었다.

부자다.

여주인의 눈에 한 줄기 빛이 스쳤다.

엄청난 부자야.

다시 그가 품에 안고 있는 사람을 봤다. 큰 장포로 덮여 있고 얼굴은 안쪽으로 돌아가 있어서 생김새를 제대로 볼 수가 없었다. 그러나 여주인이 가진 눈썰미가 어떤 눈썰미인가. 재빨리 생명주실로 짠 새하얀 비단옷을 훑던 여주인의 시선이 넓은 소매 사이 밖으로 축 늘어진 손에 가닿았다.

가늘고 긴 손가락, 도자기처럼 고운 피부. 뾰족한 손끝과 또렷한 손마디.

미인이네.

여주인은 순간 마음속으로 확신했다.

비록 준수한 외모의 남자이긴 했지만, 수진계에서 남자끼리 관계를 갖는 것은 별로 드문 일이 아니라 이상할 것도 없었다.

"대복아, 방 내드려."

여주인은 반응이 빨랐다. 별다른 질문 없이 손가락을 튕기며 재빨리 명령했다.

"제일 좋은 일월 상방을 내드리거라."

초만녕의 병은 아무런 전조도 없이 그를 덮쳤다. 다행히 이곳은 고월야의 경내라서 좋은 약과 명인들이 발에 챌 정도로 많았다. 묵연은 의원을 불러 초만녕의 맥을 짚게 했다.

수련의 경지가 높은 선문 의원은 눈을 감고 가느다란 손가락으로 초만녕의 팔목을 짚으며 한참 아무 말이 없었다.

묵연은 기다리지 못하고 물었다.

"의원님, 제 사존은 어떠십니까?"

"큰 문제는 없습니다. 다만……."

말을 빙빙 돌려 하는 사람이 제일 싫었다. 묵연은 눈을 크게 떴다.

"다만 뭡니까?"

"다만 이 늙은이가 생각하기에 다소 이상한 점이 있습니다. 선군의 사존은 수련으로 높은 경지에 오른, 세상에서 보기 드문 분이십니다. 그런데 방금 자세히 맥을 짚어 보니 영핵이 매우 약하더군요. 막 기본기를 닦은 어린 수사보다도 못합니다."

수련의 경지를 물로 비유한다면, 영핵은 물을 담는 용기였다.

영핵은 타고나는 것이며 실력은 후천적으로 쌓는 것이기 때문에, 선천적으로 영핵이 강한 사람일수록 경지를 올리기 쉬웠다. 다만, 수련의 경지가 일정한 한계에 다다르면 역으로 영핵을 보조해 줘야 하므로 일반적으로 이 둘은 서로 상부상조한다고 할 수 있다.

초만녕 같은 대종사는 영핵이 매우 강할 것이기에 보통 의원은 진맥할 때 이 점을 특별히 주의하진 않는다.

묵연은 듣고 깜짝 놀라 말했다.

"어떻게 그럴 수 있죠?"

"이 늙은이도 불가능하다고 생각했습니다. 그래서 몇 번이나 맥을 짚어 봤는데 계속 똑같더군요."

"사존의 영핵이 막 기본기를 닦은 사람보다도 못하다니. 그, 그럴 리가, 웃기지도 않습니다! 의원님, 다시 잘 보세요. 어디 잘못 보신 거 아닙니까?"

"이 늙은이는 진찰할 때 항상 신중을 다하고, 온전히 확신하는 것만 말합니다. 선군께서 믿지 못하겠다면 다른 의원을 데려와 그의 영핵을 살피라고 해 보십시오. 결과는 같을 겁니다."

묵연은 머리가 멍해져 가만히 있었다.

의원이 말했다.

"선군의 사존은 영핵이 매우 약한 상태에서 강력한 무기의 영향을 받았을 겁니다. 속성이 그와 어느 정도 호응하지만, 그의 것은 아닌 무기일 테지요. 그래서 반격을 당했고 영핵이 버티지 못해서 혼절한 겁니다. 탕약을 처방해 줄 테니 복용하고 푹 쉬면 금세 좋아질 거예요."

의원을 보내고 묵연은 초만녕의 침상 가장자리에 앉아 턱을 괴고 멍하니 한참을 넋을 놓았다.

영핵이 약하다니?

그게 어떻게 가능하지…….

하지만 헌원회에서 무슨 일이 있었는지 전혀 모르는 늙은이가 초만녕이 강력한 무기를 만났을 거라고 정확하게 말하는 걸 보니 헛소리를 하는 것 같지는 않았다.

그리고 또 '불귀'도 있었다. 아까 경매에서 묵연이 약간의 영력을 내뿜자 초만녕이 별안간 이상 증세를 보이며 정신을 잃었다. 그래서 그는 그 맥도가 정말 자신이 전생에 쓰던 신무인지 확인할 겨를이 없었다. 만약 맞는다면 왜 '불귀'가 초만녕과 호응한 걸까? 그리고 왜 초만녕을 반격한 거지?

그는 머릿속이 뒤죽박죽된 채 멍하니 초만녕을 바라봤다. 얼마나 지났을까. 침상에 누워 있던 그가 악몽에 시달리는지 수려한 미간을 찌푸리며 속눈썹을 파르르 떨었다.

귀신에 홀린 것처럼 묵연은 자기도 모르게 손을 뻗어 그의 미간을 부드럽게 어루만졌다.

"사존……."

"……."

"사존…… 초만녕……. 인생을 두 번 살고 있건만, 설마 당신 몸에 나도 모르는 비밀이 있는 겁니까?"

여주인은 주방에서 금세 약을 달여 묵연에게 가져다주었다.

맛을 보니 역시 매우 썼다. 초만녕이 가장 싫어하는 맛이었다. 한숨을 쉰 묵연은 방을 나가려던 여인을 불러 세웠다.

"주인장, 사탕 있나?"

"이런……. 객잔의 사탕은 모두 그날그날 만드는데 오늘 만든 건 다 나갔습니다. 선군이 필요하시다면 사람을 시켜 나가서 사 오라고 하지요."

묵연은 뜨거운 김이 올라오는 탕약을 보며 고개를 가로저었다.

"그럼 됐네. 시간이 지나면 약이 식을 텐데 마셔 봤자 약효가 떨어지겠군. 어쨌든 고맙네."

"아, 고맙긴요. 무슨 일 있으면 절 부르세요."

주인장은 나가면서 눈치껏 문을 닫았다.

약을 침상 머리맡에 두고 묵연은 다시 침상 가장자리에 앉아 한 손은 무릎에 걸치고 한 손은 초만녕을 부축해 일으켰다.

"사존, 약 드세요."

그에게 약 먹이는 것도 전생에서 몸에 밸 만큼 하던 일이었다. 묵연은 그를 안아 자기 품에 기대게 한 뒤 약숟가락으로 한 술 떠서 입으로 바람을 불어 식히고는 천천히 초만녕의 입 안에 흘려 넣었다.

따져 보면 이번이 벌써 환생하고 두 번째로 초만녕을 돌보는 것이었다. 이 사람이 미우면서도 아픈 걸 보면 어김없이 긴장하는 자신이 대체 어떻게 된 노릇인지 알 수 없었다.

"써……."

품속의 그는 정신은 잃었지만 감각은 살아 있어서 비몽사몽간에도 미간을 찌푸리며 고개를 돌리고 먹으려 하지 않았다.

이런 행동은 묵연에게 너무나도 익숙했다. 그는 숟가락을 든 채 그의 얼굴을 다시 돌려 인내심을 가지고 달래듯 말했다.

"한 입만 더 먹으면 돼요. 자."

말하면서 한 숟가락을 떠먹였다.

초만녕은 반은 삼키고 반은 기침하며 뱉으면서 있는 대로 미간을 찌푸렸다.

"너무 써……."

"이제 달아요. 이번 건 달 거예요. 자, 어서."

"으……."

"한 번 더! 약속해! 분명 깜짝 놀랄 만큼 달 거야! 본좌가 천하에서 제일 단 당즙을 찾아오라고 명했어!"

달래고 달래다 보니 자신이 누군지 까먹은 묵연은 무심코 전생에서의 습관대로 말을 내뱉었다.

"정말 맛있는 거야. 입 안 벌리면 후회할 거다."

이렇게 달래듯 속여 가며 한 그릇을 싹 다 먹였다. 마지막 한 숟가락까지 모조리 먹인 묵연이 한숨 돌리며 정리를 위해 몸을 일으키려던 그때, 눈앞에 흰 그림자가 휙 움직이더니 미처 반응하기도 전에 얼굴로 '짝' 하고 강한 따귀가 날아왔다.

"거짓말쟁이, 꺼져!"

초만녕은 역정 내듯 말하더니, 고개가 꺾이면서 다시 깊은 잠에 빠졌다. 괜히 뺨을 맞은 묵연은 입을 벌린 채 한참을 억울한 듯 얼굴을 부여잡고 있었다. 그러다 막 화를 내려는 순간, 품에 안겨 있던 그가 낮게 신음했다. 몹시 괴로운 꿈이라도 꾸는지 안색이 더 안 좋아졌다.

묵연은 그런 그의 모습에 화도 나지 않았다. 주변을 살펴봤지만 사탕은 없었다. 그러다 침상 머리맡에 놓인 건곤낭을 보고 문득 생각나서 맥향로 한 병을 꺼냈다. 그는 초만녕의 뺨을 세지도 약하지도 않게 톡톡 두드렸다. 복수인 셈 치고 말이다.

"혼자 잠깐 누워 있어요. 물 섞어서 달달한 향로[#30]를 마시게 해 줄게요."

"……."

초만녕이 얌전해지자 묵연은 그를 받쳐 침상에 다시 눕히려고 했다. 그런데 얼굴이 가까워지자 그가 낮게 숨을 몰아쉬며 웅얼거리는 소리가 들렸다.

"내가…… 잘못했다……."

묵연이 멈칫했다.

"뭐라고요?"

초만녕은 두 눈을 꼭 감고 극심한 고통을 억누르는 듯 부채 같은 속눈썹을 계속 떨었다. 그의 얼굴에서 핏기가 조금씩 사라졌다. 또 다른 꿈, 더 무섭고 끔찍한 꿈에 빠진 게 분명했다. 그가 약하게 고개를 저었다. 항상 고결하고 차갑던 얼굴에 보기 드문 슬픔이 드러났다.

"내가…… 내가……."

그 순간 묵연은 심장이 고장 난 듯 빠르게 뛰는 걸 느꼈다. 기묘한 감정이 치밀어 올랐다. 얇은 장막 하나만 더 젖히면 바로 알 수 있는 비밀이 눈앞에 있는 것만 같았다. 그는 자기도 모르게 초만녕을 뚫어지게 보며 나직이 말했다.

"내가 뭐요?"

"내가…… 네게…… 야박했다……."

순간적으로 정신이 몽롱해졌다. 너무 어두운 촛불이 만들어

#30 **향로** 香露, 달달한 즙

낸 환각일까. 묵연은 꼭 닫힌 초만녕의 속눈썹에 물기가 맺히는 걸 봤다.

내가 네게 야박했다.

초만녕의 입에서 안개처럼 가볍게 흘러나온 말이 천둥처럼 묵연의 귓전을 때렸다.

묵연은 침상에서 벌떡 일어나 그대로 얼어붙었다! 그는 놀라 부릅뜬 눈으로 믿을 수 없다는 듯 침상에 누워 있는 그 잘생긴 얼굴을 뚫어지게 봤다. 충격으로 안색이 변했고, 심장은 마치 천군만마가 뜀박질하듯 쿵쾅댔다. 그는 힘껏 주먹을 쥐었다. 피가 순식간에 맹렬하게 끓어오르다 또 순식간에 얼음처럼 차갑게 식는 듯했다.

"뭐라고? ……당신……."

한참 동안 충격에 빠져 있던 묵연이 돌연 초만녕의 목을 조르며 포악한 눈을 했다. 환생한 뒤 꾸며 왔던 천진난만한 눈빛은 온데간데없었다.

"초만녕, 당신 방금 뭐라고 했어?"

묵연은 다시 소리쳤다.

"다시 말해 봐! 다시 말해 보라고!"

내가 네게 야박했다. 살아서도 죽어서도 결코 널 원망하지 않겠다.

그에게 평생 절대 잊을 수 없는 저주였고, 그의 두 번의 삶을 고통스럽게 한 악몽이었다.

수없이 눈을 감았다 떠도 탄식 섞인 이 말은, 항상 그의 귓가를 맴돌았다. 하지만 이 말을 한 사람은 이미 세상에 없었다.

이 말은 분명 전생에서 초만녕이 죽기 직전에야 내뱉은 말이다. 그런데 왜 지금 그가…… 대체 왜 그가…….

설마 초만녕, 그도 환생한 건가?

81장 본좌는 널 원한다

미친 생각에 묵연의 눈이 벌겋게 물들었다. 그는 온몸을 덜덜 떨며 이성을 잃고 초만녕의 목을 졸랐다. 동시에 낮게 으르렁거리며 그를 몰아세웠다.

그가 다음 말만 하면, 그가 '살아서도 죽어서도 원망하지 않겠다.'라고만 하면, 그럼 틀림없이…… 틀림없이…….

"으윽!"

억눌린 신음 소리가 울렸다. 숨을 못 쉰 초만녕의 얼굴이 새빨갛게 달아올랐다. 그러다 결국 몸부림이 잦아들었다.

묵연은 순간 넋이 나갔다. 벌겋게 충혈된 눈이 커지며 그 속에서 광기와 이성이 교차하더니, 순간 정신을 차린 그가 황급히 손을 풀었다. 초만녕이 침상에 세게 떨어졌다. 목에 생긴 흉한 다섯 개의 자국이 묵연의 영혼을 서서히 제자리로 되돌렸다.

"아……."

그는 입을 벙긋거렸다. 사존이라 부르고 싶지만 입이 떨어지지 않았고, 초만녕이라 부르고 싶었지만 목소리가 나오지 않았다. 머뭇거리던 중 갈라진 목소리가 새어 나왔다.

"당신……."

목구멍이 불에 덴 것처럼 메말라 있어서 힘겹게 침을 삼켰다. 조금씩 정신을 차리자 어제 있었던 일들이 눈앞에 스쳤다. 이번 생에서 초만녕은 단 한 번도 이상한 낌새를 보이지 않았다. 절대 환생일 리가 없다.

그럼 그는 왜 하필 지금 '내가 네게 야박했다'라고 전생에서 죽기 직전 했던 말을 꺼낸 것일까.

설마 그 말이 설몽을 보호하기 위해, 위선 덩어리인 수사들을 보호하기 위해 마지못해 뱉은 말이 아니란 말인가?

그는 줄곧 믿지 않았다. 초만녕이 진심으로 자신에게 사과하고 약한 소리를 했다고 믿고 싶지 않았다. 어쨌든 초만녕은 분명 자신을 기만했고, 분명 자신을 좋아하지 않았다. 스승은 항상 그를 못마땅하게 여겼고, 그를 진심으로 대한 적이 단 한 번도 없었다.

스승을 죽였지만, 그는 조금도 후회하지 않았다.

조금도…….

묵연은 고개를 돌리고는 천천히 눈을 감았다.

그는 이곳에 잠시도 더 머물고 싶지 않았다. 초만녕이 죽든 살든 자신과 무슨 상관이란 말인가!

그는 몸을 돌려 나가고 싶었다.

정말 가고 싶었다.

그런데 어째서인지 발걸음이 떨어지지 않았다.

내가 네게 야박했다.

기억을 더듬어 보니, 피가 뚝뚝 떨어지던 그 차갑고 수려한 얼굴은 마지막 순간에 뜻밖에도 부드럽게 풀려 있었다. 곤륜의 천지 연못가, 그는 피 구덩이 속에서 천천히 손을 들어 묵연의 이마를 톡 건드렸다. 그 손가락은 차가웠지만, 봉안에는 따스함이 배어 있었다. 그러나 당시 묵연은 자신이 잘못 봤다고 생각했다.

살아서도 죽어서도 원망하지 않겠다.

나지막이 말하는 초만녕의 눈가를 따라 피눈물이 천천히 흘러내렸다.

"묵연……."

침상에 누워 있던 초만녕이 잠결에 웅얼거렸다. 나지막한 두 글자였다. 하지만 그 소리는 그 이름의 주인공을 뒤흔들었다. 정신을 차렸을 때, 묵연은 이미 침상 옆에 서서 한 손으로 침상 가장자리를 짚고 몸을 숙여 초만녕의 창백한 얼굴을 뚫어지게 보고 있었다.

엷게 물빛이 감도는 입술이 살짝 벌어졌다 닫히고, 또 한 번 그 소리가 귀를 파고들었다.

"묵연……."

묵연은 눈을 꼭 감았다. 손끝이 단단하고 차가운 자단나무 침상을 파고들었다. 마치 안간힘을 쓰며 무언가를 억누르고 있는 듯했다. 하지만 그는 결국 참지 못하고 낮은 목소리로 말했다.

"초만녕, 진심이야?"

그가 다시 물었다.

"당신이 한 말, 전부 진심이냐고……."

극심한 고통에 가슴이 금방이라도 터질 것 같았다. 초만녕이 환생한 것이 아닌 이상, 그가 지금 이런 말을 하는 이유는 지금 이 순간 묵연을 모질게 대한 것에 죄책감이 생겼기 때문일 것이다.

진심일까?

초만녕은 잠꼬대를 하고 있으니 당연히 그의 말에 대답하지 못하지만 묵연은 어리석게도 계속 대답을 기다렸다.

"……."

눈을 감은 채 한참을 기다렸지만 초만녕은 미동도 없었다. 묵연은 조용히 한숨을 쉬고 아쉬워하며 천천히 눈꺼풀을 들어 올렸다.

그런데 미처 피할 틈도 없이 안개비가 자욱이 내린 듯한 몽롱한 봉안과 눈이 마주쳤다.

반쯤 뜬 눈은 비몽사몽 했다.

초만녕이 언제 눈을 떴는지는 모르지만 그의 표정을 보니 의식이 또렷하게 돌아온 게 아니라 그저 뒤척이다 잠깐 깬 것임을 알 수 있었다. 여전히 텅 비어 있는 검은 눈동자. 그 안에는 긴 세월이 담겨 있었다.

만야옥형은 평소에 항상 벼린 듯 날카로워서 지금처럼 멍할 때가 거의 없었다.

항상 가지고 있던 날카로움이 무뎌진 채 저기 누워 있는 그는 너무나도 아름다웠다. 가늘고 긴 눈꼬리를 붉게 물들인 채 무방비 상태로 자신을 쳐다보고 있는 그라니.

심장이 격렬하게 떨렸다. 목이 죄어드는 느낌에 묵연은 조용히 말했다.

"당신……."

전생에서 자신과 그가 사랑을 나누던 때와 너무나도 흡사한 모습이었다. 묵연의 이성이 흔들렸다. 순간 자신이 여전히 무산전에 있는 것처럼 느껴졌다. 초만녕은 그의 포로였고, 그가 총애하는 첩이었다. 그런 생각만으로도 절로 입이 바짝 마르고 호흡이 점점 무겁게 가라앉았다.

안 돼…….

난 그를 좋아하지 않아.

더는 그를 건드리지 마.

지난날의 원한은 모두 지나갔어. 이 생에서 우리는 그저 스승과 제자일 뿐이야.

묵연은 그렇게 한 손으로 침상을 짚고 고개를 숙여 초만녕을 내려다보며 선을 넘지 않으려 꾹 참았다. 하나로 높이 묶은 그의 긴 머리카락이 어깨를 따라 흘러내려 상대의 베개 옆에 떨어졌다.

옷을 입고 긴 머리를 흐트러뜨린 채 누워 있는 초만녕. 처음에는 무감각해 보이던 그의 눈동자에 조금씩 묵연의 그림자가 비쳤다. 초만녕은 정신을 차린 듯 잠시 어리둥절해했지만, 악몽의 기운이 가시지 않아 지금이 언제인지 여전히 모르는 듯했다. 천천히 뻗어 오던 손이 허공에서 잠시 멈칫하더니 결국 묵연의 미간에 닿았다.

"내가 네게 야박했다……."

그가 내뱉은 말에는 전생에서 그랬던 것처럼 보기 드문 부드러움이 담겨 있었다.

묵연은 머릿속에서 무언가가 갑자기 우르르 무너졌다.

가슴이 울렁이고, 머리가 뜨거워졌다. 힘겹게 되찾은 이성이 산산이 부서져 아무 생각도 할 수 없었다. 그는 익숙한 욕망에 사로잡혀 초만녕의 몸을 누르며 살짝 벌어진 입술에 거칠게 입을 맞췄다. 떨리는 손이 제멋대로 그의 옷을 찢었다. 지난 추억이 파도처럼 밀려들며 사방에 있는 모든 것이 눈 녹듯 사라졌다. 인간 세상의 무산전으로 다시 돌아간 것 같았다. 용과 봉황 형상의 붉은 초 아래에서, 그는 자신의 몸 아래에서 발버둥 치며 욕을 퍼부었고, 숨을 헐떡이며 능욕당했다.

"으읍……."

촉촉하고 뜨거운 입맞춤 사이로 흘러나온 초만녕의 낮은 신음 소리는 묵연을 더더욱 미치게 만들었다. 미움도, 원한도, 더는 그를 건드리지 않겠다던 다짐도 모조리 물거품이 되었다.

자신이 아직 죽지 않은 것 같았다. 자신의 몸 아래에서 미세하게 떨고 있는 몸 역시 그의 것인 것만 같았다.

그에게 입을 맞추고 그를 안고 싶었다. 그를 거칠게 꿰뚫고 싶었다. 오를 수 없는 나무이자 신선처럼 순결하고 고고한 그가 자신의 아래에서 흐느끼며 애걸하다 자신으로 인해 절정을 느끼게 만들고 싶었다.

"초만녕……."

묵연은 잠긴 목소리로 중얼거렸다.

머리끝까지 치솟은 쾌감이 영혼을 휩쓸고, 손끝까지 뜨겁게 만들었다.

다시 한번 서늘하고 부드러운 입술을 머금었다. 입 안에 남아 있는 옅은 탕약의 쓴맛에 그의 심장이 방망이질 치며 정신이 아찔해졌다. 그는 이 사람에게 이미 너무 익숙했다. 환생한 뒤에는 원한 때문에 줄곧 그와 가까이 지내고 싶지 않았다. 그러나 그에게 입 맞췄을 때 묵연 자신만이 아는, 넋이 나가고 뼈가 녹을 듯한 편안함이 생각나 버렸다. 그것은 거대한 사막에서 말라 죽기 직전의 여행자가 느끼는 감로의 맛이자, 추위가 극에 달한 어느 밤 화롯불에 따듯하게 데운 옷을 두른 느낌이었다.

다시 사는 이 생에서 당연히 그와 절연할 거라고 생각했다.

그런데 예상과 달리 결국 마음을 끊어 내지 못했다. 그의 말 한마디에 자신을 억누르지 못하고 이렇게 멋대로 그에게 입 맞추고 있었다.

한참을 찢어도 찢기지 않은 초만녕의 옷이 아니었다면, 갑자기 옷깃에서 떨어진 어떤 물건이 묵연을 찌르지 않았다면, 아마 그는 정신이 나간 채 뒷일은 생각도 하지 않고 자신의 사존을 가졌을지도 모른다.

댕그랑!

묵연의 손가락을 찌르고 이부자리에 떨어진 금속은 빙그르르 몇 바퀴 구르다 그 자리에 멈췄다.

흥분 상태인 묵연은 작은 상처 따위 신경도 쓰지 않았다. 그저 그 물건을 한번 노려보고는 고개를 돌려 벗겨지지 않는 초만녕의 옷과 계속 씨름했다. 입 맞추지 않고 껴안지 않았을 때는 괜찮았는데, 그의 몸 위에 올라가자 전생에서의 느낌이 모조리 되살아나며 그 가늘고 탄탄한 허리의 촉감을 떠올리기만 해도 걷잡을 수 없는 흥분이 피어났다.

그런데 초만녕의 비단 백의는 마치 주술에라도 걸린 것처럼 한참을 잡아당겨도 벗겨지지 않았다!

묵연은 속으로 욕지거리를 하며 침상을 세게 내리쳤다. 칼을 가져와 허리에 감긴 세 개의 허리띠를 끊어 버리겠다 마음먹고 몸을 일으켰다.

그때 언뜻 옆에 떨어진 금속 물건이 눈에 들어왔다. 처음에는 별로 신경 쓰지 않았지만, 묵연은 순간 번뜩하고 정신이 들었다.

그는 깜짝 놀라 고개를 홱 돌려 그 물건을 다시 봤다.

나비 모양의 휘황찬란한 금빛 머리 장식. 그것은 그가 도화원에 있을 때 몇 날 며칠간 깃털을 모아 하사역에게 사 준 것이었다.

심지어 그때 그는 머리 장식을 높이 묶은 하사역의 머리에 직접 꽂아 주며, 불퉁한 표정의 어린 사제를 달래며 말했었다.

– 아이들은 금색이나 빨간색이 잘 어울리거든. 봐 봐, 얼마나 활기차 보여.

머리 장식을 집어 든 묵연은 머리 위에 찬물을 뒤집어쓴 기분이었다. 그는 그 자리에 얼어붙었다.

아니…… 이게 어떻게 된 일이지?

그가 하사역에게 선물한 물건이 어떻게 초만녕의 품에서 나온단 말인가!

설마…….

무서운 생각이 묵연의 머릿속에 천천히 떠올랐다. 그는 느리게 고개를 돌려 욕망에 젖은 눈으로 초만녕을 봤다. 사존은 이미 혼절한 상태였다. 묵연은 그의 얼굴을 빤히 쳐다봤다. 조금 전 입맞춤으로 살짝 붉어진 입술을 보고 있자니 심장이 덜컥 내려앉았다.

그럴 리 없어. 절대 그럴 리 없어.

그는 자신이 미친 게 틀림없다고 생각했다…….

설마 초만녕이 그를 속이지 않은 것인가?

설마, 설마…… 하사역이…… 정말 초만녕의 아들이라고?

그 추측에 묵연은 소름이 돋았다. 생각만으로도 머리가 터질 것 같았다!

82장 본좌가 몰래 입을 맞추어도 넌 모르지

정신이 든 초만녕은 탁자에 앉아 턱을 괸 채 멍하니 있는 묵연을 발견했다. 등불에 비친 그의 까만 눈동자는 어딘가 공허해 보였다.

"……."

일어나 앉고 싶었지만 그럴 기력이 없는 초만녕은 할 수 없이 일어나는 걸 포기했다.

돌림무늬가 있는 청자색 휘장이 나풀거렸다. 그가 옆으로 누워 조용히 묵연을 봤으나 멍청한 제자는 여전히 자기 생각에 빠져 제 사존이 깬 것을 전혀 알아차리지 못했다.

하지만 그의 탓을 할 수도 없었다. 누구라도 자신의 정인이 일찍이 다른 여자와의 사이에 아들을 두었다는 걸 알면 적잖이 충격받을 테니.

하사역이 정말 초만녕의 사생아일까? 그럴 리가……. 이 세상 어떤 여자가 초만녕처럼 고상하고 까다로운 사람의 눈에 들 수 있단 말인가?

더구나 사생아가 있다는 것이 사실이라면 전생의 초만녕도 분명 이 아이가 있었을 텐데, 그들이 함께했던 그 오랜 세월 동안 평소 언행이건 잠자리이건, 그의 모습은 '누군가의 부군'과는 완전히 거리가 멀었다.

그렇다면 이 머리 장식은 대체 어떻게 된 것이란 말인가!

고뇌에 빠진 묵연은 이마를 탁자에 박았다. 뒤죽박죽된 생각 때문에 미쳐 버릴 것 같았다!

원래도 똑똑하지 않은 그는 이런 복잡한 일에 약했다. 생각할수록 머리가 아파지자, 그는 결국 신음하며 머리를 감싼 채 완전히 탁자 위로 퍼져 버렸다.

"묵연, 뭐 하는 게냐?"

살짝 쉬었지만 곤륜산의 옥구슬이 부딪치는 소리처럼 나지막하고 듣기 좋은 목소리가 방 안에 울렸다.

움찔한 묵연이 놀라며 말했다.

"사존, 깨셨어요?"

"그래."

초만녕은 얕은 기침을 몇 번 하고는 눈꺼풀을 들어 올려 그를 봤다.

"이곳은…… 임령서의 객잔이냐?"

"네, 맞아요."

묵연은 일어나 침상 옆으로 다가갔다. 문득 초만녕의 아랫입술이 살짝 부르튼 것을 보고, 조금 전 순간적인 욕망에 휩쓸려 통제를 잃고 자칫 큰 실수를 저지를 뻔했던 것이 생각나 얼굴이 빨갛게 달아올랐다.

그의 생각이 다른 데 가 있는 듯해 보이자 초만녕이 물었다.

"왜 그러는 것이냐?"

"아닙니다, 아니에요."

묵연은 연신 손을 내저으며 화제를 돌렸다.

"어떻게 된 거냐면 사존께서 헌원각에서 갑자기 정신을 잃으셔서 제가 안…… 크흠, 모시고 여기로 쉬러 왔어요. 의원을 불러서 약 처방도 받았습니다. 그러고 나서……."

당신이 잠꼬대하는 걸 듣고 옛일이 떠올라 참지 못하고 입을 맞췄습니다.

하지만 이 말을 어찌 입 밖으로 꺼낼 수 있을까. 묵연의 목소리는 점점 작아졌고 눈은 불안하게 흔들리는 것이, 점점 곤란해 보였다.

초만녕은 의원을 불렀다는 그의 말과 이상해 보이는 안색에 심장이 철렁했다. 자신이 중독되어 몸이 작아질 수도 있다는 사실을 그가 알게 됐을까 봐 슬며시 이불을 움켜쥐며 쉰 목소리로 물었다.

"의원이 뭐라고 하더냐?"

"사존께서 신무의 영향을 받아 버티지 못한 거라고 의원이 그랬습니다."

묵연이 머뭇거리더니 말을 이어 나갔다.

"그리고 사존의 영핵이……."

"괜찮다. 보통 사람보다 조금 약할 뿐이다."

묵연은 당황했다. 그는 초순과 초만녕의 가슴팍에 흉터가 있는 것을 보고 두 사람 사이에 어떤 연관성이 있다고 생각하고 있었는데, 초만녕의 말을 들으니 또 그런 것 같지 않았다. 그래서 그는 참지 못하고 물었다.

"어떻게 그럴 수 있죠? 사존은 뛰어나시니 분명 영핵도 천성적으로 약하지 않을 텐데, 언제부터 그랬습니까?"

"오래됐다. 몇 년 전 다친 뒤로 줄곧 그랬어."

초만녕은 귀찮은 듯 손을 내저었다. 그가 궁금한 건 이게 아니었다.

"의원이 다른 말은 하지 않았느냐?"

묵연이 도리질하며 말했다.

"다른 건 없었어요."

흐릿한 촛불 빛 사이로 초만녕이 그를 지그시 보며 말했다.

"그럼 아까 너는 왜 탁자에 머리를 찧은 것이냐?"

"……."

묵연은 참아 보려 했지만 이래도 저래도 참을 수가 없었다. 결국 시원하게 까놓고 물어보자 싶어 소매에서 금색 나비가 달린 머리 장식을 꺼내 손바닥에 올렸다.

"이걸 발견했습니다."

"……."

"사존에게서요."

머리 장식은 금빛으로 반짝였고, 초만녕의 마음은 하염없이 가라앉았다.

역시 그가 알게 됐구나. 결국 숨길 수 없게 되었어.

초만녕은 옅은 한숨을 내쉬었다. 침묵이 한참 동안 이어졌고 두 사람 모두 말이 없었다. 결국 초만녕이 눈을 감고 사실을 털어놓으려는 순간, 묵연의 웅얼거림이 들렸다.

"사존. 하 사제가…… 정말 사존의 아들인가요?"

초만녕은 말이 없었다.

"……."

그는 눈을 떴다. 조금 전 얼어붙었던 피가 다시 흐르는 것 같았다. 한동안 말이 없던 초만녕은 침상 옆에 복잡한 표정으로 서 있는 묵미우를 조용히 바라보았다. 그를 보는 눈에 점점 선명한 세 글자가 떠올랐다. '멍청이'.

"맞다."

초만녕은 냉담하게 손을 들어 묵연이 반응하기도 전에 금색 나비가 달린 머리 장식을 챙겼다.

"진작에 너에게 말하지 않았느냐. 어째서 또 묻는 거지."

묵연은 얼굴을 감싸 쥐며 말했다.

"저는 단지…… 다시 확인해 보고 싶어서……."

초만녕이 여러 차례 하사역이 자신의 혈육이라고 인정했지만, 묵연은 끝까지 반신반의했다. 그는 강한 불쾌함을 억누르며 속으로 결심했다. 하사역을 만나면 반드시 제대로 따져 묻겠다고. 두 사람의 피로 적혈[#31] 시험이라도 하지 않는 이상 나는 죽어도 믿지 않을 것이다!

잠시 숨을 고른 초만녕은 체력이 조금씩 회복되자 침상에서 몸을 일으켰다.

#31 적혈 피를 떨어뜨려 혈육을 분별하는 방법. 피가 뭉쳐지면 혈육을 뜻함

"내 옷이……."

그는 자신의 옷깃을 더듬으며 당황한 듯 미간을 찌푸렸다.

"왜 이렇게 엉망이지?"

"크흠."

그가 아까의 기억을 한 톨이라도 떠올릴까 봐 묵연은 황급히 화제를 돌렸다.

"사존, 배고프시죠? 이 집 요리가 괜찮다고 들었어요. 문사두부[#32]가 특히 맛있다는데 내려가서 맛이나 볼까요? 제가 사겠습니다."

초만녕은 냉랭한 눈으로 그를 흘겨봤다.

"그것도 내가 준 돈이 아니더냐?"

말은 그렇게 했지만 그는 넓은 소매를 털며 문을 열고 아래층으로 내려갔다.

임령서의 음식은 양주와 비슷했다. 유달리 신선하고 달달해서 초만녕의 입맛에 맞았다.

헌원회가 이미 끝난 뒤라 선사들 대부분은 객잔을 떠나 길을 나섰다. 그들은 별실을 달라고 했다. 그러면 일부러 삿갓을 쓰고 신분을 숨길 필요가 없었다. 두 사람이 자리에 앉자 객잔 심부름꾼이 벽라춘 두 잔과 식당 차림표를 건넨 뒤 물러갔다.

"사존 먼저 보세요."

"네가 고르거라. 강남 일대의 음식은 다 내 입에 맞으니."

초만녕은 말하면서 찻잔을 들어 천천히 한 모금 마셨다.

그런데 차가 입술에 닿자마자 그가 돌연 미간을 찌푸렸다.

#32 문사두부 두부를 실처럼 가늘게 채 썰어 만든 음식

"……."

"왜 그러세요? 데이셨어요?"

"……괜찮다. 날이 너무 건조하여 입술이 튼 것 같다."

초만녕은 의아하다는 듯 자신의 입술을 만졌다.

이상하군. 언제 이렇게 부르텄지?

"……."

묵연은 제 발이 저려 재빨리 고개를 숙였다.

음식이 다 나오려면 조금 걸렸기에 초만녕과 묵연은 헌원각에서 있었던 일에 대해 이야기를 나누었다. 두 사람은 먼저 일어났기에 신무가 마지막에 누구의 손에 떨어졌는지는 알지 못했다. 그러나 아무래도 상관없었다. 나중에 알아보면 그만이었다.

한담을 나누는 사이, 탁자가 갖가지 양주 음식들로 천천히 채워졌다. 초만녕은 계속 물어봤자 더 나올 정보가 없다는 생각에 질문을 관두고 더는 이야기하지 않았다. 그는 탁자를 가득 채운 그릇과 접시를 훑어보다 눈을 살짝 들어 맞은편에 앉아 불안한 미소를 띠고 있는 청년의 얼굴로 시선을 돌렸다.

초만녕이 물었다.

"강남에 온 적이 있느냐?"

묵연은 당연히 환생하기 전에 아름다운 강남을 둘러본 적이 있었다. 하지만 그는 지금 자신이 사생지전에 들어온 지 이 년 정도밖에 되지 않은 열일곱 살 소년이란 걸 잊지 않고 고개를 가로저었다.

"와 본 적 없습니다."

초만녕은 눈을 내리깔고 평온한 표정으로 태평하게 말했다.

"그런데 맛있는 것들로 한가득 주문했군."

"……!"

그의 말을 듣고서야 묵연은 아차 싶었다. 자신이 주문한 요리들은 모두 초만녕이 좋아하는 것들이었다. 그가 잘 먹고 체력을 회복하기를 바라는 마음에 자신이 양주 음식을 훤히 알고 있으면 안 된다는 걸 깜빡한 것이다.

"어릴 적에 악방 주방에서 잡일을 한지라 먹어 본 것은 별로 없어도 들은 건 많습니다."

초만녕은 더 자세히 묻지 않았다.

"먹자."

강남의 깨끗한 물 덕에 임령서는 부들 광주리에 담긴 게, 대나무 바구니에 담긴 새우, 버드나무 가지로 엮은 생선이 유명했다. 그래서 느티나무로 만든 사각 탁자엔 강과 바다에서 나는 해산물이 가득했다. 바삭하게 튀겨 간장양념으로 볶은 양계취선,[#33] 새콤달콤하고 야들야들한 송서궐어,[#34] 비파대하,[#35] 국화해라[#36], 그리고 탁회연어두[#37]의 향이 별실을 그득 채웠다.

신선한 야채와 고기, 그리고 냉채와 후식 또한 정성을 다해 섬세하게 만들어져 매우 훌륭했다.

해분사자두,[#38] 수정효육,[#39] 계즙자간사,[#40] 소룡포, 문사두부 등 너무 많아서 일일이 셀 수가 없었다.

#33 양계취선 드렁허리라는 생선으로 만든 장쑤성의 전통 요리
#34 송서궐어 쏘가리로 만든 장쑤성 쑤저우의 전통 요리
#35 비파대하 새우를 비파 모양으로 만들어 튀긴 요리
#36 국화해라 국화조개로 만든 요리
#37 탁회연어두 연어 머리를 볶아서 만든 요리
#38 해분사자두 게살고기완자
#39 수정효육 살코기는 빨갛고 비계는 투명하게 만든 족발 요리
#40 계즙자간사 얇게 썬 재료를 닭 육수에 끓인 음식

묵연은 턱을 괸 채 심부름꾼이 마지막 접시인 계화꽃떡을 상에 올리는 모습을 보다가 초만녕을 흘끗거리며 생각했다. 이 많은 요리 중 오늘은 뭐부터 먹으려나?

잠시 고민하다가 혼자 속으로 내기를 했다.

분명 해분사자두겠지.

초만녕이 가장 좋아하는 양주 요리였다. 아니나 다를까, 요리가 다 나오자 그는 망설임 없이 제일 먼저 그쪽으로 젓가락을 뻗었다.

묵연은 속으로 탄식했다. 이 사람은 너무 뻔해. 밥을 먹든 일을 하든 모두 항상 똑…….

툭. 동그랗고 예쁜 완자가 묵연의 그릇에 떨어졌다.

……같아?

묵연은 깜짝 놀라 고개를 들었다. 그의 얼굴엔 뜻밖의 과분한 배려에 놀란 기색이 서렸다.

"사…… 사존."

"내가 요 며칠 몸 상태가 안 좋아 네가 고생했다."

제대로 들은 게 맞나? 묵연은 더 아연실색했다.

초만녕이 그에게…… 고생했다고 말하다니?

전생에서도 들어 본 적이 없는 말이었다!

초만녕은 맞은편에 앉은 청년의 얼굴이 조금씩 붉게 달아오르고, 미간이 펴지면서 눈이 점점 동그래지고, 머리카락 한 가닥이 치켜 올라가 흔들리는 모습을 보고는 살짝 당황했다. 그래도 체면은 차려야 했던 초 종사는 도도하게 차를 한 모금 마셨다.

그런데 입술이 너무 따가웠다…….

사실 하사역으로 변해 그의 곁에 머무는 동안 초만녕은 남몰래 자책했다. 한밤중에 과거를 되돌아보니 자신의 태도가 지나치게 가혹했고, 묵연에게는 더더욱 가차 없이 굴었던 것 같았다. 그래서 그때부터 그는 몸이 회복되면 다시는 그리 행동하지 말자고, 조금이라도 변하자고 스스로 다짐했다.

선기 장로가 도화원을 찾았을 때, 초만녕은 한참을 헛기침만 하다가 겨우 입을 열어 제자들이 자신을 두려워하지 않게 하려면 어떻게 해야 하는지 물었다.

선기는 당황하더니 이내 말했다.

– 우선, 제자들에게 적절히 관심을 보여 줘야지요.

관심을 보여 준다라…….

초만녕은 묵연이 해분사자두를 한 번도 먹어 보지 않았을 거라고 생각하며 담담히 입을 열어 자연스럽게 말했다.

"해분사자두는 질 좋은 삼겹살을 잘게 다져서 새우살, 게살, 게내장을 넣고 동그랗게 빚은 완자다. 비계와 살코기를 잘 섞어서 만든 완자를 맑은 탕에 삶고, 신선한 푸른 야채가 떠 있는 국과 함께 질그릇에 담으면 빛깔이 매우 먹음직스럽지."

"……."

묵연은 넋을 놓고 멍하니 있었다.

밥상에서 밥이나 먹을 것이지, 뭐 한다고 요리법을 읊는단 말인가?

하필 초만녕은 자신이 이렇게 참을성 있게 소개하는 것이 제자에 대한 관심의 표현이라고 생각했다. 그래서 묵연은 차례차례 음식을 모두 맛봐야 했을 뿐 아니라 ≪강회식기[#41]≫를 보고 외운 것만 같은 음식 소개를 들어야 했다.

초만녕의 깊고 담담한 음색이 듣기 좋지 않았다면 묵연은 아마 탁자를 뒤엎고 그대로 나갔을 것이다.

"어이, 얘기 들었나? 헌원각의 마지막 경매품이 임기의 유풍문 사람에게 넘어갔다는군!"

별실은 대나무 발로 나뉘어 있었다. 그래서 옆방의 목소리가 조금 커지자 묵연과 초만녕에게도 선명하게 들렸다.

초만녕은 수정효육에 대한 소개를 뚝 멈추고는 묵연과 눈빛을 주고받은 뒤 귀를 기울였다.

괄괄한 남자가 말했다.

"어찌 못 들었겠나? 그 신무 맞지? 3억만 금을 그 자리에서 냈다며. 어휴, 정말 어마어마한 금액이야. 내 평생 그리 많은 돈은 본 적이 없네."

"네가 그렇지 뭐. 그런데 설마 몰라? 그 신무 말고도 유풍문에서 5천만에 접골미인석을 사 갔어!"

"세상에, 접골미인석이라면 생으로 먹거나 관계를 맺겠다는 거잖아? 그런 사람답지 못한 수련을 천하제일 대문파가 대놓고 하다니, 한심하기 짝이 없구만!"

"소형의 말은 틀렸어. 접골미인석은 도리에 맞는 수련 방법이지 금지 술법이 아니야. 미인석은 비록 우리와 생김새는 같지만 사실 범인(凡人)은 아니지 않나. 이는 마치 선과를 먹어 정진하

#41 강회식기 江淮食記. 장쑤성과 안후이성 일대의 음식에 대한 기록

는 것과 같은 것이니 지탄받을 일이 아닐세."

"흥, 미안하지만 난 동의할 수 없네……."

다른 사람이 나지막이 웃으며 말했다.

"미인석을 산 사람은 유풍문에서 두문불출하는 젊은 제자 같던데, 이름이 무슨 석이라고 했어. 듣기로는 제법 잘생겼다던데 여인과의 잠자리로 수련 경지를 높이는 자일 거라고는 생각도 못 했네. 유풍문도 이제 지는 해가 됐구만."

옆에 있던 사람이 허허 웃으며 말했다.

"그게 뭐 어때서. 누구나 미인을 좋아하지 않는가."

그들이 도의에 대해 논쟁하기 시작하자 더는 들을 가치가 없었다.

초만녕이 조용히 되뇌며 말했다.

"신무를 유풍문에서 사 갔다고?"

"듣자 하니 그런 것 같습니다."

초만녕의 얼굴에 근심이 어렸다.

"큰일이군. 이 일을 알아보려면 반드시 유풍문에 가서 조사해야 하는데……."

그의 말에 묵연은 무언가를 떠올리고는 '아' 하며 조용히 말했다.

"사존은 원래 유풍문의 사람이었죠."

"그래."

"돌아가고 싶지 않으세요?"

그 질문에 초만녕은 지긋지긋하다는 듯 눈살을 찌푸리며 말했다.

"그곳이 상수진계의 명문 문파라고 하지만 나는 일찍이……."

그때 갑자기 1층이 소란스러워지더니 누군가가 큰 소리로 외쳤다.

"주인장, 금화 500을 줄 테니 당장 손님을 모두 내보내고 이곳을 비우게! 오늘 우리 공자님께서 이곳을 전부 쓰실 것이네!"

83장 본좌를 어찌 1,500에 내보낼 수 있겠느냐

웃음기 어린 여주인의 목소리가 들려왔다.

"이런, 도사 나리께서 통도 크셔라. 금화 500을 한 번에 내시겠다니, 말만으로도 너무 기쁘네요. 하지만 이곳은 장사하는 곳이니 도리를 지켜야 합니다. 어찌 손님을 내쫓을 수 있겠습니까? 이러면 어떨까요. 안쪽에 가장 큰 별실인 귀무각은 도사 나리처럼 호탕한 귀빈만을 위해 남겨 둔 곳입니다. 제가 안내할 테니 한번 보……."

'보시죠'라는 말이 나오기도 전에 의자와 탁자가 부서지는 소리가 났다.

"보긴 뭘 보란 말이냐! 귀무각이든 오귀각이든 내가 알 게 뭐라고. 염병할, 무슨 이름이 그리 형편없어. 다 필요 없고 여기 금화 천을 줄 테니 저들을 내보내게!"

"도사 나리, 저를 난처하게 하지 말아 주세요. 나리는 딱 봐도 사리 분명하고 박학다식한 분 같은데."

여주인은 일말의 주저 없이 태연하게 빈말을 하더니 애교 섞인 미소를 지으며 사근사근하게 말했다.

"다 손님들이십니다. 귀무각이 싫으시면 다른 방으로 바꿔 드리지요. 크기는 작지만 운치 있고 아름답답니다. 무료로 비파가무도 보여 드리고요. 이러면 어떻습니까?"

"안 돼! 안 된다고! 1,500 주지! 다 내쫓아!"

거친 목소리가 호통쳤다.

"꾸물대지 마! 곧 우리 공자님이 오셔서 화내실지도 몰라!"

"우와……."

금화 천은 다른 사람에게는 큰 액수일지 모르지만, 인간계 황제였던 묵연에게는 가소로운 금액이었다. 전생에서 그가 송추동에게 아무렇게나 사 주었던 귀한 노리개들도 모두 천을 뛰어넘는 어마어마한 가격이었다. 그래서 그는 젓가락을 물고 동그랗게 뜬 눈을 되록되록 굴리더니 낮게 웃으며 초만녕에게 말했다.

"사존, 저 사람 말 좀 들어 보세요. 1,500으로 우리를 내쫓으려나 봐요."

초만녕은 그를 흘끗 보고는 별실의 대나무 발을 들어 올려 아래를 내려다봤다.

1층은 사람들로 득실거리고 있었다. 평상복을 입고 있어서 그들이 어느 문파인지 알 수는 없었지만, 저마다 허리춤에 매섭게 생긴 고급 보검이 걸려 있고, 손에는 군침을 흘리는 요랑[#42]을 한 마리씩 끌고 있었다. 보검의 가치를 판단하긴 힘들지만, 요

#42 요랑 妖狼. 늑대 요괴

랑은 갖고 싶어도 살 수 없는 귀한 것이었다. 수진계의 작은 문파에서는 한 마리 갖기도 어려운데 저마다 한 마리씩 데리고 있는 것이 보통 출신이 아닌 것은 분명했다.

밥 먹던 손님들은 모두 겁에 질린 눈으로 그들을 봤고, 실내는 순식간에 쥐 죽은 듯 고요해졌다.

갑자기 눈처럼 새하얀 빛이 객잔 안으로 날아들어 왔다. 사람들은 처음에는 어리둥절해하더니 곧 우르르 뒤로 물러났다. 그중 겁쟁이 하나가 날카롭게 외쳤다.

"요괴다, 요괴야!"

날아들어 온 것은 세 사람의 키를 합친 것만큼 큰 새하얀 요랑으로, 눈동자는 피처럼 빨갛고 털은 비단처럼 윤기가 났으며 섬뜩하게 번뜩이는 이빨은 성인 남자의 팔뚝만큼 길었다.

흉악해 보이는 거대한 짐승 위에 수려한 미모에 오만한 눈빛을 가진 청년이 다리를 꼬고 유유히 앉아 있었다. 청년은 소매에 가지런한 금실 자수가 놓인 붉은 옷 위로 철통같은 갑옷을 입고 있었다. 머리에는 꼭대기에 붉은 술이 달린, 해를 물고 있는 은사자 형상의 투구를 쓰고 있었고, 무릎에는 활인 벽옥궁이 놓여 있었다. 그의 무기임이 분명했다.

위세를 부리던 수사들은 그를 보자마자 바로 한쪽 무릎을 꿇고 손으로 가슴을 치며 일제히 말했다.

"공자님께 인사드립니다!"

"됐다."

청년은 귀찮은 표정으로 손을 휘저었다.

"일 하나 처리하는 데 꾸물거리면서 인사는 무슨. 네놈들의 멍청한 개 대가리한테나 인사해라!"

"픕."

묵연은 실소를 터뜨리며 초만녕에게 나지막이 말했다.

"개 대가리한테나 인사하라고 하면 자기가 개 대가리가 되는 거 아닙니까?"

"……."

청년은 요랑의 매끈한 목 위에 비스듬히 앉아 심술궂은 표정을 지었다.

"이 변변찮은 객잔의 주인장은? 누구냐?"

여주인은 무서웠지만 애써 침착하게 앞으로 나가 웃으며 말했다.

"누추해서 송구합니다. 제가 객잔의 주인입니다."

"아."

청년은 그녀를 흘끗 보곤 입을 열었다.

"이곳에 묵고 싶은데 난 사람이 많은 곳은 익숙지 않아. 저들에게 손해는 내가 보상하겠다고 말해라."

"하지만 선군……."

"난처한 거 안다. 이걸 줄 테니 나 대신 사죄의 표시로 자리마다 돌리거라. 그래도 싫다면 어쩔 수 없지."

청년은 여주인에게 비단 주머니를 던졌다. 열어 보니 안에는 금빛 찬란한 구전귀원환이 한가득 들어 있었다. 이는 열흘 안에 수련의 경지를 크게 높여 주는 환약으로, 한 알에 금화 2천은 족히 넘었다. 주머니를 받은 여주인은 상대방의 호탕한 씀씀이에 놀랐다가 슬쩍 안도의 한숨을 쉬었다.

이토록 좋은 물건을 거절할 수사는 없었다. 이걸로 나가 달라 청하면 그나마 좋게 넘어갈 수 있었다.

여주인은 손님 하나 하나에게 사과하며 선물을 줬다. 청년은 하품을 하고는 수족들을 경멸의 눈으로 내려다보며 말했다.

"쓸모없는 것들. 결국 내가 나서야 하다니."

그들은 좌우로 서로 번갈아 보다 연신 말했다.

"……역시 공자님은 영민하고 위엄이 넘치십니다."

사람들은 금세 빠졌다. 재물이나 환약에 연연하지 않는 초만녕과 묵연을 제외한 다른 사람들은 물건을 가지고 아무 불평 없이 객잔을 나가 다른 집으로 향했다.

여주인이 말했다.

"공자님, 모두 갔습니다. 다만 손님 두 분께서 밤도 늦었고, 그중 한 분이 병이 나서 다른 곳을 찾고 싶지 않다고 합니다. 그러니……."

"됐다, 됐어. 약골이랑 언쟁할 생각 없다."

청년은 통쾌하게 손을 휘저었다.

"우리를 방해하지만 않으면 된다."

약골 초만녕은 할 말을 잃었다.

여주인이 곧바로 환하게 웃으며 친절하게 말했다.

"공자님은 참으로 자애로우십니다. 시간이 늦었는데 쉬시겠습니까, 아니면 뭘 좀 드시겠습니까?"

청년이 말했다.

"배고프니 쉬기 전에 밥을 먹어야겠다."

"식사를 하시겠다니 저희 객잔에서 가장 맛있는 음식으로 대접하겠습니다. 저희 주방장이 제일 잘하는 요리는 해분[#43]사자두와 수정효육……."

"해분[#44]사자두?"

청년은 남쪽 사람도 아니고, 남쪽 음식을 좋아하지도 않는 것이 분명했다. 그는 음식명을 듣고 멈칫하더니 미간을 찌푸리며 손을 내저었다.

"됐다, 통 못 알아듣겠군. 그게 무슨 되지도 않는 음식이냐."

명문가의 자제인 줄 알았는데 지금 보니 돈벼락 맞은 졸부일 수도 있겠다 싶었다.

"……그럼 공자님께서 드시고 싶은 걸 알려 주시지요. 저희가 만들 수 있는 것이면 다 해 드리겠습니다."

"그거야 쉽지."

청년은 자신의 수하들을 가리켰다.

"저들에게 인당 소고기를 다섯 근 썰어 주고 나는 따로 소고기 열 근과 고량주 한 병, 그리고 양 다리 두 개를 내오거라. 이 정도면 충분하겠군. 시간이 늦어서 많이 먹으면 안 좋으니 허기만 채워야겠다."

묵연이 감탄했다.

"우와……."

초만녕과 함께 청년의 밥통만 한 위를 비웃으려고 고개를 돌렸더니 초만녕이 눈도 떼지 않고 청년을 뚫어지게 보고 있었다. 그의 눈에는 헤아릴 수 없는 옅은 안개가 깔려 있었다.

묵연은 저도 모르게 물었다.

#43 해분 蟹粉. 게살.
#44 해분 泄憤. '분풀이'라는 뜻

"사존, 아는 사람인가요?"
"그래."
그저 떠오른 대로 물은 것뿐인데, 초만녕이 정말 아는 사람이라고 하자 놀라서 다시 물었다.
"네? 그, 그럼 저 사람은?"
초만녕이 조용히 말했다.
"유풍문 장문인의 외아들, 남궁사다."
"……."
묵연은 속으로 초만녕이 아는 게 당연하다고 생각했다. 어쨌든 초만녕은 예전에 임기 유풍문의 객경이었으니 장문인의 아들을 만나 봤을 것이다. 자신이 모르는 것 역시 당연했다. 전생에서 유풍문을 쓸어버렸을 때 남궁사는 이미 병으로 죽은 뒤였기 때문이다.
당시 장문인의 아들은 비실비실한 반불구라고 들었는데, 오늘 보니 의외로 기운이 펄펄 넘치는 신체 건강하고 오만한 청년이었다.
……어쩌다 병사한 거지? 갑자기 악질에라도 걸린 것인가?
남궁사는 신나게 먹어 댔다. 게 눈 감추듯 금세 양 다리 두 개와 소고기 열 근을 깔끔하게 먹어 치우고 술도 몇 사발이나 마셨다. 그 모습을 위층에서 보던 묵연은 혀를 내둘렀다.
"사존, 유풍문은 품위를 중요시하지 않나요? 저 소주는 어찌 저런 것입니까? 우리 설몽몽이보다 훨씬 방정맞아 보이는데요."
초만녕은 그가 들이민 머리를 손가락으로 밀어 제자리로 보낸 뒤 계속 아래 광경을 내려다보며 말했다.

"네 동문에게 함부로 별명을 붙이지 말거라."

헤헤거리며 웃은 묵연이 뭐라고 말하려는 찰나, 초만녕이 그의 머리를 손끝으로 눌렀다. 구름처럼 살포시 그의 얼굴에 닿은 소맷자락, 비단인 듯 아닌 듯한 그 가벼운 옷감이 물처럼 시원했다. 불현듯 무언가 떠오른 묵연은 그대로 멍해졌다.

아까 방에서 욕망에 휩쓸려 혼탁해진 정신으로 초만녕의 옷가지를 찢으려 했을 때, 한참을 찢어도 찢기지 않은 이유가 초만녕이 옷을 단단히 껴입어서라고 생각했다.

그런데 지금 옷감을 자세히 보니 그것은 곤륜 답설궁에서 만든 '빙무능'이었다.

곤륜 답설궁은 상수진계의 수많은 선가(仙家) 중 가장 고고한 은거형 문파다. 그곳의 모든 제자는 다섯 살에 입문하여 일 년 뒤 반드시 곤륜의 성지에 들어가 폐관 수련하고, 영핵을 만들어야만 출관할 수 있었다. 영핵은 본디 타고나는 것이라 수련은 단지 영핵을 불러내는 과정일 뿐이다. 그러나 그러기엔 너무도 긴 세월이 걸렸다. 흔히 십 년에서 십오 년이 걸렸고, 그 기간 동안 관계없는 사람은 안으로 들어갈 수도 없었다. 그래서 제자들에겐 음식과 옷이 가장 큰 문제였다. 음식은 그나마 나았다. 곤륜의 성지 인근에 호수가 있어서 직접 호수에서 먹거리를 잡아 끼니를 해결할 수 있었으니까. 그러나 옷은 혼자 만들 수 없지 않은가?

그리하여 빙무능이 생겨났다.

이 능라 비단으로 지은 옷은 구름처럼 가볍고 부드러울 뿐 아니라 그 자체에 주술이 걸려 있어 먼지가 묻지 않았다. 핏물 같은 불순물이 튀지 않는 이상 빨 필요도 없었다.

가장 신기한 점은 빙무능이 주인의 신체 변화에 따라 변한다는 것이다. 이는 답설궁 제자들에게 없어서는 안 되는 특성이었다. 그들은 다섯 살에 성지에 들어가 열다섯에서 스무 살이 되어야만 출관할 수 있다. 이 기나긴 세월 동안 그들은 머리를 땋은 어린아이에서 늠름한 청년이 된다. 그런데 빙무능으로 만든 옷은 그들과 함께 성장하기 때문에 옷이 몸에 맞지 않는 불편함을 겪지 않아도 되는 것이다.

그런데 초만녕은 왜 쓸데없이 이런 천으로 만든 옷을 입고 있을까?

눈을 가늘게 뜨고 곰곰이 생각하던 묵연의 머리에 갑자기 불꽃이 튀었다. 뭔가 꺼림칙했다. 처음부터 뭔가 잘못 생각한 것 같은데, 대체 그게 뭘까…….

"실례합니다. 주인장 계십니까?"

갑자기 들려온 기운 넘치고 상냥하면서도 정중한 청년의 목소리가 묵연의 생각을 방해했다.

내려다보니, 낮에 헌원각에 나타났던 유풍문의 제자들이었다. 학휘[#45]를 펄럭이며 앞장선 소년이 손에 든 검으로 문발을 걷으며 몸을 반쯤 들이밀었다.

"엽망석의 수하잖아?"

묵연은 번뜩 정신을 차렸다.

유풍문은 72개 성이 있어서 제자들끼리 서로 알지 못했다. 남궁사는 문을 등지고 혼자 별실에 앉아 있었기에 소년들은 객잔

#45 학휘 鶴麾, 바람막이 겉옷

에 있는 평복 차림의 동문들을 훑어보고도 익숙한 얼굴 하나 발견하지 못했다.

엽망석과 남궁사가 만나다니, 곧 구경거리가 생기겠구나.

"정말 죄송합니다. 오늘 밤 다른 분께서 이곳 전체를 빌리셨습니다."

여주인이 황급히 맞이하며 속으로는 문 닫고 자물쇠 채우는 것을 깜빡한 자신을 욕했다.

"선군들께서는 다른 객잔으로 가 보시지요. 죄송합니다. 정말 죄송해요."

제일 앞에 있던 소년이 난감하다는 표정을 지었다.

"아니, 이게 어찌 된 일입니까? 다른 객잔도 다 가 봤는데 이미 사람들로 가득 찼습니다. 저희 일행 중 몸이 약한 낭자가 있는데 오랫동안 쉬지 못해서 괜찮은 곳을 찾아 잠이라도 청하게 해 줘야 합니다. 주인장, 번거롭겠지만 이곳을 빌린 나리께 방 몇 개만 내어 달라고 물어봐 주시겠습니까?"

"그게…… 아마 거절하실 겁니다."

소년은 예를 갖추어 정중하고 간곡하게 말했다.

"주인장께서는 물어만 주십시오. 그분이 거절하면 가겠습니다."

여주인이 입을 열기도 전에 문 쪽 자리에 있던 남궁사의 수하가 탁자를 치며 일어나 버럭 화를 냈다.

"묻긴 뭘 물어! 나가라고, 나가! 우리 공자님 식사 방해하지 말고!"

"그래! 유풍문 옷을 입고 있으면서 뻔뻔하게 여자를 데리고 와 잠을 자겠다니, 문파 이름에 먹칠할까 두렵지도 않나 보군!"

생각지도 못한 오해를 받자 소년의 얼굴이 삽시간에 달아올랐다. 그가 발끈하여 말했다.

"어찌 근거도 없이 남을 헐뜯나? 우리 유풍문은 떳떳하며 그런 부적절한 짓은 하지 않아. 이 낭자는 우리 공자님께서 선의로 구해 준 것인데 어찌 그런 허튼소리를 하는 건가?"

"우리 공자님?"

남궁사의 수하가 곁눈으로 별실을 보니 소주는 아랑곳하지 않고 고량주을 마시고 있었다. 저들을 내쫓으려는 행동을 묵인하는 것 같자 그는 마음 놓고 목소리를 높여 비웃었다.

"유풍문의 공자는 한 분뿐이라는 것을 천하가 다 아는데, 너희 공자는 누구란 말이냐?"

"소생 유풍문의 엽망석이라 합니다."

온화하고 우아한 목소리가 문발 밖에서 들렸다.

소년들이 일제히 고개를 돌렸다.

"엽 공자님."

검정색 옷을 입은 엽망석의 빼어난 얼굴이 촛불 아래에서 수려함을 뽐냈다. 그가 뒷짐을 지고 객잔으로 들어오자, 너울을 쓴 채 불안함에 떨리는 눈동자를 드러낸 여인이 뒤따라 들어왔다. 송추동이었다.

그녀를 보자마자 묵연의 이마에 핏줄 두 개가 불끈 솟았다.

원수는 외나무다리에서 만난다더니, 어찌 또 그녀란 말인가…….

남궁사의 수하는 엽망석이 들어오자 너도 나도 당황하더니 몇몇은 이내 감정을 억누르지 못하고 얼굴에 혐오하는 기색을 드러냈다.

엽망석은 유풍문의 첫 번째 장로의 양자로, 유풍문 72개 성 중 '암성'에 속해 있었다. 말 그대로, 암성은 암위[#46]를 육성하는 곳이다. 유풍문 장문인은 원래 그를 암위의 수장으로 키우려 했으나 엽망석의 근골이 암위 심법과 맞지 않았다. 그래서 주성(主城)으로 보내졌고, 지금은 존주의 심복이 되었다.

과거 암위 신분이었던 엽망석은 드러나게 행동하는 편이 아니어서, 그의 이름을 아는 사람이 극히 드물었다. 그러나 그에 대한 존주의 신임이 깊어지자 지난 몇 년 동안 문파에는 엽망석이 존주의 사생아라는 풍문까지 돌았다. 그런 연유 때문인지 정통 소주인 남궁사는 평소 엽망석을 못마땅하게 여겼다.

소주가 그를 좋아하지 않으니, 그 아래에 있는 수하들이 어찌 엽 공자에게 좋은 인상을 가질 수 있을까?

원래라면 후배로서 절대 엽 공자의 심기를 거스르면 안 되지만, 이들은 모두 남궁사의 측근이었고 남궁의 명을 직접 받았다. 한참 냉랭한 분위기가 이어지다 괄괄한 성격의 누군가가 코웃음 치며 입을 열었다.

"엽 공자께서는 돌아가시는 것이 좋겠습니다. 오늘 이 객잔에는 공자께 내드릴 방이 없습니다."

"공자님, 저들이 빈방이 없다고 하니 그, 그냥 다른 곳을 찾아봐요."

송추동이 섬섬옥수를 뻗어 엽망석의 옷자락을 당기며 겁에 질린 채 말했다.

"게다가 이곳은 비싼 곳입니다. 저는 공자님께서 괜한 돈을

#46 암위 비밀 호위

쓰시는 걸 원치 않아요…….”

위층에서 이 두 문장을 들은 묵연이 눈을 치켜떴다. 저 녀석은 어디를 가나 항상 연약하고 가련한 말투를 쓰며 민폐를 끼치는구나 싶었다. 예전엔 그에게 그러더니, 지금은 엽망석이라니.

엽망석이 말하려는 순간, 갑자기 안쪽에서 하얗고 거대한 형체가 튀어나와 엽망석의 뒤를 공격했다.

송추동이 놀라서 외쳤다.

“공자님, 조심하세요!”

“아오! 아오오!”

우렁찬 울음소리와 함께 눈처럼 새하얀 요랑이 광분하며 엽망석 주위를 미친 듯이 빙빙 돌았다.

“…….”

자리에 있던 모두가 조용해졌다.

엽망석은 눈을 내리깔고 세 사람의 키만큼이나 큰, 그리고 지금 땅에 딱 붙어서 뒹굴고 있는 하얀 요랑을 의아하게 보며 말했다.

“노백금?”

남궁사가 타고 있던 바로 그 요랑이었다. 붉은 눈동자는 마노 같고, 털은 흩날리는 눈처럼 새하얬으며, 발톱은 금색이라서 노백금이라는 이름을 얻었다.

노백금이 이곳에 있으니 남궁사도 분명 왕림해 있을 터. 엽망석은 손을 들어 노백금이 들이민 보드라운 하얀 이마를 쓰다듬으며 주위를 둘러봤다.

촥.

손 하나가 대나무 발을 들어 올렸다. 금실로 테두리를 두른 붉은 옷소매가 보였다.

곧 짜증 섞인 얼굴이 튀어나왔다. 팔짱을 끼고 여유로운 자세로 별실에 기댄 남궁사. 그가 고량주 주전자를 손에 들고 엽망석을 보며 비웃었다.

“재밌네, 왜 어디를 가도 너와 만나는 것인지. 이렇게 날 바짝 쫓아다니다가 다른 사람 입에서 우리에 관한 소문이라도 흘러나오면 내 체면이 어떻게 될지는 생각해 봤어?”

84장 본좌의 전처는 보통내기가 아니다

"……."

엽망석은 남궁사의 말에 말문이 막힌 것이 분명했지만, 의외로 화내지 않고 잠시 꾹 참더니 말했다.

"오해다. 따라다니는 것이 아니라 존주의 명으로 헌원각에서 물건을 사서 돌아가는 길이었다."

묵연과 초만녕은 여기까지 듣고 눈빛을 주고받았다.

신무군.

남궁사는 손에 든 붉은색 술병을 흔들며 더 어두워진 얼굴로 말했다.

"아버지께서 물건을 사는데 왜 번거롭게 널 시키신 거지? 설마 내가 손발이 없어서 못 할까 봐?"

"……사야, 그런 뜻이 아니었다."

"누가 날 '사'라고 부르라고 했지?"

남궁사의 미간이 깊이 파이고 눈에서 불꽃이 튀었다.

"엽 공자. 아버지가 눈이 멀어 널 가까이한다고 해서 내 앞에서 방자하게 굴어도 된다고 생각하지 마……. 네 자신이 역겹지도 않으냐?"

"내가 그리 부르는 것은 존주의 뜻이다. 싫다면 직접 그분께 말해."

엽망석은 얼마간 침묵하더니 다시 입을 열었다.

"나에게 화를 내어 무슨 소용이 있니."

"내 아버지를 빌미로 날 압박하지 마!"

남궁사는 숨을 들이마시며 천천히 자신의 화를 다스렸다. 까만 두 눈동자가 차갑게 번뜩이는 것이 딱 은빛 달 아래 자욱이 피어오르는 봉화 연기를 연상시켰다.

"엽 공자."

그는 일부러 세 글자를 길게 끌었다.

"아버지께서 네게 날 '사'라고 부르라 하신 건 문파에서의 네 위치를 잘못 알고 계셔서 그런 거야. 하지만 스스로 주제 파악을 정확히 해야지, 재주 좀 있다고 거들먹거리면 되겠어? 기억해. 네가 아무리 위세를 떨친다 해도 네 출신이 뻔한 이상 너는 나와 어깨를 나란히 할 수 없다는 걸."

군자의 풍모가 느껴지는 엽망석의 얼굴에 한 줄기 어둠이 스쳤다. 그는 댓개비 같은 빽빽한 속눈썹을 내리깔고 말투를 바꾸어 조용히 말했다.

"소주의 말이 맞습니다. 하지만 저는…… 소주와 어깨를 나란히 할 생각을 한 적은 단 한 번도 없습니다."

바뀐 호칭에 속이 좀 풀린 남궁사는 화끈한 고량주를 꿀꺽꿀꺽 들이켰다. 그는 주량이 대단하여 취하지도 않고 또다시 엽망석을 응시하더니 코웃음 치며 손을 휘저었다.

"그리하라고 해도 너는 감히 못 할 거야. 지금 네 꼴을 봐라. 어디……."

그는 순간 사람이 많아 말이 새어 나갈 수 있는 이곳에서 자칫 해선 안 될 말을 할 뻔했다는 것을 깨닫고는 입을 다물었다.

"……."

다시 엽망석을 보니 이런 모욕과 수모를 당하고도 눈을 내리깔고만 있어서 그의 눈에 담긴 것이 분노인지 굴욕감인지 아무도 볼 수 없었다. 그는 그저 기개 3할과 겸허함 7할이 섞인 평화롭고 온화한 표정을 하고 있을 뿐이었다.

분위기는 일순간 극도로 불편해졌다.

남궁사는 어색하게 좌우를 보더니 엽망석 뒤에 있는 여인에게 시선을 옮겼다. 그러고는 마치 조금 전 저지를 뻔한 실수를 덮으려는 듯 헛기침을 하고 턱으로 여인을 가리키며 엽망석에게 물었다.

"네가 구한 자냐?"

"그렇습니다."

"어디 사람이지? 출신도 모르는 자는 함부로 구하는 게 아냐."

"괜찮습니다. 헌원각에서 경매로 산 것이니."

남궁사는 헌원각의 경매에 관심도 없었고 애써 알아볼 마음도 없었지만, 송추동이 경매로 얻은 것이라는 소리에 깜짝 놀랐다. 나른하고 무심하던 눈빛이 갑자기 날카로워지더니 송추동의 얼굴을 한참 뚫어지게 보았다.

"이 물건은 노골이냐, 아니면 접골미인석이냐?"

수진계에서 공공연하게 경매에 올릴 수 있는 사람은 딱 두 종류인데, 접골미인석을 제외한 나머지 하나가 바로 노골이다.

노골은 인간과 요괴 사이에서 태어난 자식이다. 인간은 이족이 가진 요성(妖性)이 두려워 발견 즉시 그들의 본성을 말살하고 견갑골에 노예 낙인을 찍어 종복으로 전락시켰다.

하지만 노골은 값이 비싸지도 않고 희귀할 것도 없어서 대문파에서 들여 잡일을 시키거나, 거상이나 세력가가 사 가서 노리개로 삼았다. 그런데 헌원각에서 샀다고 하니 그 정도 급의 물건은 아닐 터였다.

아니나 다를까, 엽망석이 말했다.

"접골미인석입니다."

남궁사는 막대한 흥미를 보이며 엽망석을 지나 송추동 앞으로 갔다. 그러고는 상품을 살피듯 그녀를 한 바퀴 둘러보더니 미간을 찌푸리며 말했다.

"이 물건은 왜 다리를 저는 거지? 하자품인가?"

"……잡힐 때 다쳤습니다. 약을 발랐는데 아직 다 낫지 않았고요."

엽망석은 머뭇거리다 덧붙였다.

"그래서 멀리 못 가고 이곳에서 하룻밤 묵을까 합니다."

남궁사는 가타부타 대답 없이 눈을 가늘게 뜨더니 갑자기 송추동의 목덜미 냄새를 맡았다. 그 움직임이 야생 늑대와 흡사했다. 그의 호색가 같은 행동에 깜짝 놀란 송추동은 새파랗게 질려서 금방이라도 쓰러질 듯한 몸짓으로 옷섶을 꽉 쥐었다.

“맡아 보니 평범한 사람과 별로 다르지도 않군.”

그는 코를 비비더니 재채기를 했다.

“지분 향도 나고…….”

손을 휘저으며 남궁사가 물었다.

“얼마 줬지?”

“5천만.”

“은자?”

“금자입니다.”

남궁사가 눈을 휘둥그레 떴다.

“엽망석 미친 게로군? 금 5천만이면 최상급 마석 몇 개를 단련할 수 있는지 모르는 것이야? 제기랄, 그 돈으로 나한테 여자를 사 와? 유풍문의 돈은 돈으로 안 보이느냐?”

“문파의 돈은 쓰지 않았습니다.”

엽망석은 멈칫하더니 이어서 말했다.

“그리고 소주를 위해 산 것도 아닙니다.”

“너……!”

방금 가라앉은 화가 다시 치밀어 올랐다. 남궁사의 표정이 흉악해졌다.

“너 잘났다!”

고개를 돌려 송추동을 째려보는데, 보면 볼수록 눈에 거슬렸다. 특히 얼굴을 가리고 있는 얇은 너울이 아무리 봐도 마음에 들지 않았다.

“너, 얼굴에 쓴 망할 천을 벗어 보거라!”

송추동은 깜짝 놀라서 엽망석의 소매를 움켜잡고 그의 뒤로 몸을 움츠리며 극도로 겁에 질린 목소리로 말했다.

"엽 공자님, 전…… 전 싫어요……."

엽망석도 키가 컸지만 남궁사만큼 크고 건장하지는 않았다. 하지만 고개를 살짝 치켜들고 남궁사를 보는 눈에 두려움이란 없었다.

"이 낭자가 원하지 않으니 소주께서도 강요하지 마십시오."

"잔말 말고, 네가 구했으면 우리 유풍문에 목숨을 빚진 셈이니 마땅히 내게 복종해야 한다. 벗어 보거라!"

"제가 구한 낭자이고, 구한 그 순간 자유를 돌려주었습니다."

엽망석이 말했다.

"부디 소주께서는 억지로 강요하지 마십시오."

"엽망석! 너 혼자 잘난 척이군!"

화가 난 남궁사는 문틀을 쾅쾅 내리쳤다.

"날 대체 뭘로 보는 거냐? 내 오늘 너와 끝까지 해보겠다. 내가 벗으라면 벗어야 한다. 너울을 벗으면 오늘 이곳에서 묵게 해 주겠지만 그러지 않는다면, 망할, 꺼져 버려!"

엽망석은 거의 티가 안 날 정도로 한숨을 쉬더니 고개를 돌려 송추동에게 말했다.

"갑시다."

그 바람에 놀라서 사레가 들린 사람은 남궁사 하나가 아니었다. 엽망석은 신무를 몸에 지니고 있었다. 무슨 일이 있어도 이렇게 그를 보내서는 안 됐다. 초만녕이 바로 말했다.

"가서 그를 잡거라."

"네, 네, 네."
묵연도 마침 그럴 생각이라 알겠다고 연신 대답하다가 멈칫했다.
"사존, 잡은 뒤 어디 묵으라고 할까요. 저 사람은 쉬러 온 것인데."
"우리 방 한쪽을 내주면 된다."
"……아."
묵연은 어쩐지 갑자기 난처한 기색을 보였다.
"그건 그다지 적절하지 않을 것 같습니다."
초만녕이 천천히 눈을 치켜떴다.
"어째서?"
"사존은 모르시겠지만 우리는 최대한 그와 한 방에 머물지 않는 편이 좋아요. 그리고 그도 동의하지 않을 거고요. 왜냐하면 엽망석은 사실……."
중요한 이야기를 꺼내려는 찰나, 아래층에서 남궁사가 펄펄 뛰며 탁자를 걷어차는 소리가 들렸다. 잔이며 접시들이 바닥으로 와르르 떨어졌다. 남궁사는 의자 하나를 홱 끌어다가 한쪽 발을 올리고 불같이 화를 냈다.
"누가 마음대로 가라고 했지? 네가 눈에 뵈는 것이 없구나! 당장 돌아와!"
"……."
이번엔 남궁사의 측근들도 난처한 표정을 지었다.
아니…… 소주님께서 꺼지라고 하셨잖아요?
엽망석은 남궁사의 억지에 익숙한 듯 그의 고함을 못 들은 척하고, 뒤에 있는 미치광이는 신경 쓰지 말라는 듯 송추동의 어깨를 두드렸다.

"엽망석!"

"……."

"엽망석!"

"……."

"엽. 망. 석!"

엽망석의 이마에 핏대가 솟았다. 그가 결국 참지 못하고 고개를 돌렸더니 얼굴로 술병 하나가 날아오고 있었다. 휘둥그레진 눈으로 피하려는 찰나, 갑자기 눈앞에 하얀 그림자가 나타났다.

"아!"

가녀린 비명에 그 자리에 있던 모두가 화들짝 놀랐다. 엽망석과 남궁사의 안색은 더 가관이었다.

전광석화처럼 짧은 사이에 뜻밖에도 송추동이 엽망석의 앞을 막아서다 묵직한 붉은 술병에 이마를 정통으로 맞은 것이다. 삽시간에 피가 주르륵 흘렀다. 그녀는 백옥처럼 고운 손을 떨며 핏줄기를 만지더니 곧 아파서 눈물을 흘리기 시작했다.

"만지지 마세요. 제가 보겠습니다."

"전 괜찮습니다. 공자님께서 안 다치셨으면 됐습니다……."

"할 말 있으면 말로 하지 병은 왜 던집니까?"

엽망석은 착 가라앉은 어조로 남궁사를 질책하듯 쳐다보고는 자신의 종자에게 말했다.

"금창약을 가져오거라."

"공자님, 가지고 온 금창약은 다 썼습니다."

시종이 조용히 말했다.

"그러니 제가 나가서 사 오겠습니다."

생각지도 못한 일이었다. 남궁사는 애써 침착한 척했지만 눈에는 부끄럽고 미안한 기색이 떠올랐다. 그는 굳은 얼굴로 우물우물 말했다.

"나…… 나한테 있다. ……란아, 내 약 주머니를 가지고 오너라."

살짝 화가 난 엽망석은 입을 꾹 다문 채 그를 상대하지 않았다.

작은 약병을 들고 그 자리에 한참 뻣뻣하게 서 있었지만 엽망석은 고개 한번 돌리지 않았다. 체면이 말이 아니게 된 남궁사는 막무가내로 약병을 송추동에게 떠넘겼다.

"받거라. 쓰든지 말든지 알아서 해."

송추동은 어찌할 바 모르는 작은 사슴처럼 바들바들 떨며 엽망석을 봤다. 그가 말리지 않고 가만히 있자 그녀는 상황을 봉합하려는 듯 금창약을 받고는, 자신에게 상처 입힌 사람에게 고개까지 숙이며 나지막이 말했다.

"감사합니다, 남궁 공자님."

하마터면 자기 때문에 머리가 깨질 뻔한 여인의 고맙다는 말에 남궁사는 일순 당황했다가, 곧 정신을 차리고 손을 내저으며 멋쩍게 말했다.

"괜찮다."

그날 밤, 엽망석 일행은 결국 이곳에 남았다.

객잔을 밝힌 수많은 촛불이 어지럽게 춤추는 별처럼 깜빡였다.

턱을 괸 채 창가에 앉아 있는 묵연의 마음은 다른 데 가 있었다. 환생한 지 벌써 이 년이 다 됐는데, 벌어지는 많은 일이 전생과 매우 달랐다. 동일인이 다르게 행동하는 모습을 보니 왠지 묘했다.

송추동, 엽망석, 불귀…….

전생에 너무도 익숙했던 사람들과 물건이 세월이 흐르면서 다시 한번 그의 인생에 나타났다. 다만 이번 생에서 그는 결코 송추동을 아내로 맞지 않을 것이며, 엽망석은 이제 곧 천하에 이름을 떨쳐 초만녕의 뒤를 잇는 수진계의 두 번째 고수가 될 것이다.

그리고 불귀.

전생에서 그와 반평생을 함께했던 맥도를 떠올리자 그의 마음이 잠시 조급해졌다.

"사존."

"왜 그러느냐?"

"벌써 반 시진이나 부적을 그리고 계신데 어찌 아직도 안 끝났습니까?"

"다 됐다."

초만녕이 등불 빛을 빌려 주사를 묻힌 붓끝으로 조심스럽게 마지막 몇 개의 획을 긋자 용이 힘차게 솟아오르는 복잡한 문양이 종이 위에 완성되었다.

묵연이 가까이 다가가서 봤다.

"이게 뭡니까?"

"승룡 결계다."

초만녕이 말했다.

"뭐 하는 것입니까?"

“이것으로 주변의 크고 작은 법술 흔적을 꿰뚫어 볼 수 있다. 그 미지의 인물이 신무로 정화의 영근을 시험하려고 했다면 반드시 무기에 흔적이 남았을 테니, 이 무기의 등장이 우연인지 그가 공들여 설계한 것인지 바로 알 수 있을 것이다.”

“우와, 이렇게 좋은 게 있었으면서 왜 헌원각에서 안 쓰셨나요, 사존?”

“……내가 승룡을 불러내면 알게 될 거다.”

초만녕이 자신의 손끝에 피를 내어 용 비늘에 묻혔다. 그러자 갑자기 종이 속 황룡에 금빛이 흐르더니 눈과 꼬리가 살아 있는 듯 움직이기 시작했다.

초만녕이 말했다.

“너는 진짜 용이냐?”

종이에서 느닷없이 새된 목소리가 들려왔다.

“그래, 그래. 본좌는 진짜 용이다.”

“어찌 믿을 수 있지?”

“우매한 범인이구나! 어째서 안 믿는 것이냐!”

“네가 종이에서 나올 수 있다면 진짜 용이란 것을 믿어 주겠다.”

“그게 뭐 어렵다고! 기다려라! 하앗!”

금빛이 번쩍이더니 손바닥 크기의 위풍당당한 작은 용이 별안간 종이에서 튀어나왔다. 용은 머리와 꼬리를 흔들고, 이를 드러내고 발톱을 휘두르며 의기양양하게 초만녕 주위를 날며 호들갑을 떨었다.

“하하하, 하하하. 나는 위대한 진짜 용이다, 진짜 용이야. 나에게는 수많은 작은 비밀이 있다, 작은 비밀들이. 나는 비밀이 많지만 알려 주지 않을 거다, 알려 주지 않을 거야. 안, 알, 려, 줄, 거, 다!"

초만녕은 얼음 호수처럼 맑은 눈으로 작디작은 미꾸라지를 차갑게 훑다가 탁자 위로 탁 덮어 누르며 무표정한 얼굴로 말했다.

"알겠느냐?"

"알겠네요……."

"이거 놓아라! 이 우매한 범인아! 네놈이 본좌의 수염을 헝클어뜨렸다!"

초만녕은 손을 치우고 전혀 미안한 기색 없이 용의 역린, 그 거꾸로 돋은 핏빛 턱 비늘을 톡 건드리며 말했다.

"입 다물고 가서 일하거라."

85장 본좌는 네가 제자를 더 들이는 것이 싫다

작은 용은 바람처럼 오가다 고작 차 한 잔 마실 정도의 시간 만에 창문으로 쑥 나타나 큰 소리로 떠들었다.

"찾았다, 찾았어. 이 객잔에는 법술 흔적이 아주 많구나, 우하하하."

"야, 새끼 미꾸라지. 설마 옆방에서 네가 하는 말을 못 들을까봐 그렇게 크게 말하는 거냐?"

묵연은 탁자에 엎드려 손가락으로 작은 용의 몸통을 쓸었다. 그러자 용이 꼬리를 휘둘러 그의 손등을 때렸지만, 어쨌든 종이로 만든 것이라 아프기는커녕 오히려 간지러웠다.

"이 밉상 기생오라비야, 본좌를 건들지 말거라. 아직 장가도 가지 않았거늘, 네놈이 본좌를 쓸데없이 만지면 앞으로 용 체면이 어찌 되겠느냐?"

묵연은 박장대소하며 말했다.

"뭐라고? 종이 쪼가리로 만든 용 주제에 장가씩이나 가려고?"

"에잇! 퉤퉤퉤! 종이 쪼가리는 너겠지! 개새끼!"

"날 개새끼라고 부르다니, 설마 네 성이 설은 아니겠지?"

"본좌의 성이 설이냐고? 흥, 우매한 녀석. 본좌는 천지개벽 이래 다시없을 위대한 명성을 떨친 촉룡[#47]이시다. 내가 눈을 뜨면 아침이 되고, 눈을 감으면 밤이 되고, 숨을 내쉬면 여름이 오고, 숨을 들이마시면 겨울이 된다. 어떤 상황에서도 이름을 숨기지 않는 촉구음이시란 말이다!"

"……뭐라는 거야."

"으아아아!"

열받은 용이 빙빙 돌다가 손가락 두 개 너비만 한 머리를 촛대에 부딪쳤고, 그 바람에 촛불이 더 높게 타오르며 붉은 촛농이 흘러내렸다. 묵연이 잡아 주려 재빨리 손을 뻗었지만, 용은 그 손을 콱 깨물었다. 애석하게도 종이 이빨은 아프지도 간지럽지도 않았다. 묵연이 촉구음의 꼬리를 잡고 옆으로 내던지자 그것은 허공을 날아 초만녕의 옷깃에 착 달라붙으며 축 늘어졌다.

"초만녕."

작은 용이 흐느적거리며 수염 한 가닥을 들어 올려 무력하게 초만녕의 옷을 찔렀다.

"저 개망나니가 나를 때리는구나."

초만녕은 용과 헛소리를 하고 싶지 않아서 그를 떼어 내 대충 탁자 위로 던졌다.

"밖에는 무슨 결계들이 있었느냐?"

#47 **촉룡** 燭龍. 영산인 종화산에 사는 전설 속의 거대한 붉은 용. 계절과 기후를 주관한다고 한다. 촉음(燭陰), 촉구음(燭九陰) 등으로도 불린다.

"흥, 본좌를 용 태자님이라고 세 번 불러 볼 수 있겠느냐? 네가 그렇게 부르면 본좌가……."

초만녕이 차가운 눈으로 그를 봤다.

"말해."

"……."

무시당해 화가 난 작은 용이 몸을 부풀리더니 용 수염을 위로 뻗치며, 녹두 같은 눈으로 악에 받쳐 초만녕을 째려봤다. 존귀하신 용의 아가리를 반쯤 열고 훅훅 거친 숨을 몰아쉬더니 잠시 후 느닷없이 먹물을 한가득 토해 냈다.

초만녕이 눈을 가늘게 뜨며 말했다.

"또 먹물을 낭비하면 널 태워 버리겠다."

그러면서 꼬리를 잡아 불에 가져다 대는 시늉을 했다.

"진정한 촉룡이 되게 해 주마."

"그래, 그래, 그래! 너 잘났다! 참으로 잘났어! 말할게! 말하겠다니까? 이거 참!"

작은 용은 연속으로 몇 번 퉤퉤거리더니 또 먹물 침방울을 뱉어 내고는 전혀 작지 않은 목소리로 구시렁거렸다.

"무서워 죽겠네. 그러니 그렇게 긴 세월 동안 볼 때마다 장가를 못 가고 혼자 있지!"

"에?"

묵연은 눈을 깜빡거리며 초만녕을 슬쩍 보고는 음흉한 미소를 지으며 말했다.

"사모님이 있다고 하지 않으셨나요?"

"……."

초만녕은 그를 거들떠보지도 않고, 치켜 올라간 눈썹에 힘을 주며 작은 용에게 호통쳤다.

"말이 많구나. 어서 쓰거라!"

"흥! 못난 놈!"

미리 깔아 놓은 선지 위에 철퍼덕 엎드린 작은 용은 법력으로 먹물을 발바닥에 모아 쫑알거리며 구불구불하고 삐뚤빼뚤한 부적을 그렸다.

어떤 주술의 흔적을 봤는지 바로 설명하지 못하는 그를 탓할 수는 없다. 종이로 만든 뇌의 지능은 한계가 있어서 남아 있는 흔적만으로는 어떤 주술이었는지 판단할 수 없기에 보고 온 그림을 모방하여 그릴 수밖에 없었다. 다행히 알아보고 판단할 수 있는 초만녕이 눈을 내리깔고 천천히 주술의 이름을 하나씩 읊었다.

작은 용이 그믐달을 그렸다.

"안신계다. 이곳에 잠을 이루지 못하는 사람이 있나 보군."

작은 용이 칠성진을 그렸다.

"성어계다. 경계용 방어막을 세운 자가 있다."

작은 용이 연지 갑을 그렸다.

"……환안계다."

묵연이 피식 웃으며 손을 들고 말했다.

"이건 저도 잘 압니다. 낭자들이 밤에 용모와 피부를 가꾸기 위해 쓰는 주술이지요. 접골미인석의 것이겠네요?"

초만녕은 아무 대답도 하지 않았다. 이제까지 그린 것들이 모두 대수롭지 않은 주술 흔적이라 초조했는지 그가 가늘고 긴 손가락으로 탁자를 두어 번 두드리다 미간을 찌푸리며 말했다.

"다음 것을 그리거라."

작은 용이 심장 하나를 그렸다.

묵연이 궁금해하며 물었다.

"이건 뭐죠?"

"청심계다."

초만녕이 짜증 내며 말했다.

"쓸모없는 것이다. 누가 좌선을 하나 보군. 다음."

작은 용이 삐뚤삐뚤하게 개의 머리를 그렸다.

"……순수계[#48]……."

초만녕이 이마를 짚었다.

"너, 중요한 것만 골라 그리거라. 용모 가꾸기나 개와 노닥거리고 잠재우는 주술 따위는 그만 됐다. 다음."

작은 용이 고개를 치켜들고 콧바람을 내뿜으며 말했다.

"까다롭기는!"

"그리거라!"

촛대에 던져져 진짜 '촉룡'이 될까 무서운 작은 종이 용은 씩씩거리며 작고 연약한 두 발을 종이 위에 문질렀다. 이번에는 상당히 복잡한 문양의 진을 그렸는데, 한눈에 봐도 현묘하고 심오했다.

"원 두 개에 가위표를 그리고, 또 세로줄 하나가 위에서 아래로 관통했네요. 음양팔괘의 뜻을 가진 것 같은데요."

묵연이 두 눈을 크게 떴다.

#48 순수계 동물을 길들이는 주술

"사존, 이게 혹시 그 미지의 인물이 신무에 남긴……."
"아니다."
초만녕은 흘끗 봤을 뿐인데 관자놀이가 욱신거렸다.
"환음술이다."
"네? 뭐 하는 건데요?"
"자신의 목소리에 불만이 있거나 다른 이유로 자신의 목소리를 바꾸고 싶을 때 환음술을 쓰면 된다. 그리 어려운 술법이 아니야."
초만녕은 말을 멈추었다가 이어서 말했다.
"그러나 환음술을 오래 사용하면 목에 해가 되어 원래 목소리를 회복할 수 없는 경우가 많다……. 이 법술은 조금 수상쩍은데 누가 쓰고 있는 것인지 모르겠군."
그의 말에 묵연이 웃었다.
"그렇군요. 그럼 이상할 것 없죠."
초만녕은 한숨을 쉬고 다음 말을 하려다 멈칫했다. 무언가가 떠올랐는지 눈동자가 잠시 흐려지더니 고개를 틀어 묵연을 봤다.
"어찌 안 이상하지……. 무언가 알고 있는 것이냐?"
"제가 뭘 알겠어요. 그저 자기 목소리에 불만을 느끼는 건 정상적인 일이라는 거죠. 어쩌면 송 낭자일 수도 있습니다. 원래 목소리가 굵고 탁하고 끔찍해서 살짝 듣기 좋게 바꿨을 수도 있잖아요?"
"……."
초만녕이 소매를 털며 말했다.
"매일같이 헛생각만 하는군."

그러고는 고개를 돌려 작은 용에게 말했다.

"다음 것을 보자."

작은 용이 심장 하나를 또 그렸다.

묵연이 말했다.

"이런, 사존이 청심계는 그리지 말라고 했잖아."

"흥, 꼬맹이가 뭘 알겠어?"

작은 용은 노기등등한 눈으로 그를 째려보고는 꼬리를 세게 내리쳐서 심장 위에 먹물 자국을 남긴 뒤 꼬리를 굴려 심장을 새카맣게 칠했다.

"이게 뭐죠? 흑심계?"

초만녕은 난감한 듯 잠시 침묵하다 입을 열었다.

"아니다. 아마 종정계일 것이다."

"그게 뭔가요?"

"헌원각이 파는 종정환과 크게 다르지 않다."

초만녕이 말을 이었다.

"사람의 마음을 미혹시켜 자신에게 연정을 품게 만드는 그런 종류의 것이다. 보통 여인들이 사용하지."

묵연은 두 눈을 크게 떴다.

"정말요? 설마 송추동 쪽에서……."

"그런 걸 내가 어찌 아느냐."

심기가 불편해진 초만녕이 넓은 소매를 털며 말했다.

"다른 이의 감정 문제에 신경 써서 뭐 하겠느냐. 그들 마음대로 하게 놔두거라."

"그런데 초만녕아, 이 종정계에 정말 관심이 없는 게야?"

작은 용이 꼬리를 흔들며 신나서 말했다.

"꽤 흥미로운 주술 같은데. 네가 나를 용 태자님이라고 세 번만 부르면 내가……."

초만녕이 눈을 내리깔고 살기를 풍기며 말했다.

"닥치고 다음."

"흥! 후회할 것이다!"

"안 그럴 것이냐?"

작은 용은 그리지 않고 털썩 주저앉아 짧은 발로 자기 배를 문질렀다.

초만녕이 음산하게 말했다.

"왜, 설마 먹물을 다 쓴 건 아니겠지?"

"멍청하긴, 다 그렸다."

작은 용이 눈을 부라렸다.

"이렇게 많은 주술을 그렸는데도 부족하냐? 없다, 없어. 이게 다다. 이 외에 객잔은 법술 하나 없이 아주 깨끗했다."

용의 말에 초만녕과 묵연의 안색이 미묘하게 변했다. 묵연이 물었다.

"없다고?"

"없어."

초만녕이 물었다.

"영근을 측정하는 주술은?"

"없다니까."

스승과 제자는 믿을 수 없다는 표정으로 서로를 봤다. 반드시 알아야 할 것이, 미지의 인물이 헌원회를 이용해 새로운 정화의 영체를 찾아낼 속셈이었다면 반드시 신무에 영근을 측정하는 낙인이 남았을 것이다. 하나 신무는 어떤 주술도 걸려 있지 않고 깨끗했다. 설마 그들이 처음부터 오해한 것이며, 맥도의 등장은 사실 미지의 인물과 아무 연관도 없다는 말인가?

작은 용은 아무 말 없는 두 사람을 보고는 돌연 허공으로 뛰어올라 이리저리 빙빙 돌며 구시렁거렸다.

"어이, 너희들 본좌에게 관심 좀 가지거라. 본좌는 그림을 그렸더니 몹시 피곤하구나. 본좌에게 박수 쳐 줄 사람 없느냐?"

짜증이 솟구치던 차에 작은 용이 이리도 시끄럽게 굴자 초만녕은 손을 들어 허공에 노란 부적을 소환했다. 그 모습에 작은 용이 비명을 지르며 연신 소리쳤다.

"싫다, 싫어, 싫다고, 안 돼!"

용은 눈 깜짝할 사이에 부적으로 빨려 들어가 종이 위의 그림으로 변했고, 초만녕이 손끝으로 톡 건드리자 그림 속 용은 서서히 사라졌다.

사라지기 전, 용은 초만녕을 향해 모욕적이라는 듯 연신 눈을 깜빡였다.

초만녕이 말했다.

"필요하면 또 부르겠다."

작은 용이 통곡하며 말했다.

"필요할 때만 날 찾고, 필요 없으면 거들떠보지도 않는구나. 초만녕, 초만녕, 이 매정한……."

"썩 꺼져라!"

좋게 말하던 초만녕도 용의 말을 듣고는 까만 눈썹을 추켜세우며 부적을 반으로 탁 접어 납작하게 누른 뒤 소매에 넣었다.

밤이 되자 초만녕은 침상에 눕고 묵연은 바닥에 누웠다.

두 사람 모두 걱정으로 마음이 무거웠다.

신무에 그 어떤 주술도 없다니 예상 밖이었다. 미지의 인물에게 그들이 모르는 영근 측정법이 있는 것인가, 아니면 애초에 급하지 않아 지금 바로 영력이 가장 왕성한 사람을 찾지 않을 셈인가?

“묵연.”

어두운 밤, 초만녕이 그를 불렀다.

묵연이 자연스레 대답했다.

“네?”

“내일 사생지전으로 돌아가자.”

그가 눈을 번쩍 떴다.

“뭐라고요?”

“헌원회에서도 그자를 놓쳤으니 다른 방법을 써야 할 듯하다. 이렇게 찾다가는 소득이 없을 것 같다. 우선 사생지전으로 돌아가서 존주께 다른 9대 문파에 밀서를 보내어 그들 문하에 정화의 영체가 있는지 철저히 조사하고, 만약 있다면 미리 보호하라고 하겠다. 그러는 편이 가만히 기다리는 것보다 낫겠다는 생각이 든다.”

“어떻게 그래요? 만약 그 미지의 인물이 10대 문파의 장문인 중 하나면요?”

“그럴 가능성은 희박하다. 설사 그렇다 해도 무방하고. 그는 우리가 추적하고 있다는 것을 이미 알고 있으니 달라질 것은 없다.”

"그럼 사존은 어떻게 장문인들이 백부의 말을 듣게 만드실 셈입니까?"

묵연이 망연하게 말을 이었다.

"설마 모든 일을 그들에게 말할 생각이십니까?"

"그럴 필요는 없다. 말한다 해도 그들이 믿을 거란 보장도 없지."

초만녕이 담담하게 말했다.

"내게 다른 방법이 있다."

묵연이 궁금해하며 물었다.

"무슨 방법입니까?"

"제자를 받는 거다."

"!"

"나는 존주께 다른 9대 문파들에게 이리 알리라고 말씀드릴 것이다. 귀계의 결계에 종종 틈이 생겨 사방에 해를 끼치니, 사생지전의 옥형이 최대 다섯 명의 제자를 들여 상청 결계와 시살 결계 등 술법을 전수할 것이라고."

초만녕이 조용히 말했다.

"다른 문파들이 수차례 내게 객경이 되어 달라 했던 것도 바로 이 결계술 때문이었다. 내가 가르치겠다는 말이 흘러 나가면 분명 다들 올 것이다. 나는 상등 영체만 제자로 받을 것이고, 장문인들은 인재를 뽑기 위해 순순히 모든 제자의 근골을 검사할 테니 우리의 목적은 이뤄지게 돼 있다."

묵연은 대답하지 않았다. 어둠 속에서 그의 얼굴이 파랗게 질렸다.

"제, 제자를 더 받으시려고요?"

"인연에 맡겨야지."

초만녕이 몸을 돌렸다. 이제야 잠이 오는지 목소리가 점점 작아졌다.

"찾으면 명단을 보내라 한 뒤에 일단 스스로 일반 결계술을 수련하라고 할 것이다. 삼 년 뒤에도 그들 중 견뎌 내는 사람이 있다면 받아 줘야지……."

어둠 속, 침상에 누워 있는 그의 말이 점점 흐려졌다. 묵연은 누가 제 가슴에 식초[#49]병을 걷어차기라도 한 것처럼 가슴이 아리다 못해 너무 아팠다.

또 제자를 들이겠다고?

전생에서는 딱 세 명만 받고 더럽게 까다롭게 굴더니, 이번 생에서는 왜 저리 순한 거야? 어찌 들인다는 말을 그리 쉽게 하느냐고!

그에게 말을 할까 몇 번이나 생각했지만, 결국 목구멍까지 올라온 말을 다시 삼키고 말았다.

초만녕은 묵연이 질투심에 불타오르는 건 까맣게 모른 채 이내 잠이 들었다.

밤이 추웠다. 묵연은 옷을 걸치고 일어나 그를 두세 번 작게 불러 보고 반응이 없자 슬며시 문을 열고 방을 나왔다.

객잔 복도는 고요했고, 붉은 비단 등롱만이 태연하게 희미한 빛을 내고 있었다. 나무 바닥에 떨어진 주황빛 그림자가 잔잔하게 일렁였다.

초만녕은 이미 신무 검사를 끝냈다.

#49 식초 방현령의 부인이 첩을 들이라는 당 태종의 명을 거역하고 독주를 마셨는데, 사실은 독주가 아니라 식초였다는 것에서부터 유래. 이로부터 식초는 질투를 대신하는 의미로도 쓰인다.

그러나 묵연은 아직 그의 불귀를 검사하지 못했다.

신무와 주인의 거리가 100리 이내라면, 법술을 부려 주인 곁으로 부를 수 있었다. 아까 헌원각에서는 그것이 전생에 자신이 쓰던 무기인지 확인해 볼 새가 없었다. 그러니 어찌 지금 이 기회를 놓칠 수 있단 말인가?

손끝에 붉은빛이 피어올랐다.

묵연은 천천히 속눈썹을 내리깔며 조용히 말했다.

"불귀, 귀환!"

얼마나 기다렸을까. 갑자기 멀리서 묵직한 검 울음소리가 들렸다. 소리는 극히 작았지만, 무거운 망치로 그의 심장을 두드리는 것처럼 곧장 귓전을 때렸다.

묵연은 눈을 번쩍 떴다.

"불귀!"

불귀였다. 맥도가 자기 존재를 주장하며 피눈물을 흘리고 있었다. 낮은 울부짖음이 굽이치는 피바다와 속세를 건너 그를 향해 달려오는 듯했다. 그에겐 불귀가 애처로이 울며 목이 쉬어라 소리치는 것이 들렸다. 불귀는 묶여 있었다. 묵연이 모르는 어떤 것에 속박당해 있었다.

불귀는 주인이 그를 부르는 것을 느꼈지만 응할 수 없었다. 뭔가가 부족했고, 그와 불귀의 연결은 차단되었다.

그러나 그들은 이미 계약을 맺었다. 높은 곳에서 아름다운 산천을 함께 봤고, 함께 죽음을 기다렸으며, 무산전의 마지막 따스함도 함께 맡았다.

사람과 신무의 인연은 끊어지기 어렵다. 어떤 힘에 의해 피와 살이 찢길지언정, 근육과 혈맥은 계속 이어져 있는 것이다.

묵연은 붉게 물든 두 눈으로 중얼거렸다.

"불귀……."

너구나.

어찌 귀환하지 않는 것이냐.

누가 너를 막는 것이냐.

어찌…….

삐거덕.

조그맣게 문을 미는 소리가 났다.

그러나 숨 막힐 듯한 어둠 속에서 그것은 천둥소리처럼 크게 울렸다.

86장 본좌는 두 번째 환생자를 만났다

고개를 휙 들어 소리를 따라 돌아봤다.

복도 끝에 금색 문양이 새겨진, 모자 달린 검은색 비단 장포를 뒤집어쓴 사람이 보였다. 키가 크고 건장한 그는 온몸을 천으로 가리고 있었다. 어두운 밤에 보일 리 없는 눈만 내놓고 얼굴까지 검은 천으로 가린 채였다.

그 사람의 손에는 검이 들려 있었다.

길고 가느다란 검신은 전체가 짙은 검은색이었고, 꺾을 수 없는 예리함을 뽐내고 있었다.

불귀다.

"누구냐!"

"내가 누구인지는 중요하지 않다."

그자가 차갑게 말했다. 목소리가 기괴한 것이 일부러 변조한 듯했다.

"너는 그저 내가 널 안다는 것만 알면 된다."

묵연은 흠칫했지만 여전히 침착하게 자신을 숨겼다.

"나는 한낱 사생지전의 제자에 불과한데 날 안다고 무슨 의미가 있느냐?"

"사생지전의 제자? 크흑, 그렇지. 하나 설마 잊은 건 아니겠지. 너는 답선군이자 인간계의 제왕이며, 스승을 죽이고 깨달음을 얻은 악귀이자 황천길에서 도망친 망령이기도 하지."

그가 내뱉은 한 글자 한 글자가 묵연의 몸에 흐르는 피를 얼어붙게 만들었다.

전신이 얼음 구덩이에 빠진 것만 같았다.

답선군.

유풍문의 72개 성을 도륙한 자.

인간계 제왕.

세상에서 가장 아름다운 여인을 취하고, 스승을 죽이고, 가족을 멸하고, 인간 위에 선 자.

그자가 냉정하게 말했다.

"너는 묵미우다."

묵미우.

극악무도한, 천 번을 다시 태어나도 구제할 수 없는 자.

묵미우, 사생지전에 의해 눈과 심장이 뽑히고 흔적조차 남지 않게 갈기갈기 찢겨 죽어도 마땅한 자!

"네놈은 누구냐!"

묵연의 두 눈은 시뻘게졌고 얼굴에 있던 소년티는 온데간데없이 사라져, 남은 것이라고는 악귀와도 같은 악독함과 흉악함

뿐이었다. 복도 끝의 그자와 대치하던 묵연은 곧장 상대의 모가지를 비틀고 다시는 듣고 싶지 않은 그 호칭들을 모조리 짓이겨 그 목구멍에 쑤셔 넣고 싶었다!

그자가 검은 천에 덮인 손을 들어 올리자 삽시간에 지루하리만큼 긴 복도에 얼음이 겹겹이 쌓이더니 두 사람이 있는 공간을 완전히 분리했다.

"너는 지금 이 검을 소환할 수 없겠지."

그자가 천천히 걸어와 묵연과 열 발자국 정도 떨어진 곳에서 멈췄다.

"인간계 제왕…… 지금은 묵연이라고 부르는 편이 더 나으려나? 정말 가소롭구나. 너는 지금의 자신을 제대로 본 적이 있느냐?"

잠깐 말을 멈추더니, 그자가 다시 말을 이었다.

"지금은 마음이 무쇠처럼 차갑고 딱딱하지 않구나. 초만녕의 곁을 따라다니다 보니 정말 그놈에게 호감이 생긴 모양이야."

그자가 비웃듯 내뱉었다.

"환생한 지금, 전생에 보호하겠다던 그는 어디 있느냐?"

묵연의 안색이 급변했다.

"사매? 너 사매에게 무슨 짓을 한 거야!"

그자는 대답 대신 냉소를 날렸다.

"네가 왜 불귀를 소환할 수 없는지 아느냐?"

그는 손가락 끝으로 느릿느릿 어두운 검신을 어루만졌다.

"네 혼령이 변하고 한이 흩어지고 있기 때문이다……. 넌 죽기 전 일생을 후회했었지. 네 명정 사형의 안녕을 지키지 못했으니 다음 생이 있다면…… 결코 그를 등지지 않겠다 했어."

공포스러울 만큼 매서운 눈이 돌연 치켜 올라갔다.

"묵연, 너는 그리했느냐?"

"난……."

"귀계의 결계가 뚫리면 그때의 일이 또다시 반복될 터인데, 너는 또 그가 죽어 가는 모습을 보면서 초만녕 앞에 무릎을 꿇고 자비를 구걸할 셈이냐? 너는 지금 이 생에 다시 온 기회를 등지고 있으니 불귀를 만질 자격이 없다."

"네가 상관할 일이 아니다!"

묵연이 소리쳤다.

"나와 사매의 일은 다른 이가 끼어들 일이 아니야! 내가 환생한 몸이라는 것을 아는 너는 누구냐? 가짜 구진이냐? 아니면 나처럼 죽음에서 살아 돌아온 귀신이냐!"

"큭……."

그자가 가볍게 웃었다.

"죽음에서 살아 돌아온 귀신이라……. 그래, 나는 죽음에서 살아 돌아온 귀신이다. 그럼 너는 이 세상에 하늘의 비호를 받아 환생한 사람이 오직 너 하나인 줄 알았더냐?"

누구지!

머릿속에 흐릿한 얼굴들이 하나씩 빠르게 스쳤다.

전생에서 그보다 먼저 죽었던 사람일까.

설정옹, 왕 부인, 초만녕, 송추동, 엽망석…….

아니면 전생에서 무산전으로 몰려와 그를 죽이려던 사람일까.

설몽, 매함설, 10대 문파의 수장…….

누구지…… 대체 누구야!

누가 그의 비밀을 알아차리고 숨통을 조여 오는 것인가. 생사의 길목 너머에 있는 잡귀 중 누가 황천길을 따라 여기까지 쫓아와 또다시 그를 막다른 골목으로 밀어 넣는 것인가! 대체 누가!

잠시 다른 생각에 빠진 사이, 갑자기 눈앞의 그림자가 흔들리는가 싶더니 그 남자가 옷을 휘날리며 코앞까지 다가왔다. 환생 후에도 여전히 강한 그의 실력에 묵연은 경악했다.

불귀의 칼날이 그의 가슴에 닿았다. 살짝 힘만 주면 살을 찢고 들어가 심장을 찌를 수 있었다.

"묵미우. 그동안 네가 사랑에 눈먼 머저리라고 생각했는데, 어쩌면 너의 명정 사형이 박복한 것일 수도 있겠구나. 환생한 이번 생에서도 여전히 그는 안중에도 없다니."

묵연이 이를 악물고 말했다.

"헛소리 지껄이지 마."

"내가 헛소리를 한다고?"

그자가 스산한 미소를 짓더니 한 손을 묵연의 목에 갖다 대고 천천히 가슴까지 쓸어내렸다.

"네 마음속에 그를 위한 자리를 얼마나 남겨 두었지? 너의 그 보잘것없는 그리움도 진작에 다 사라진 듯한데, 아직 남은 것이 있더냐?"

묵연이 분노했다.

"내 마음속에 누가 있는지 설마 내가 너보다 모를까? 구구절절 말이 많군! 천을 벗고 나에게 얼굴을 보여라!"

"내 얼굴을 보고 싶겠지만, 급할 것 없다."

그자의 목소리는 마치 연기 같았고, 눈빛도 희미한 것이 사람을 무시하는 듯한 조롱이 담겨 있었다.

"네가 이 생에서 죽을 때 보여 주마."

"너나 죽어. 너……."

문득 발아래에서 살을 에는 듯한 차가운 기운이 느껴졌다. 고개를 숙여 보니, 어느새 그자의 얼음 가시가 묵연의 몸을 타고 올라오고 있었다.

얼음 주문, 얼음 가시…… 물 속성…….

누구지, 전생에서 누가 이런 법술을 썼더라…….

너무나도 많은 적을 만났기에 급히 돌이켜 생각하려니 머릿속이 혼란스러웠다.

설몽은 불.

초만녕은 금과 목.

엽망석은 토.

설정옹도 토.

대체 누구일까. 누가 이렇게 강력한 힘으로 차가운 얼음을 조종했는지 어째서 생각나지 않는 거야.

"네 말이 맞다. 나도 죽겠지. 하나 묵미우, 그건 분명 아주 먼 미래의 일이다."

두꺼운 얼음이 전신을 빠르게 얼렸다.

이자의 실력은 경악할 정도였다. 묵연이 영력을 살짝 풀어 얼음에 대항하려 하자 무지막지한 힘이 맹렬하게 그를 덮쳤다.

이자의 실력은 심지어 초만녕에 비견할 만했다!

물 속성인 자.

대체 누구냐!

전광석화처럼 빠르게 흐릿한 얼굴 하나가 스쳤지만, 자세히 생각할 겨를도 없이 그자에게 목이 잡혔다.

검은 천으로 덮인 손가락이 그의 목을 어루만졌다. 그자의 눈은 빛 한 줄기 없이 음침하게 가라앉아 있었다.

"내 수명은 답선군 폐하가 걱정할 필요 없다."

그가 느릿느릿 말했다.

"내가 우선 인간으로서의 정을 살짝 소환해 주마. 그래야 네가 허튼짓으로 나의 큰 계획을 망치지 않지."

"으윽……!"

푹.

불귀가 비명을 지르며 전 주인의 살을 베었다.

"깊은 상처는 아니다. 낙인을 찍기 위해 네 피를 조금 얻으려는 것뿐이야."

그자는 정말 상처에서 피만 살짝 묻힌 뒤 묵연의 미간에 손가락을 얹고 중얼거리기 시작했다.

묵연은 이마에서 극심한 통증을 느끼며 욕설을 내뱉었다.

"씨, 발, 놈, 아! 전생에서 내가 널 갈아 먹었냐, 아니면 내가 네 조상을 죽였냐? 제기랄, 대체 무슨 짓이야!"

"쉿, 움직이지 말거라. 선심 주문을 거는 것뿐이니."

"염병할, 선심 주문인지 악심 주문인지 알 게 뭐야. 속 뒤집히는 소리 집어치우고 꺼져!"

"묵연아."

그자가 천천히 묵연의 미간에 부적을 그리면서 가볍게 한숨을 내쉬었다.

"어찌 그리 모진 소리를 하느냐."

그러고는 잠시 말을 멈추더니 이내 주문을 외웠다.

"마음이 물 같지 아니하고, 뜻을 멈출 수 없다면, 마음이여…… 열리거라."

가슴이 갑자기 칼로 후비듯 아파 왔다.

"너……."

순간 얼음 주문이 풀렸다. 묵연은 얼굴이 파랗게 질린 채로 위태롭게 비틀거리다 천천히 바닥에 꿇어앉았다.

"나에게 고마워하지도 않는구나."

검은 옷의 남자는 눈을 내리깔고 심드렁한 눈으로 묵연을 잠시 흘겨보더니 덤덤하게 말했다.

"네 마음속의 감정을 최대치로 증폭시켰다. 사랑과 증오가 더 극명해질 것이다. 이렇게 되면 너도 네 속마음을 똑바로 알겠지? 이럼에도 네가 사매를 보호하기 위해 전력을 다하지 않고 만 번의 죽음도 불사하지 않는다면, 그럼 너는…… 정말 아무짝에 쓸모없는 고아에 불과하다!"

선심 주문이 원래 애정과 증오를 강화시켜 더욱 선명하게 느끼게 만드는 주문이었나?

이자는 왜 사매의 목숨을 지키는 데 이리도 마음을 쓰는 걸까…….

물 속성이라…….

이것이 정신을 잃기 전 마지막으로 묵연의 머릿속에 스친 몇 가지 생각이었다.

털썩 소리와 함께 묵연이 땅에 쓰러졌다. 짙은 속눈썹이 아래로 축 처졌다. 검은 옷의 남자는 차가운 눈으로 그를 보다가 천천히 몸을 숙여 그의 맥을 짚었고, 잠시 망설이다 손바닥에 푸른빛을 만들어 냈다.

"모두 잊어라."

검은 옷이 나지막이 두 단어를 뱉었다. 푸른빛이 더욱 진해지고, 잔뜩 힘이 들어간 묵연의 미간이 서서히 풀렸다.

그가 깨어나면 자신이 신무를 소환했지만 오지 않았다는 것만 기억할 것이다. 그 외의 일은 하나도 남김없이 잊을 것이며, 그는 세상에 환생한 사람이 또 있다는 것도 알지 못할 것이다.

선심 주문의 효과는 고작 며칠밖에 가지 않지만, 갈팡질팡하는 사람의 마음을 명확히 이끌어 줄 수 있다.

"감정이 증폭됐을 것이다. 깨어나면 사명정을 더 좋아하게 된 자신을 발견하겠지. 심장을 꺼내어 그에게 주고 싶을 정도로 말이야."

검은 옷이 냉담하게 말했다.

"또 보자, 답선제군."

하룻밤의 풍파가 지나가고, 모든 일은 정해졌다. 다음 날 아침, 눈을 뜬 묵연은 자신이 초만녕의 침상 옆에 누워 있다는 것을 깨달았다. 고개를 돌리니 한밤중에 바람에 열렸는지 반쯤 열린 객방 창문이 아침 바람에 따라 가볍게 여닫히며 탁탁 소리를 내고 있었다.

방 안은 고요했다. 침상 위를 보진 않았지만, 초만녕이 아직 깨지 않았다는 것을 알 수 있었다.

반쯤 열린 창밖의 하늘은 푸르스름했다. 해가 아직 구름 아래 숨어 있는 아침의 얼굴은 핏기 없이 창백했다. 해는 그에게 과한 온정을 베풀지 않았고, 아침 일찍 일어난 사람이 별로 없어서 그도 치장하기 귀찮은지 초췌한 얼굴에 생기를 불어넣지 않았다.

불어 들어온 바람에서 풀과 이슬 냄새가 옅게 풍겼다.

묵연은 그렇게 잠시 누워 있다 정신을 차리고 일어나 앉았다. 어깨에서 통증이 전해졌다.

이상했다. 옷은 언제 찢어졌는지 구멍이 나 있었고, 그 안에는 피가 말라붙어 있었다.

그는 한참을 멍하니 있었다.

어젯밤에 나가서 불귀를 소환하지 않았나? 불귀가 아무런 반응이 없어서 위조품이라고 생각했다. 그다음에는, 아마…….

쓰읍, 생각이 안 나네.

두리번거리다 갈색 바닥에 튀어나온 두꺼운 못을 발견했다. 설마 못에 긁힌 건가. 그렇게 깊게 잠들었다고? 아무 느낌도 없었는데.

옷을 걸치고 일어나 침상을 봤다.

초만녕은 여전히 베개를 높이 베고 침상에 편히 누워 있었다. 좋은 자리는 고고한 그가 차지하고 자신은 남은 자리, 예를 들면 침상 끝 바닥 같은 곳을 골라 대충 밤을 보내는 데 익숙해진 지 오래였다. 하지만 오늘은 유난히 분통이 터져서 그의 옆모습을 째려보며 이를 갈았다.

"왜 항상 나는 바닥에서 자고 당신은 침상에서 자냐고. 스승을 존경해야 하는 건 맞지만, 아랫사람을 아끼라는 말도 있지 않나?"

묵연은 기분이 몹시 나빴다.

바닥에 튀어나온 못에 괜히 긁힌 것이 떠오르자 더 분이 끓어 올랐다.

아직 이른 아침이었다. 더는 억울하게 바닥에 웅크려 있기 싫어서 그는 아예 침상으로 올라가 옆으로 누워 몸을 웅크린 채 다시 쪽잠을 잤다.

한 사람은 왼쪽을 향해, 다른 한 사람은 오른쪽을 향해 누워 있으니 넓은 침상에서 서로 닿을 일이 없었다.

서로 껴안고 잠들었던 둘인데, 지금은 서로 떨어져 경계를 두고 잠에 들었다.

전생에서 피부를 맞대고 몸을 겹쳤던 그들이었다. 가장 열정적인 시절에는 매일 밤 사랑을 나눈 뒤 일어나고 싶어 하지 않던 그였다. 그렇게 친밀했던 두 사람이 지금은 한 침상의 양 끄트머리에 누워 잠들어 있었다.

二哈和他的白猫師尊

바보 허스키와 그의 흰 고양이 사존 3

초판 1쇄 발행 2021년 9월 3일
지은이 육포부흘육 **옮긴이** 어썸스토리 **감수** 치치
펴낸이 신현호
편집부장 윤영천 **편집** 원현선
본문조판 양우연 **마케팅** 김민원 **관리** 조인희
펴낸곳 (주)디앤씨미디어 **출판등록** 2002년 4월 25일 제20-260호
주소 서울시 구로구 디지털로 26길 111 제이앤케이디지털타워 503호
전화번호 02.333.2513
B-Lab 공식 트위터 twitter.com/B_lab_BL/

ISBN 979-11-278-6155-1 04820
ISBN 979-11-278-6152-0 (세트)

정가 13,000원